Um romance russo

Emmanuel Carrère

Um romance russo

TRADUÇÃO
André Telles

*2ª edição
1ª reimpressão*

Copyright © P.O.L. éditeur, 2007

Cet ouvrage, publié dans le cadre du Programme d'Aide à la Publication Carlos Drummond de Andrade de l'Ambassade de France au Brésil, bénéficie du soutien du Ministère français des Affaires Etrangères et Européennes.

Este livro, publicado no âmbito do Programa de Auxílio à Publicação Carlos Drummond de Andrade, da Embaixada da França no Brasil, contou com o apoio do Ministério francês das Relações Exteriores e Europeias.

Grafia atualizada segundo o Acordo Ortográfico da Língua Portuguesa de 1990, que entrou em vigor no Brasil em 2009.

Título original
Un Roman Russe

Capa
Violaine Cadinot

Imagem de capa
Aastels/ Shutterstock

Revisão
Huendel Viana
Luciane H. Gomide

Dados Internacionais de Catalogação na Publicação (CIP)
(Câmara Brasileira do Livro, SP, Brasil)

Carrère, Emmanuel
    Um romance russo / Emmanuel Carrère ; tradução André Telles. — 2ª ed. — Rio de Janeiro : Alfaguara, 2024.

    Título original : Un Roman Russe
    ISBN 978-85-5652-223-8

    1. Ficção francesa I. Título.

24-197906   CDD-843

Índice para catálogo sistemático:
1. Ficção : Literatura francesa 843
Cibele Maria Dias – Bibliotecária – CRB-8/9427

Todos os direitos desta edição reservados à
EDITORA SCHWARCZ S.A.
Praça Floriano, 19, sala 3001 — Cinelândia
20031-050 — Rio de Janeiro — RJ
Telefone: (21) 3993-7510
www.companhiadasletras.com.br
www.blogdacompanhia.com.br
facebook.com/editora.alfaguara
instagram.com/editora_alfaguara
twitter.com/alfaguara_br

Um romance russo

I

O trem desliza, é noite, faço amor com Sophie no leito do vagão e é de fato ela. As parceiras dos meus sonhos eróticos geralmente são difíceis de identificar, são várias pessoas ao mesmo tempo sem terem o rosto de nenhuma delas, mas dessa vez não, reconheço a voz de Sophie, suas palavras, suas pernas abertas. No compartimento do vagão-leito onde até aquele instante estávamos a sós chega outro casal: o sr. e a sra. Fujimori. A sra. Fujimori junta-se a nós, sem cerimônia. O entendimento é imediato, muito divertido. Escorado por Sophie numa postura acrobática, penetro a sra. Fujimori, que não demora a gozar efusivamente. Nesse momento, o sr. Fujimori nos avisa que o trem deixou de avançar. Está parado na estação, talvez já há algum tempo. Imóvel na plataforma iluminada com luz de sódio, um policial nos observa. Fechamos as cortinas às pressas e, convencidos de que o policial vai subir no vagão para exigir satisfações sobre nossa conduta, corremos para arrumar tudo e nos vestir a fim de, quando ele abrir a porta do compartimento, estarmos prontos para lhe assegurar com desenvoltura que ele não viu nada, que sonhou. Imaginamos sua expressão ressentida, desconfiada. Tudo acontece numa excitante mistura de agitação e risadas frenéticas. Entretanto, explico que não há motivo para risadas: estamos correndo o risco de sermos presos, levados para a delegacia e perdermos o trem, e então sabe Deus o que pode acontecer, nossos vestígios irão desaparecer, morreremos sem que ninguém ouça o nosso grito numa vala nos confins desse ermo lamacento da Rússia profunda. Meus alarmes fazem Sophie e a sra. Fujimori se contorcerem de rir e acabo rindo com elas.

O trem está parado, como no sonho, ao longo de uma plataforma deserta mas bem iluminada. São três horas da madrugada, algum lugar entre Moscou e Kotelnitch. Estou com a garganta seca, dor de cabeça, bebi muito no restaurante antes de ir para a estação. Tomando cuidado para não acordar Jean-Marie, deitado no outro leito, deslizo por entre as caixas de material que abarrotam o compartimento e saio para o corredor atrás de uma garrafa d'água. No vagão-restaurante, onde, poucas horas antes, enxugamos nossas últimas vodcas, pararam de servir. A luz limita-se a um abajur de parede por mesa. Quatro militares, que se precaveram, continuam todavia a encher a cara. Quando passo por eles, oferecem-me um copo, que declino, e, continuando a avançar, reconheço Sacha, nosso intérprete, refestelado num banco e roncando estrepitosamente. Sento-me um pouco adiante, calculo o fuso horário, meia-noite em Paris, tudo bem por enquanto, tento fazer uma ligação para Sophie para lhe contar esse sonho, que me parece extraordinariamente promissor, mas o celular está fora de área, então pego minha caderneta e, ali mesmo, o registro.

De onde surgem o sr. e a sra. Fujimori? Não demoro a me dar conta. É o nome do presidente peruano, de origem japonesa, sobre quem havia um artigo no *Libération* esta manhã. Li no avião, na diagonal: os negócios corruptos que acabam de lhe custar o poder não me seduzem. Na página ao lado, em contrapartida, uma outra matéria me intrigou. Tratava-se de japoneses desaparecidos cujas famílias se convenceram de que eles foram raptados e retidos na Coreia do Norte, alguns há trinta anos. Nenhuma atualidade correspondia àquele artigo, acerca do qual era possível perguntar por que estava sendo publicado naquele dia em vez de em outro, e até mesmo naquele ano em vez de em outro: nenhuma manifestação organizada pelas famílias, nenhum aniversário, nenhum elemento novo no processo, arquivado há muito tempo, a supor que um dia tenha sido aberto. A impressão era de que o jornalista, por acaso, no metrô, num bar, entrara em contato com pessoas cujo filho ou irmão desaparecera nos anos 1970 sem deixar vestígios. Para enfrentar o horror da incerteza, essas pessoas haviam passado adiante essa história, depois, muito tempo depois, contaram-na a um desconhecido, que, por sua vez, a passava agora adiante. Seria ela plausível? Será que, na falta de provas, existiam pelo menos indícios que embasassem essa argumentação? Acho que, se eu fosse o redator-chefe, teria pedido ao jornalista para apurar mais a fundo. Mas não, ele apenas informava que pessoas, famílias, acreditavam que seus parentes desaparecidos eram prisioneiros em campos da Coreia do Norte. Mortos ou vivos, como saber? Com mais probabilidade, mortos, de fome ou espancados pelos carcereiros. E, caso ainda vivessem, não deviam ter mais nada em comum com os jovens avistados pela última vez trinta anos antes. Se fossem encontrados, que poderíamos dizer a eles? E eles, que diriam? Será que convinha desejar encontrá-los?

O trem partiu novamente, atravessa florestas. Nenhuma neve. Os quatro militares foram finalmente se deitar. No vagão-restaurante onde notívagos vacilam, restam apenas Sacha e eu. Num determinado momento da noite, Sacha se espreguiça, ergue o torso. Sua cabeça grande desgrenhada surge de trás do encosto do assento. Ele me vê sentado a escrever, franze o cenho. Dirijo-lhe um sinalzinho tranquilizador, como para dizer: volte a dormir, temos tempo, e ele faz isso, provavelmente acreditando ter sonhado.

Quando eu estava em missão na Indonésia, há vinte e cinco anos, histórias aterradoras e na maioria verdadeiras circulavam entre os viajantes a respeito das prisões onde eram confinadas as pessoas flagradas com drogas. Nos bares de Bali, tinha sempre um barbudo de camiseta sem manga para contar que havia escapado por um triz e que um de seus colegas, menos afortunado, cumpria cento e cinquenta anos de morte lenta em Bangcoc ou Kuala Lumpur. Uma noite em que se falava disso fazia horas com uma displicência desafiadora, um sujeito que eu não conhecia contou outra história, talvez inventada, talvez não. Era ainda na época da União Soviética. Quando se embarca no Transiberiano, explicava o sujeito, é rigorosamente proibido descer no meio do caminho, ficar por exemplo numa estação para fazer turismo nos arredores esperando o trem seguinte. Ora, parece que, em determinadas cidades perdidas ao longo da ferrovia, há cogumelos alucinógenos maravilhosos — a história, dependendo da plateia, pode ser contada modificando-se o chamariz: tapetes raríssimos e baratíssimos, joias, metais preciosos... De modo que às vezes alguns audaciosos arriscam-se a desafiar a proibição. O trem para por três minutos numa estaçãozinha na Sibéria. Um frio dos diabos, nenhuma cidade, apenas acampamentos: região sinistra, lamacenta, parecendo desabitada. Sorrateiramente, o aventureiro desembarca. O trem se vai, ele fica sozinho. Mochila nas costas, deixa a estação, isto é, a plataforma de tábuas podres, escorrega nas poças, por entre paliçadas e arames farpados, perguntando-se se aquela foi de fato uma boa ideia. O primeiro ser humano que encontra é uma espécie de hooligan degenerado que lhe bafeja na cara um hálito pavoroso e lhe faz um discurso cujas nuances se perdem (o forasteiro fala apenas algumas palavras de russo, e o que o hooligan fala talvez não seja russo), mas o sentido geral é claro: ele não pode desfilar daquele jeito, vai acabar apanhado pela polícia. *Milícia!... Milícia!* Segue-se uma torrente de palavras incompreensíveis, mas, valendo-se da mímica, o viajante compreende que o nativo lhe oferece hospedagem até a chegada do próximo trem. Não é uma oferta muito tentadora, mas ele não tem escolha e talvez, quem sabe, surja a oportunidade de conversar sobre cogumelos ou joias. Atrás de seu anfitrião, ele penetra numa birosca vagabunda, aquecida por uma estufa enfumaçada, onde se acham reunidos outros sujeitos ainda mais sinistros. Sacam uma garrafa de aguardente de segunda, brindam, conversam olhando para ele, e a palavra *milícia* volta com frequência, é a única que ele reconhece, e, certo ou errado, presume que falam do que pode acontecer se ele cair nas mãos da polícia. Não é com uma multa que ele vai se safar, ah, não mesmo!, riem todos às gargalhadas. Não, nunca mais será visto. Ainda que o estejam esperando no fim da linha, em Vladivostok, vão constatar sua ausência e ponto-final. Sua família, seus amigos podem fazer o alvoroço que for, ninguém nunca vai saber, ninguém nunca vai procurar saber do seu paradeiro. O forasteiro tenta raciocinar: talvez não seja disso que estejam falando, talvez estejam falando das geleias fabricadas por suas avós. Mas não, sabe muito bem que não. Sabe muito bem que falam do destino que o aguarda, já entendeu que teria sido preferível topar direto com aqueles policiais corruptos com que o ameaçam tão bem-humoradamente, que na verdade qualquer coisa teria sido preferível àquela choupana de tábuas desencontradas, àqueles alegres recrutas desdentados cujo círculo agora se comprime em torno dele, que sempre de forma insolente começam a lhe beliscar a bochecha, dar-lhe cutucadas, cotoveladas, a lhe mostrar com quem está falando, até que o atacam e ele acorda mais tarde no escuro. Está nu no chão de terra batida, tremendo de frio e de medo. Esticando o braço, compreende que foi confinado numa espécie de telheiro, e que tudo está terminado. A porta se abrirá de vez em quando, os corcundas hílares virão espancá-lo, pisoteá-lo, sodomizá-lo, em suma, divertir-se um pouco, não é toda hora que se pode fazer isso na Sibéria. Ninguém sabe onde o enfiaram, ninguém virá socorrê-lo, está à mercê deles. Quando um trem se aproxima, devem rondar pelos arredores da estação na expectativa de que um imbecil infrinja a proibição: aquele ali veio bem a calhar. Fazem gato e sapato dele até ele morrer, e esperam pelo seguinte. Claro, ele não elabora isso tão racionalmente, mas à maneira de um homem que volta a si num caixote exíguo onde não enxerga nada, não ouve nada, não pode se mexer e leva certo tempo para compreender que foi enterrado vivo, que todo o sonho da sua vida levava àquilo, e que aquela é a realidade, a última, a verdadeira, aquela de que nunca mais despertará.

Ele compreende.

Eu também, de certa forma, compreendo. Compreendi a vida inteira. Para ilustrar minha situação, sempre recorri a esse tipo de história. Contei-as para mim, criança, depois as passei adiante. Li nos livros, depois escrevi livros. Isso me satisfez durante muito tempo. Foi uma delícia sofrer de uma maneira que me era peculiar e fazia de mim um escritor. Hoje não quero mais isso. Não aguento mais ser prisioneiro desse roteiro inócuo e imutável, seja qual for o ponto de partida que eu tome para tecer uma história de loucura, de imobilidade, de confinamento, para desenhar o plano da armadilha que deve me triturar. Há alguns meses, publiquei um livro, *O adversário*, que me enclausurou durante sete anos e do qual saio exangue. Pensei: agora, acabou, vou fazer outra coisa. Vou para o ar livre, para os outros, para a vida. Para isso, o que seria razoável, pensei em fazer reportagens.

Disse isso à minha volta e não demoraram a me propor uma. Não qualquer uma: a história de um infeliz húngaro, que, feito prisioneiro no fim da Segunda Guerra Mundial, passou mais de cinquenta anos internado num hospital psiquiátrico nos confins da Rússia. Todos acharam que aquele era um assunto para mim, repetia com entusiasmo meu amigo jornalista, e, claro, isso me irritou. Que pensem em mim sempre que se tratar de um tipo amuralhado a vida inteira num hospício, isso é precisamente o que não quero mais. Não quero mais ser aquele a quem a história envolve. O que não me impede de ser por ela envolvido. E depois ela acontece na Rússia, que não é o país da minha mãe, uma vez que ela não nasceu lá, mas o país onde falam a língua da minha mãe, a língua que falei um pouco, criança, e em seguida esqueci completamente.

Aceitei. E alguns dias após ter aceitado, conheci Sophie, o que por outro lado me deu a impressão de passar para outra coisa. Durante todo o jantar no restaurante tailandês perto de Maubert, contei-lhe a história do húngaro, e esta noite, no trem que me conduz a Kotelnitch, penso novamente no meu sonho, digo-me que ele encerra tudo que me paralisa: o olhar do policial que me flagra fazendo amor, a ameaça, ou melhor, a certeza da prisão, da armadilha se fechando e de que não obstante tudo ali é leve, estimulante, alegre, como a posição de pernas empinadas improvisada com Sophie e a misteriosa sra. Fujimori. Está decidido, vou contar uma última história de confinamento, a qual será também a história da minha libertação.

O que sei a respeito do meu húngaro resume-se a alguns despachos da AFP, datando de agosto e setembro de 2000. Esse camponezinho de dezenove anos foi arrastado pela Wehrmacht em sua retirada, depois capturado pelo Exército Vermelho em 1944. Inicialmente recluso num campo de prisioneiros, foi transferido em 1947 para o hospital psiquiátrico de Kotelnitch, cidadezinha a oitocentos quilômetros ao norte de Moscou. Passou ali cinquenta e três anos, esquecido de todos, quase sem falar, pois ninguém à sua volta entendia húngaro, e ele, por sua vez, por estranho que pareça, não aprendeu russo. Foi encontrado este verão, completamente por acaso, e o governo húngaro patrocinou seu repatriamento.

Vi algumas imagens de sua chegada, matéria de trinta segundos na televisão. As portas envidraçadas do aeroporto de Budapeste abrem-se diante da cadeira de rodas na qual se encolhe um pobre velho amedrontado. As pessoas que o cercam estão de camiseta, mas ele usa um gorro de lã grossa, tirita sob uma manta. Uma perna de calça está vazia, presa com um alfinete de fralda. Os flashes dos fotógrafos espocam, o cegam. Em volta do carro em que o fazem entrar, mulheres idosas se acotovelam fazendo um estardalhaço e gritando prenomes diferentes: Sándor! Ferenc! András! Mais de oitenta mil soldados húngaros foram declarados desaparecidos depois da guerra, fazia tempo que haviam desistido de esperar por eles, e eis que um deles retorna, cinquenta e seis anos mais tarde. Ele sofre de uma certa amnésia, até o seu nome é um enigma. Os registros do hospital russo, que constituem seus únicos documentos de identidade, o apontam indiferentemente como András Tamas, András Tomas ou ainda Tomas András, mas ele balança a cabeça quando essas palavras são pronunciadas diante dele. Não quer ou não pode dizer seu nome. Isso explica por que, no momento do seu repatriamento, coberto pela imprensa húngara como uma efeméride nacional, dezenas de famílias tivessem julgado reconhecer nele o tio ou o irmão desaparecido. Nas semanas que se seguem ao seu retorno, a imprensa dá notícias a seu respeito e sobre a investigação quase diariamente. De um lado, recebem e entrevistam as famílias que o reivindicam, de outro, o interrogam, tentando despertar suas recordações. Repetem-lhe nomes de aldeias e pessoas. Uma notícia relata que, no Instituto Psiquiátrico de Budapeste, onde ele é mantido em observação, antiquários e colecionadores desfilam, convocados pelos médicos dele, para lhe mostrar quepes de uniformes, insígnias, moedas antigas, objetos supostamente evocativos da Hungria da época que ele conheceu. Ele pouco reage, resmunga mais que fala. O que ele usa como língua não é efetivamente húngaro, mas uma espécie de dialeto particular, o do monólogo interior que ele repisou ao longo do seu meio século de solidão. Nos fins de frases vêm à tona, quando o assunto é a travessia do Dniepr, sapatos que lhe roubaram ou que teme que lhe roubem, e sobretudo a perna que lhe deceparam, lá na Rússia. Gostaria que a devolvessem para ele ou lhe dessem outra. Manchete: "O último prisioneiro da Segunda Guerra reivindica uma perna de pau".

Um dia, leem para ele *Chapeuzinho vermelho*, e ele chora.

Decorrido um mês, sai o resultado da investigação, confirmado por testes de DNA. O fantasma chama-se András Toma — mas na Hungria dizem Toma András, Bartók Béla, o sobrenome antes do prenome, como no Japão. Tem um irmão e uma irmã mais jovens que ele, que moram numa aldeia na extremidade oriental do país, a mesma que ele deixou cinquenta e seis anos antes ao partir para a guerra. Estão dispostos a recebê-lo em sua casa.

Enquanto tento checar as informações, fico sabendo por um lado que sua transferência de Budapeste para sua aldeia natal só se dará dentro de algumas semanas, por outro que no dia 27 de outubro o hospital psiquiátrico de Kotelnitch irá comemorar o jubileu dos seus noventa anos. É por lá que convém começar.

O trem para apenas dois minutos em Kotelnitch, é pouco para desembarcar nossas caixas de material. Estou acostumado com reportagens escritas, portanto a trabalhar sozinho, às vezes com um fotógrafo: uma equipe de televisão é infinitamente mais pesada. Embora sejamos os únicos passageiros a descer e ninguém embarque, a plataforma está apinhada, principalmente de velhas de lenço e botinas de feltro que querem nos vender baldes cheios de mirtilo e nos xingam quando apontamos nosso equipamento esperando fazê-las entender que já estamos sobrecarregados. Em volta lembra muito a estação do Transiberiano da minha história: terra batida, poças de lama, cercas de tábuas descascadas atrás das quais brucutus olham para você com uma curiosidade francamente não amena. Percebo que é melhor estarmos os quatro aqui que eu sozinho. Jean-Marie empunha sua câmera, Alain fixa seu microfone no suporte, as velhas redobram seu mau humor. Sacha vai até a estação para arranjar um carro e logo está de volta acompanhado por um tal de Vitali, que em seu Jiguli do tempo do onça nos leva para o único hotel da cidade, o Viatka. Viatka é ao mesmo tempo o antigo e mais recente nome de Kirov, que é a capital da região e a estação seguinte na linha da ferrovia. Num almoço na casa dos meus pais dias antes da minha partida, tentando colher referências sobre os locais da minha reportagem, soube pela minha mãe que Kirov passou a se chamar assim na época soviética em homenagem ao grande bolchevique cujo assassinato foi o ponto de partida e provavelmente o pretexto para os expurgos de 1936, em seguida pelo meu pai — que é apaixonado pela família da minha mãe — que em 1905, na época em que ela ainda se chamava Viatka, meu tio-bisavô, o conde Viktor Komaróvski, foi seu vice-governador. O Viatka, em todo caso, é um desses hotéis bem conhecidos dos que viajam à Rússia, onde não apenas nada funciona, nem a calefação, nem o telefone, nem o elevador, como onde presumimos que nada nunca funcionou, nem sequer no dia da inauguração. Duas lâmpadas em cada quatro estão queimadas. Fios elétricos emaranhados e desencapados correm em todos os sentidos ao longo de paredes leprosas. A saída da calefação inativa, em vez de ser como em toda parte colada nas paredes, é orientada, perpendicularmente a elas, para o centro dos quartos, na ponta de canos compridos que nunca são retos, mas estranhamente em cotovelo. Roupas de cama puídas e sujas, tão pequenas que mal as distinguimos das toalhas do banheiro, cobrem pela metade as camas bambas de solteiro, uma película de poeira gordurosa envolve o que se apresenta como mobília. Nada de água quente. Sacha, a quem na véspera eu pedira ingenuamente que pagasse o hotel com um cartão de crédito, olha para mim balançando a cabeça, irônico. Cartão de crédito... Pfff... E como falo um pouco de russo, *tchutchut*, um nadinha, ele comenta: *Tut, my vo dniê*, aqui, estamos no buraco.

A peregrinação aos lugares onde András Toma viveu começa no consultório do dr. Petukhov, médico-chefe do hospital, e seria perfeita, é sua opinião manifesta, se ali também terminasse. Não que Iúri Leonidovitch, como ele nos convida a chamá-lo, seja hostil com os jornalistas: ao contrário, abre com orgulho o leque de cartões de visita deixados pelos representantes de diversas mídias russas e estrangeiras, Izvestia, CNN, Reuter... Mas já deu sua pequena declaração sobre a história e realmente não vê o que poderíamos querer mais. Em 11 de janeiro de 1947, portanto, o paciente foi transferido do campo de prisioneiros de Bistriag, distante uns quarenta quilômetros e extinto desde os anos 1950, para o hospital psiquiátrico de Kotelnitch. Foi recebido aqui mesmo, nesta casinha de madeira bem aquecida, bem encerada, pintada com bonitas cores pastel, pela dra. Kozlova, que abriu um dossiê para ele. Com um gesto ligeiramente teatral, Iúri Leonidovitch abre por sua vez esse dossiê e convida Jean-Marie a fazer um zoom, como provavelmente fizeram os que o antecederam, sobre as primeiras anotações da dra. Kozlova. Papel amarelecido, tinta esmaecida, letrinha regular. O paciente foi registrado sob o nome de

Tomas, Andreas, nascido em 1925, de nacionalidade magiar. Esse *s* e esse *e* a mais provocaram muita confusão em seu retorno à Hungria, mas dificilmente se pode atribuir a responsabilidade por isso à dra. Kozlova, pois o paciente não responde a nenhuma de suas perguntas, não parece sequer ouvi-las, devemos então supor que as respostas foram dadas pelos soldados que o acompanhavam. Suas roupas estão sujas, rasgadas, sendo pequenas demais e sobretudo leves demais para a estação. Ele se cala obstinadamente, às vezes ri sem motivo. No hospital militar anexo ao campo, recusava-se a comer, não dormia, chorava e ocorria-lhe ser violento. Esse comportamento dá margem ao diagnóstico de "psiconeurose", justificando sua transferência para um hospital civil. Sem acreditar muito nisso, pergunto se a dra. Kozlova ainda está viva. Iúri Leonidovitch balança a cabeça: não, não existe mais testemunha da chegada de András Toma, nem dos primeiros tempos da sua passagem por aqui. Quando ele próprio assumiu o posto, há uns dez anos, o paciente não apresentava, diz, interesse algum para um psiquiatra. Calmo, silencioso, retraído. Em 1997, tiveram que lhe cortar uma perna. E depois, em 26 de outubro de 1999, há exatamente um ano, um mandachuva dos serviços de saúde veio visitar o hospital. Iúri Leonidovitch, ao levar a visita para dar uma volta, passou diante do velho perneta e o apresentou como o decano de seus pacientes. Sorri, enternecido, à lembrança dessa cena. Imagino-o beliscando a orelha dele, como Napoleão a de seus recrutas: um velho brioso, sossegado, que está ali desde a guerra e não fala senão húngaro, ah ah ah! Ocorre que uma jornalista local cobria o acontecimento e, como aquilo não parecia uma notícia muito atraente, destacou em sua reportagem: o último prisioneiro da Segunda Guerra Mundial está entre nós. Lançado o slogan, uma agência o repetiu, depois outra, e ele logo percorreu todas as redações. Alertado, o cônsul da Hungria foi a Moscou, seguido por psiquiatras de Budapeste, que acabaram por levá-lo este verão. Iúri Leonidovitch, mais tarde, só recebeu excelentes notícias dele e se regozija com os progressos que seus colegas húngaros relatam com regularidade. A placidez com que ele fala desses progressos me espanta um pouco. Que um homem possa em dois meses voltar à vida e à fala depois de ter passado cinquenta e três anos confinado e reduzido à estupidez, isso não o abala em absoluto e sequer lhe ocorre quando recebe jornalistas que poderiam tirar conclusões cruéis sobre a psiquiatria em seu país em geral ou em seu hospital em particular. Não há nada de defensivo em sua maneira de nos resumir o dossiê, e, se ele se nega a nos deixar consultá-lo diretamente, tenho a impressão de que não é tanto por desconfiança, mas para manter o monopólio sobre o único objeto de curiosidade midiática jamais surgido em Kotelnitch.

Médico-chefe e administrador do hospital, deputado na Duma local, ficamos sabendo depois, Iúri Leonidovitch não sai nunca da sua casa de madeira quentinha e visita os doentes apenas raramente. Vladimir Alexandrovitch Malkov, aos cuidados de quem ele nos deixa depois de muito insistirmos para ver um pouco mais, é médico clínico e responsável pelo pavilhão onde Toma passou as últimas décadas. Espichado, louríssimo, muito pálido, vestindo jaleco branco e óculos levemente escuros, exibe o aspecto frio que, num romance russo do século XIX, o levaria a ser comparado a um alemão. À primeira vista menos afável e cooperativo que seu chefe, parece ter guardado uma tênue lembrança das diversas equipes de jornalistas cujos cartões de visita este coleciona. Como podem viver sem água quente?, perguntou-lhe um câmera. E ele, dando de ombros: vocês é que vivem. Nós, aqui, sobrevivemos.

Sala nº 2. Nove leitos. O dele era o primeiro à esquerda da porta, encostado na parede, num canto. Não houve transferências recentemente, os outros não se mexeram desde que ele foi embora, eram seus colegas de dormitório. Agasalhos, chinelões, rostos esvaziados de homens de quem tiraram tudo. Há os que caminham pelo vão entre os leitos, da janela até a porta, arrastando os pés e agitando as mãos. Os que ficam sentados na beira da cama horas a fio, e ainda os que permanecem deitados: um, debaixo do cobertor, cujo rosto jamais veremos, o outro todo reto, esticado, braços cruzados no peito, rosto fechado num ricto que é agora sua única expressão. Naufragaram aqui porque a vida era dura demais do lado de fora, o álcool muito forte, suas cabeças povoadas por vozes ameaçadoras, mas não são perigosos, sequer agitados. "Estabilizados", nos explica Vladimir Alexandrovitch.

Nos últimos dez anos, o orçamento do hospital não parou de diminuir, precisaram reduzir os efetivos também, mandar embora quem pudessem, todos os que apresentavam melhoras e tinham famílias para os receber, mas estes não têm ninguém, então que remédio, ficamos com eles. Não cuidamos deles de verdade, não falamos com eles de verdade, mas ficamos com eles. É pouco. Não é nada.

Ficaram com András Toma. Entretanto, ele tinha família, um país para onde podiam despachá-lo, teoricamente não era impossível dar notícia de sua existência ao consulado da Hungria em Moscou, mas a ideia não ocorreu a ninguém, é tão longe, Moscou, para não falar da Hungria. Ele naufragara ali, por ali ficou, como um sofredor esquecido, e pouco a pouco até mesmo o sofrimento se erodiu.

Não era um parasita, não passava os dias na cama, mas na marcenaria, no chaveiro, na oficina, e, na época em que o hospital tinha uma fazenda no exterior, ficava enfurnado lá o tempo todo. Muito hábil com as mãos, sempre ocupadíssimo, ia e vinha livremente, e eis por que Vladimir Alexandrovitch julga um pouco excessivo o slogan que o apresenta como o último prisioneiro da guerra. Não era de forma alguma prisioneiro, nem mesmo doente: morava aqui, estava na casa dele, ponto-final. Nem mesmo doente, sério?, insiste Sacha. Já não estava mais. Foi diagnosticado como esquizofrênico quando chegou, mas era um homem em estado de choque, que conhecera os horrores da guerra e passara três anos no campo de prisioneiros. O episódio psicótico que vivenciou era uma reação a esses traumas e nunca mais se repetiu. Ele deve ter ruminado, mais ou menos conscientemente, que, para evitar que aquilo se repetisse, era melhor ser discreto, não se fazer notar, não falar, não compreender o que lhe diziam, fundir--se na paisagem.

Já no consultório de Iúri Leonidovitch, a cada vez que captava três palavras, eu interrompia a tradução dizendo *da, da, ia ponimaiu*, sim, sim, compreendo, e na saída, um Sacha irritado me disse escute, ou você compreende e não precisa de mim, ou me deixa fazer meu trabalho, combinado? Concordei, mas não me contive e insisti com Vladimir Alexandrovitch, e agora tento lhe explicar que minha mãe é de origem russa, que falei russo criança, que li em russo "Enfermaria nº 6" de Tchékhov, que se passa num hospício psiquiátrico do interior. Sacha fica boquiaberto, meus progressos o irritam, Alain e Jean-Marie estão chocados, quanto a Vladimir Alexandrovitch, isso quebrou totalmente o gelo. Eu falo russo, li "Enfermaria nº 6"! Agora somos amigos, e, no impulso, atrevo-me a lhe perguntar se não haveria um jeito de consultar o dossiê do húngaro, idealmente fazer uma cópia dele. Sim, é possível, mas o melhor é perguntar a Iúri Leonidovitch. O problema é que Iúri Leonidovitch não quer. Então Vladimir Alexandrovitch faz uma careta: se Iúri Leonidovitch não quer, isso é efetivamente um problema.

Pronunciar algumas palavras em russo literalmente me embriagou e, quando nos vimos todos os quatro, à noite, no único restaurante que encontramos aberto na cidade, quero continuar de qualquer jeito. Esse restaurante, o Troika, é uma espécie de boteco fétido, fica no subsolo, onde se reúne uma juventude transviada que suspeitamos, pelo menos no que se refere à parcela masculina, ser potencialmente perigosa. Ali servem apenas pelmenis, isto é, raviólis russos, que insisto em regar com vodca. Apesar do nosso porre da véspera, não tenho dificuldade em convencer nem Alain, que está sempre com a goela seca, nem Sacha, que se torna instantaneamente mais indulgente comigo. Apenas Jean-Marie declina sorrindo, como na véspera: não bebe nunca. Quanto a mim, já estava bêbado de empolgação antes do primeiro copo e começo a testar meus progressos com duas moças feiosas, que, na mesa ao lado, estão loucas para se enturmar. No meu russo esfarrapado, indago-lhes acerca do nosso herói, que se tornara a celebridade da cidade. Não tenho certeza de ter captado tudo de suas respostas, mas, segundo uma delas, anotei na minha caderneta, ele não queria partir, tiveram que enviá-lo à força para a Hungria, e segundo a outra, ele não era nada louco, fingira ser louco para não ser mandado para a Sibéria. Tenho uma lembrança confusa, um pouco mais tarde, das piadinhas de Sacha quando lhe perguntei se achava possível fazer uma ligação para a França do hotel — e pagar com cartão de crédito, é isso? —, depois de cambalear junto com ele pelas ruas desertas até os Correios, que ficam abertos até tarde acolhendo os bêbados que até mesmo uma birosca nada respeitável quanto o Troika dispensa. Ali se pode encontrar um pouco de calor humano, oportunidades de paquera, coisa a que Sacha parece bastante inclinado, e acessoriamente telefonar. Ao mesmo tempo que entabula uma conversa que desde a primeira frase ameaça degenerar, Sacha me ajuda com grande má vontade a solicitar minha ligação, que vou esperar numa cabine de madeira onde alguém mijou recentemente, de maneira que posso escolher entre a náusea, caso feche a porta, ou, no caso de abri-la, o burburinho da sala que encobre o toque distante da chamada. Quando finalmente Sophie atende, não tenho mais essa escolha, preciso fechar a porta para ouvi-la e começo imediatamente a lhe descrever a cabine-mictório, os Correios, a cidade, o hospício. Isso só pode fazê-la pensar na história do Transiberiano que lhe contei no restaurante tailandês de Maubert onde jantamos juntos na primeira noite. Por outro lado, estou eufórico, explico-lhe que hoje comecei a falar russo, que vou continuar, me dedicar seriamente, que isso é tão importante para mim quanto tê-la conhecido, e, a propósito, que a sucessão quase instantânea desses dois acontecimentos não é um acaso. Conto-lhe meu sonho do trem, insistindo de maneira um pouco idiota na promessa de libertação que ele contém e omitindo, em compensação, a sra. Fujimori, pois, embora conheça Sophie há menos de duas semanas, já percebi que é ciumenta. Quando telefonei, achava que já seria tarde do outro lado da linha, que talvez ela estivesse deitada, nua, disposta a se acariciar a um pedido meu, mas me confundi com o fuso horário, na realidade são sete horas em Paris e ela ainda está no escritório. No início da ligação, ela se perguntava se eu não estava em perigo, mas compreende que estou simplesmente bêbado, exaltado, pode-se dizer até mesmo feliz, e o que interessa é que a amo. Ela então começa a me falar do meu pau, a me dizer que realmente gosta disso, de paus, e que inclusive conheceu não poucos, mas que o meu é seu predileto e que gostaria muito que eu a penetrasse e que, na impossibilidade disso, tocasse uma punheta. Do outro lado da linha, ela fechou a porta do escritório e enfiou a mão sob a saia, sob a malha, sob a calcinha. Roça o tecido com a ponta dos dedos. Penso na maravilhosa penugem loura comprimida pela sua calcinha, mas sou obrigado a dizer que, no que me diz respeito, está fora de questão me masturbar nesse momento: minha descrição do cenário é rigorosamente realista, através do vidro vejo Sacha e o indivíduo pacientemente à procura de um motivo de discussão, podem me ver também, tenho que esperar chegar ao hotel. Não existe calefação e os lençóis me parecem tão sujos que vou pensar duas vezes antes de me enfiar na cama, preparo-me então para dormir todo vestido, juntando tudo que possa usar como coberta, mas apesar disso tudo prometo me masturbar, e foi, na volta, o que fiz.

Kotelnitch pode ser um buraco, mas é um centro ferroviário importante, e nunca se passam mais de dez minutos sem que o estrondo de uma composição geralmente comprida faça vibrar as vidraças dos nossos quartos. O que não atrapalhou o meu sono. O de Alain, sim, e esta manhã, no café-restaurante do hotel onde dois sujeitos enxugam em silêncio o que provavelmente não é sua primeira cerveja e onde conseguimos com grande dificuldade uma xícara de chá, ele está ainda mais desmazelado que de costume e, apesar disso, num excelente humor. Para driblar a insônia, passou a noite gravando as passagens desses trens, e me mostra alguns trechos. Não vejo muita diferença de um para outro, ele tenta educar meu ouvido, fazê-lo distinguir o tchuque-tchuque do vagão de carga do tchique-tchique do expresso, balanço a cabeça, digo sim, sim, e ele ri: você vai ver, vai adorar estar com tudo isso na montagem.

Último a descer, Sacha junta-se a nós praticamente de marcha a ré, olhar esbugalhado, desviando-se incessantemente, e, quando decide nos encarar, percebemos que está completamente desmoralizado. Olho roxo, face intumescida, lábio cortado. Envergonhado, lança--se numa explicação descosida, algo como depois de sair comigo dos Correios foi dar mais uma volta, comer uma coisinha, segundo sua expressão, num bar que se revelou ser um bar de bandidos, onde se deixara embriagar por uns caras que não entendemos bem se eram bandidos ou tiras, em todo caso — mas isso não tem nada a ver e ele insiste em nos convencer disso — não vai voltar conosco para o hospital esta manhã porque tem um encontro com um sujeito do FSB a respeito dos nossos passaportes. O FSB é o que anteriormente se chamava KGB, e uma equipe francesa incrustada diversos dias numa cidadezinha como Kotelnitch exige, do ponto de vista do FSB, tratamento especial: logo, é bom prever uma propina ou outra a fim de que façam vista grossa para as irregularidades que inevitavelmente vão encontrar nos nossos papéis. Estendo cem dólares para Sacha, que diz ser o suficiente para começar.

Filmamos o hospital o dia inteiro. As refeições, a rotina. O terreno baldio que serve de pátio, onde um vagão militar datando da última guerra está entregue à ferrugem. O portão gradeado aberto para a estrada chuvosa, e os ônibus que de quando em quando passam por essa estrada, os vidros cobertos de lama. Os doentes dedicam-se à jardinagem, perambulam, enrolam e fumam cigarros, ficam sentados em bancos horas a fio. O banco que András Toma particularmente apreciava, porque dali via um cercado que lhe lembrava a Transilvânia. É o que diz Vladimir Alexandrovitch, em todo caso é o que compreendo, já que, na ausência de Sacha, retido na cidade por suas negociações com o FSB, fico restrito exclusivamente aos meus recursos linguísticos. A bebedeira os galvaniza, mas a ressaca os entorpece. O sujeito que eu estava prestes a abraçar ontem, cuja estima estava orgulhoso de ter conquistado, hoje já não sei mais o que lhe dizer ou como lhe dizer, faltam-me palavras e o escuto, na marcenaria em que Toma gostava de trabalhar, desfiar numa voz monótona o que soa para mim como uma litania incompreensível. Eu a intercalo com desenxabidos *da, da*, às vezes *koniéchno*, que significa claro e não compromete em nada. Ele, por sua vez, parece decepcionado com a minha apatia, gostaria muito de voltar a falar de Tchékhov, da Rússia e da França. Sonha um dia ir à França, o problema é que não fala uma palavra de francês, em compensação sabe um pouco de latim: *de gustibus non est disputandum*, declama. Com isso, dá para se virar, encoraja-o Sacha que acaba de se juntar a nós, visivelmente reanimado pelas conversas com o FSB. Ele conta que o tenente-coronel que representa o órgão em Kotelnitch também se chama Sacha, coincidência que não é nenhum milagre num país que utiliza para cada sexo uma quinzena de prenomes, cada um aparelhado com uma bateria de diminutivos, mas revelou-se que ambos participaram da guerra na Tchetchênia, o tenente-coronel no exército russo, nosso Sacha como intérprete para uma equipe de televisão francesa. Isso criou laços, aparentemente estreitados por alguns copos, e agora Sacha sente-se em forma para me auxiliar em minhas entrevistas com os doentes julgados apresentáveis por Vladimir Alexandrovitch. Todos contam as mesmas coisas sobre seu ex-companheiro: um sujeito tranquilo, solícito, caladão. Ele entendia russo? Ninguém nunca soube, e, a bem da verdade, ninguém parece jamais se ter feito essa pergunta.

Quando deixamos o hospital, no crepúsculo, Vladimir Alexandrovitch nos disse *da zavtra,* não *da svidaniê,* até amanhã, não até logo, e é com o mesmo desembaraço rotineiro que me passa, imediatamente antes de eu fechar a portinha do Jiguli e de ele próprio girar nos calcanhares, um envelope grosso de papel kraft. Abro-o no carro: é a cópia de um dossiê médico. Ele está caidinho por você, diga a verdade, caçoa Sacha.

Essa noite, todos dormem cedo, ninguém bebe, é preciso estar em forma para o dia de amanhã, que é o do jubileu do hospital. Sacha se informou: haverá um banquete, a ser realizado na sala de refeições do nosso hotel. Esse banquete me deixa na expectativa, imagino um mergulho cheio de pitoresco na Rússia profunda, cujo ápice, em meio a brindes entusiastas e danças de perder o fôlego, poderia ser o encontro com uma velha enfermeira aposentada, truculenta *babuchka* que nos contaria a chegada do húngaro em 1947 e nos sugeriria, os olhos piscando de malícia, que ele não falar era o de menos, o safadinho tinha mais de um truque na manga. Enquanto isso, e já que a única alternativa para se comer em matéria de restaurante parece ser o bar dos bandidos onde Sacha levou uma sova, retornamos para comer pelmenis no Troika, enquanto examinamos nosso butim.

O dossiê médico de András Toma comporta quarenta e quatro páginas manuscritas, em diferentes caligrafias, cobrindo os cinquenta e três anos de sua permanência em Kotelnitch. As primeiras observações são da dra. Kozlova, já lidas e comentadas para nós por Iúri Leonidovitch. Numerosas e precisas nas primeiras semanas, logo se espacejam, e compreendemos que o regulamento do hospital obriga aos médicos registrarem uma vez a cada quinze dias uma observação sobre o estado do paciente. Reportando-se a essas anotações, que Sacha começa a traduzir, é possível acompanhar a curva de uma vida inteira, e a de András Toma, como decerto a de muitos outros, é atroz: um processo de destruição inexorável registrado em pequenas frases neutras, monótonas, repetitivas. Por exemplo:

15 de fevereiro de 1947: o paciente está deitado, tenta dizer alguma coisa mas ninguém o compreende. À pergunta: como vai?, ele responde: Tomas, Tomas. Não permite que o examinemos.

31 de março de 1947: permanece deitado com o cobertor na cabeça. Diz alguma coisa com raiva em sua língua peculiar e aponta para os pés. Esconde comida nos bolsos. Fisicamente saudável.

15 de maio de 1947: o paciente sai no pátio mas não fala com ninguém. Não fala russo.

30 de outubro de 1947: o paciente não quer trabalhar. Se o obrigamos a sair, grita e corre em todos os sentidos. Esconde as luvas e o pão debaixo do travesseiro. Embrulha-se em farrapos. Fala apenas húngaro.

15 de outubro de 1948: o paciente é sexual. Dá gargalhadas na cama. Não se submete às ordens do hospital. Corteja a enfermeira Guilichina. O paciente Boltus está com ciúmes. Bateu em Toma.

30 de março de 1950: o paciente está completamente confinado. Não sai da cama. Olha pela janela.

15 de agosto de 1951: o paciente pegou alguns lápis com os enfermeiros. Escreve nas paredes, nas portas, nas janelas, em húngaro.

15 de fevereiro de 1953: o paciente está sujo, irritado. Coleciona fezes. Dorme em lugares não apropriados: corredor, banco, debaixo da cama. Perturba os vizinhos. Fala apenas húngaro.

30 de setembro de 1954: o paciente está fraco e recusa tudo. Fala apenas húngaro.

15 de dezembro de 1954: nenhuma mudança no estado do paciente.

* * *

Estamos na página 6 do dossiê, percebemos que os médicos se cansaram. Eu e Sacha também. Nos contentamos em passar os olhos pelo restante. Sacha murmura, cantarola e, daí a pouco, salmodia: nenhuma-mudança-no-estado-do-paciente-ele-fala-apenas-húngaro, nenhuma-mudança-no-estado-do-paciente-ele-fala-apenas-húngaro... Ah, sim, no entanto, percorridas oito páginas, estamos em 1965 e acontece alguma coisa. O paciente entusiasmou-se com a dentista do hospital e, para ter oportunidade de a rever, não para de mostrar os dentes — "com um sorriso estúpido", esclarece o dossiê. Ela o reexamina, está tudo bem. Mas ele continua a mostrar os dentes, registram a cada quinze dias. Com gestos, dá a entender que quer que ela os arranque. Foi o que achou de melhor para criar um laço. Ela se recusa a arrancar seus dentes saudáveis. Então ele estraçalha o próprio maxilar a marteladas. Falta de sorte, recebe tratamento, mas não da dentista amada. Coitado do velho, suspira Sacha. Coitado do velho... Se bobear, não trepou uma única vez durante todos esses anos, e antes, na Hungria, também não fica claro. Talvez nunca tenha trepado na vida...

Mais vinte páginas, mais trinta anos.

11 de junho de 1996: o paciente se queixa de dores no pé direito. Diagnóstico: artrite. Os parentes do paciente devem ser consultados a respeito da amputação. O paciente não tem parentes.

28 de junho de 1996: o paciente é amputado em dois terços da perna direita. Sem complicações.

30 de julho de 1996: o paciente parou de se queixar. Fuma muito. Começa a andar de muletas. De manhã, seu travesseiro está úmido por causa das lágrimas.

Quando chegamos ao hospital na manhã seguinte, uma enfermeira nos diz gravemente que o dr. Petukhov quer falar conosco. Levamos um grande chá de cadeira. Para passar o tempo, Jean-Marie faz algumas panorâmicas entre a neblina emoldurada pela janela e o lago polinésio escolhido como fundo de tela do computador. A secretária pede que ele pare, que guarde a câmera, e, quando ela fala ao telefone, não compreendo direito o que diz e Sacha saiu para fumar um cigarro, mas ela repete abaixando a voz a palavra *fransuski*, e percebemos que o assunto é este, os *fransuski*. Finalmente, Iúri Leonidovitch sai do escritório, despedindo-se de um visitante de aspecto oficial. Parece ao mesmo tempo surpreso e contrariado por nos ver obstruindo a passagem e não demora a sugerir, entre as duas portas, que deixemos a cidade. Nenhuma outra brigada — é a palavra que ele usa para equipe — deteve-se ali mais de poucas horas, nós já estamos lá há dois dias, que mais queremos? Sacha tenta explicar a diferença entre uma matéria de jornal de televisão de dois minutos e uma reportagem abrangendo cinquenta e dois anos, mas em vão, Iúri Leonidovitch tomou, ou tomaram para ele, uma decisão. Já chega, nossa presença perturba o processo de cura dos doentes, e, no que se refere às comemorações do jubileu, tampouco somos bem-vindos. É uma coisa privada, uma festa para os funcionários, não tem nada a ver com o húngaro.

Mas, Iúri Leonidovitch, nosso filme tenta mostrar a atmosfera do hospital...

É assim? E amanhã vocês vão pedir para me filmar no banho sob o pretexto de que isso mostra a atmosfera do hospital? Sinto muito, mas é não.

Decepcionados, desconcertados, nos arrastamos para a cidade. De um lado da estrada, na entrada, há uma escultura de cimento de cerca de dois metros ilustrando a foice e o martelo, do outro uma panela gigante que é desde os tempos mais remotos o emblema de Kotelnitch. É o que significa *kotel* em russo, me explica Sacha: uma panela, ou um caldeirão. Uma temporada aqui dentro é uma espécie de três estrelas do turismo depressivo, e tudo indica que essa sensação de calmaria no fundo de uma panela de sopa fria e estagnada da qual teriam há muito tempo desaparecido, a supor que um dia houvessem existido, todos os bons pedaços, constitui a rotina das cidades de vinte mil habitantes da Rússia profunda. Ninguém se dirige para esse gênero de cidade. Ninguém fala delas. Um belo dia, ficamos sabendo da existência de um buraco chamado Tchernóbil e, menos terrível e mais modestamente, do que aconteceu em Kotelnitch depois que ali descobriram o último prisioneiro da Segunda Guerra Mundial.

Uma vez que o banquete foi realizado no nosso hotel, cujo acesso não podem de toda forma nos proibir, Alain resolveu desfechar um ataque inesperado. Ao entrarmos, nós quatro, na sala de refeições, há umas cinquenta pessoas sentadas ao redor das mesas dispostas em U, nenhum lugar livre, e Petukhov, de pé à nossa frente, ergue um brinde. Ele nos vê, finge não nos ver, normalmente deveríamos bater em retirada, mas Alain continua a avançar para o centro da sala e Jean-Marie e eu, sem querermos ficar atrás, seguimos seus passos. Reconheço alguns rostos: as enfermeiras que trabalhavam na ala do húngaro, nosso amigo Vladimir Alexandrovitch, o oficial que acompanhava Petukhov esta manhã. Todos nos olham sem entender, emudecidos. Petukhov interrompeu o brinde. Desenrola-se então uma cena de farsa: atravessamos a sala com sorrisinhos educados, gestos condescendentes e tranquilizadores que querem dizer algo como: estamos só passando, façam como se nada estivesse acontecendo, não se incomodem. Somos seguidos por olhares perplexos, e nosso comportamento até esse instante é de tal forma absurdo que desarma qualquer agressividade. Num filme, os heróis debandariam como coelhos no instante preciso em que, a hipnose cessando de operar, a horda se precipita em cima deles para escorraçá-los. Entre a mesa central, presidida por Petukhov, o copo ainda no ar, a boca aberta, mudo, e as mesas laterais, por sorte há um espaço para passar. Alain se enfia por ali, nós atrás dele. Por outra sorte, há outra porta na outra ponta da sala, o que nos permite sair sem correr o risco de uma travessia em sentido inverso. Uma abóbada escura, malcheirosa, e estamos na rua onde reencontramos Sacha, que balança a cabeça: vocês são completamente idiotas por acaso? Anoiteceu, faz frio. Atrás das vidraças embaçadas, o brinde recomeça, o pessoal do hospital começa a se embebedar, só nos resta tocar para o Troika.

É provavelmente a decepção, o cansaço também, mas, esvaziando e olhando meus companheiros esvaziarem em silêncio suas tigelas de pelmenis, observo que em três dias adquirimos o comportamento local à mesa: espinha curvada, pescoço esticado para sugar, uma das mãos agarrando a colher de metal, a outra o pedaço de pão, e os dois braços, até os ombros, formando uma muralha em torno da comida como se esta pudesse ser roubada. Em cima do balcão, a televisão transmite sem parar vinhetas publicitárias evocando a vida feérica levada em Moscou ou Petersburgo por jovens bem-vestidos e penteados, de sorriso carnívoro, saindo de automóveis de luxo e pagando com cartões de crédito dourados contas de restaurante que devem representar alguns anos de salário por aqui. Que efeito isso causa, ser martelado por isso quando se mora aqui? Será que os sujeitos refestelados nessas mesas grudentas de boteco decadente veem essa lancinante exibição de fausto e arrogância como uma ofensa ou como um filme de ficção científica a se desenrolar num universo paralelo?

De repente, da mesa vizinha, somos interpelados em francês. Ao me voltar, vejo-me diante de uma moça de aproximadamente vinte e cinco anos, nariz em ponta, olhos um pouco saltados, não sem charme porém, sentada ao lado de um homem bem mais velho, terno de três peças, cara de *apparatchik* alcoólatra, que lhe dá um amasso. Chama-se Ania e está louca de alegria de poder falar em francês com franceses. Lembro-me de que utilizou esta expressão: *folle de joie*. Olha para nós três com uma excitação infantil, os olhos faiscantes, faltava pouco para bater palmas. Sem se atrever, sonhava em se aproximar da gente, sabia da nossa presença desde a nossa chegada, aliás todo mundo na cidade está sabendo da nossa presença, só se fala disso, todo tipo de boatos circula a nosso respeito. Boatos? Por exemplo? Muito bem, que acabamos de fazer um escândalo no banquete do hospital. Ela segura a risada, visivelmente isso lhe agrada, o fato de termos feito um escândalo no banquete do hospital. E depois, diz mais gravemente, nós filmamos coisas que não são bonitas. Que coisas não são bonitas? Mulheres velhas, pobres, pessoas bebendo, isso não é bonito, não passa uma ideia simpática da cidade. Dizem também que para não nos causar impressão tão ruim deram um jeito de restabelecer a água quente no hotel, e isto muita gente não aprecia: quase ninguém tem água quente em Kotelnitch, desde a desagregação do país — pois todo mundo fala aqui, enfaticamente, dos dez últimos anos como de uma catástrofe histórica —, então por que água quente para nós e não para os russos? Quanto a esse ponto preciso, podemos desmentir formalmente: não fomos mais bem contemplados que os demais. Ania fala sem parar, num francês esquisito, ao mesmo tempo hesitante e minucioso, entremeado por expressões obsoletas — "vou fumar uma palha" —, mas ainda assim notável caso tenha tido mesmo tão poucas oportunidades de praticá-lo, como diz. Afirma ter aprendido na escola dos intérpretes militares de Viatka, acerca da qual Sacha começa a questioná-la num tom francamente inquisidor: em que ano? em que seção? Isso a deixa constrangida, e, para mudar de assunto, ela nos apresenta seu companheiro, que, durante toda essa conversa e como se não tivesse notado nossa presença, continuou a boliná-la e, de vez em quando, a ser distraidamente rechaçado. Anatoli Ivanovitch, um amigo querido dela, diretor da panificadora industrial de Kotelnitch. Um depois do outro, apertamos a mão vacilante de Anatoli Ivanovitch, que pede vodca para todos, insiste para que bebamos de um trago, enche de novo os copos e, agora que está integrado ao nosso círculo, aprova com a cabeça tudo que é dito, embora a conversa se dê em francês. Pouco depois chega um rapaz alto e louro, boa-pinta, que Ania nos apresenta como Sacha e que o nosso Sacha sussurra no meu ouvido que é seu novo amigo, o tenente-coronel do FSB que participou da guerra na Tchetchênia e agora dita a lei em Kotelnitch. Ao longo das confidências de Ania, vem à tona que Sacha é igualmente seu amante, que abandonou mulher e filho por ela, o que não o impede de reagir sem emoção às inconveniências de Anatoli, nem este de prosseguir naquilo com uma insistência cada vez mais despropositada. Quanto a nós, se quisermos mulheres, autênticas namoradas russas, ele se encarrega de arranjar para a gente. Na cidade, perceberam que éramos pessoas sérias, voltamos para dormir no nosso hotel sem companhia, não éramos como os americanos da CNN que vieram mês passado. É ótimo ser sério, mas é preciso ser homem também, e homem bebe e trepa. Diz isso em russo, claro, e agora temos dois intérpretes, uma, Ania, que enrubesce, segura o riso, diz que isso não, prefere não traduzir, não é bonito, o outro, Sacha, que carrega na licenciosidade. Com uma cordialidade crescente à medida que a garrafa de vodca desce, Sacha, o FSBista, só fecha a cara ao perceber Jean-Marie sacar de seu bolso a pequena câmera DV trazida como apoio, para tais circunstâncias. Ele avisa que está fora de questão filmá-lo. Os outros, para ele tanto faz, mas ele não. Quer esse tabu se explique pela paranoia pessoal ou pelas normas da sua profissão, ele faz questão de observar uma vigilância infalível, sem despregar um instante os olhos, apesar do pileque, da câmera que Jean-Marie, usando um truque manjado para dar confiança às pessoas, faz passar de mão em mão, cada um mirando-a no vizinho, vendo-se a si próprio na telinha oposta, rebobinando o filme para projetar as últimas imagens... Enquanto prossegue essa filmagem de amadores, a conversa recai no objeto da nossa reportagem e sobre isso Ania também conta boatos que nos deixam pasmos. Todo mundo, a se acreditar neles, conhecia perfeitamente András Toma na cidade. Ele ali tinha amigos, protetores, na verdade não era em absoluto louco, escondem-nos a verdade, e ela parece disposta, protegida pela língua francesa, a nos revelá-la. A nos apresentar pessoas que nos dirão coisas bem diferentes da versão oficial fornecida pelo hospital: uma velha senhora que levava mel para ele, o diretor do Museu da Guerra, que tem arquivos a seu respeito, e, além disso, claro, Sacha: é seu ofício saber tudo que acontece por aqui. Ao perceber que falamos dele, Sacha franze a sobrancelha, exige uma tradução. Depois da qual nos despeja, sobre o húngaro, um discurso do qual não capto quase nada, mas que me parece exatamente igual ao de Petukhov. Então, Ania me surpreende. Em vez de traduzir, balança a cabeça à medida que ele fala e nos diz que está muito decepcionada: tudo que seu amante está nos dizendo não passa de lorota e clichê. O que não a espanta muito, dito isso, pois a coisa é realmente explosiva. Felizmente, podemos contar com ela, temos apenas que estar a postos, ela vai passar amanhã de manhã no nosso hotel para nos pegar. Sacha opina com a cabeça, como confirmando a tradução de suas declarações. Anatoli desabou, a cabeça entre as garrafas vazias, e nós, evidentemente, estamos empolgados. Mais tarde, dançamos, e estou tão bêbado que no estado em que nos achamos não vejo nada de estranho em isso se dar ao som de canções de Adamo: "Permetez, monsieur", "Tombe la neige"... Ainda mais tarde volto aos Correios para contar nossa noite a Sophie e lhe explicar exaltado o que significa isso, uma reportagem, que é por isso que é tão apaixonante. Engolimos por três dias a fio as lorotas contadas a todo mundo e depois, uma noite, num barzinho sórdido, encontramos mais ou menos por acaso uma moça que nos conta uma história completamente diferente. Mais ou menos por acaso?, repete Sophie, que quer saber como é a moça. Nada terrível, mas, como dizer?, singular. Isso não a tranquiliza, e, menos ainda, o anúncio de que, considerando a evolução das coisas, provavelmente vamos ficar mais alguns dias.

Discutimos seriamente a questão enquanto esperamos Ania na manhã seguinte. Ela marcara dez horas, ao meio-dia ainda não havia chegado, e Sacha é de opinião de que o outro Sacha, recobrando a lucidez, proibiu-a de vir. Se for esse o caso, não vale a pena trocar nossas passagens de volta, reservadas para aquela noite. Estamos decepcionados, mas a verdade é que, não surgindo mais novidades na nossa apuração, estamos um pouco cheios de Kotelnitch, de seus banheiros infectos, dos pelmenis do Troika e dos banquetes onde somos indesejáveis. Na falta de pista melhor, decidimos, para matar o tempo, visitar o Museu da Guerra mencionado por Ania. Sacha observava que é muito estranho um Museu da Guerra num lugarejo que não conheceu nenhum conflito armado desde a guerra civil de 1918, e de fato as coleções do museu consistem numa mistura de animais empalhados, cartazes reproduzindo a Trindade de Andrei Rublev, ferramentas de arar a terra não muito antigas, fotos de um escritor local chamado Savkov de quem uma página ficou presa para a posteridade no rolo de sua máquina de escrever, por fim diversas panelas e caldeirões ilustrando a vocação secular da cidade. O diretor, que nos recebe com boa vontade, nada tem a dizer sobre András Toma, da mesma forma os poucos passantes que interrogamos depois dele, nas ruas. Os que se dispõem a nos responder só ouviram falar do húngaro pelos jornais da televisão, acham que é uma história estranha e o que acham mais estranho é que, durante todos esses anos, ele não tenha aprendido russo.

Sentados sobre nossas bagagens, esperamos a hora da partida no saguão do hotel, onde faz um pouquinho menos de frio que em nossos quartos. A porta se abre, é Ania. Estamos indo embora? Que pena! Pretendia nos levar amanhã para visitar a fábrica de salame onde Toma trabalhou por um longo tempo. Fábrica de salame? Começamos a achar, nós quatro, que, se ficássemos mais tempo, todas as noites ela jogaria uma nova isca e todas as manhãs nos daria um novo bolo. Para se desculpar pela manhã, sugere cantar uma canção, trouxe o violão para isso. Primeiro no saguão, depois pelas escadas que fregueses sobem e descem carregando sacos plásticos em que tilintam garrafas vazias, ela canta canções sentimentais e patrióticas durante uma hora e então ficamos realmente impressionados. Ela canta bem, mas não é só isso: não imita ninguém, canta com a alma, é ela inteira que canta. Seu rosto um pouco desgracioso se ilumina com aquilo. E é para nós que ela canta, um verdadeiro presente. Durante o recital, chega Sacha, num estado que o nosso Sacha qualifica de "desorganizado". Sem tirar o olho da lente da câmera, começa a cantar também mas nitidamente pior, propõe uma saideira e acaba nos acompanhando à estação, de maneira que deixamos Kotelnitch nos termos mais cordiais com o FSB. Isso pode vir a ser útil, digo, se voltarmos. Não corremos grande risco de voltar, brinca Sacha. Pergunto-lhe: que sabe sobre isso?

No trem, Jean-Marie me mostra o que filmou na véspera no Troika. Na minúscula tela de controle, aquelas imagens caóticas de bebedeira, tremidas, mal iluminadas, me agradam muito. Há pouca chance, claro, de elas terem lugar na nossa reportagem, mas poderiam dar margem a uma história diferente, um filme diferente. Precisaríamos, como explico aos meus companheiros, voltar a Kotelnitch e passar lá não quatro dias, mas um ou dois meses. Dessa vez, sem assunto, sem outro objetivo senão registrar aqueles encontros, estendê-los, desemaranhar aqueles novelos de relações acerca dos quais nada entendemos. No fundo, quem são essas pessoas? Quem faz o que nessa cidade? Quem tem poder e sobre quem? Quem é esse FSBista meio devasso? Essa moça, que canta como um anjo, sonha em partir para exercitar em algum lugar seu francês aplicado e obsoleto e enquanto espera vegeta num fim de mundo atravessado por trens em que ninguém embarca? Além disso, os habitantes ficarão perplexos ao nos verem de volta, mais perplexos ainda se nos enraizarmos. Novos rumores sobre nós vão se espalhar, será divertido acompanhar e registrar. Na maioria dos documentários, fazem como se a equipe não estivesse presente. Conviria fazer exatamente o oposto, o assunto não seria a cidade, mas nossa passagem pela cidade, as reações suscitadas pela nossa passagem. Uma equipe estrangeira que estaciona dois meses em Kotelnitch é um acontecimento único nos anais de Kotelnitch: vamos filmar esse fato, vai ser fantástico.

Eu me empolgo, decido me dedicar ao russo para estar à altura do desafio, e meus companheiros, contagiados pelo meu entusiasmo, não estão longe de prometerem comprar o manual Assimil na volta. Havíamos nos entendido bem, não seria ótimo trabalhar juntos de novo? E para comemorar isso, vamos até o vagão-restaurante batizar com algumas vodcas nosso futuro filme: *Retorno a Kotelnitch*.

Duas semanas mais tarde presenciamos o regresso de András Toma à sua aldeia natal. "Aqui é a Hungria, venha!", repete o jovem psiquiatra que o acompanha. O jovem psiquiatra, com seus óculos redondos, é parecido com John Lennon. É muito delicado, fala com seu paciente como com uma criancinha. Mas o velho não quer sair da van. Não tem certeza alguma de que aquilo seja a Hungria. Os que cuidam dele desde o seu repatriamento são obrigados a lhe repetir isso constantemente para tranquilizá-lo. Lá na Rússia disseram-lhe que a Hungria não existia mais. Riscada do mapa. Então quem são as pessoas que falam nessa língua extinta? Que se comportam como se o conhecessem, dão-lhe buquês de flores, atiram-lhe beijos? Aquilo esconde ou não esconde uma nova armadilha?

O rosto, sob o gorro, está em ruínas. Um rosto de *zek*, como se autodenominavam as pessoas do gulag, o rosto dos indivíduos cujas vidas destruídas foram narradas por Soljenítsyn e Chalámov. O jovem psiquiatra estende-lhe suas muletas, para ampará-lo sob os braços. Ele leva uns bons cinco minutos para colocar seu único pé no chão. Tampouco tem mais dentes, então baba e cospe muito. É guiado, vacilante, até a casa da irmã e do cunhado, onde vai morar. Eles organizaram um almoço festivo. Fazem brindes. Os flashes dos fotógrafos lhe dão medo. Seu irmão, que ainda era criança quando ele partiu para a guerra, faz-lhe pacientemente algumas perguntas, decerto para nos mostrar que ele é capaz de respondê-las. Repete nomes de antigamente, esperando despertar uma lembrança: Sándor Benko, professor primário... Smolar, seu ex-colega da escola... E o outro, sob seu gorro, cospe, desvia a cabeça, às vezes resmunga fiapos de frase que ninguém compreende, que não pertencem mais à nenhuma língua. Tenho a impressão de ver um Kaspar Hauser de setenta e cinco anos.

É terrivelmente triste.

* * *

    Durante o almoço, converso com Smolar, o ex-colega da escola. Ele conta que, aos dezoito anos, András Toma era um rapaz bonito, o xodó de todas as meninas. Mas não cantava de galo: era delicado, cavalheiresco, muito tímido. Smolar pintava e bordava, ele não. E Smolar é de opinião que ele deve ter ido para a guerra sem conhecer mulher.
    Ele conta essa partida, e o que conta difere um pouco da versão oficial, segundo a qual ele teria sido recrutado à força. No outono de 1944, quando o Exército Vermelho entrou na Hungria e a Wehrmacht começou a se retirar, houve algumas semanas de extrema confusão, durante as quais o partido pró-nazista dos Cruzes Flechadas, ainda no poder, ordenou a mobilização da classe deles. Convocados ao posto de recrutamento, Smolar e Toma teriam se apresentado, mas Smolar, compreendendo que se tratava de coisa diferente de exercícios de tiro e marchas no campo, teria pedido para ir ao banheiro e escapado pela janela, enquanto Toma, menos audacioso, mais disciplinado, esperava pelo seu uniforme.
    Resumindo, ele se alistou espontaneamente no Exército alemão? Smolar dá de ombros. Eram ambos dois meros camponeses que ignoravam o que estava em jogo na guerra e, na realidade, partidários dos alemães, uma vez que seu país escolhera esse lado. Um obedeceu, o outro saiu pela tangente, e suas vidas desde então seguiram cursos completamente diferentes, mas a política nada tinha a ver, eram seus temperamentos que ditavam isso. Quando eram postos de castigo na escola. Toma copiava conscienciosamente seus versos obrigatórios, enquanto Smolar, por sua vez, saía de fininho: foi o que o salvou, mas ele não se vangloria disso.
    Ao escutá-lo, volto a pensar numa discussão que tive com Sophie antes de viajar. Ela se insurge contra os relatos que, como Lacombe Lucien, mostram que alguém pode se tornar miliciano — ou resistente — por acaso ou ignorância. Ela diz que esses relatos são falsos e mistificadores, que negam a liberdade, que são de direita. Já eu, acho-os corretos. Ela diz que é porque sou de direita e que ela me ama, mas que isso a desagrada, eu ser de direita.

* * *

Entre o dia de sua partida, em 14 de outubro de 1944, e o de sua chegada a Kotelnitch, em 11 de janeiro de 1947, seu rastro se perde. Dois anos e três meses de vazio. Entrevisto, depois de Smolar, o jovem psiquiatra parecido com John Lennon e que, com a colaboração do Exército, tentou reconstituir seu itinerário. Ele acha, pois isso é plausível, que Toma foi capturado na Polônia, confinado num campo de prisioneiros perto de Leningrado e mais tarde, à medida que o campo lotava e era preciso dar lugar aos recém-chegados, deportado para o Leste. Mas desse êxodo não há testemunha. Em contrapartida, ele não estava sozinho. Teve necessariamente companheiros, de combate na Polônia, depois de campo na União Soviética. O que me espanta é que nenhum, no pós-guerra, tivesse ido à sua aldeia para dar notícias suas aos seus familiares, acalentar a esperança de que ele talvez voltasse. E meio século mais tarde, quando seu nome, sua história, seu rosto de velho e seu rosto de moço foram publicados em todos os jornais, e não se encontrou um único ex-combatente para dizer eu o reconheço, estávamos no mesmo batalhão, no mesmo acampamento, um dia eu estava doente, não conseguia me levantar, estaria morto se ele não tivesse me dado um pouco de sopa, num outro dia fui eu que achei o que comer, eu tinha enfiado a mão num saco de batatas congeladas, deitávamos em cima delas para tentar esquentá-las, e também me lembro como se fosse ontem da última vez que o vi, acreditávamos que íamos partir juntos, não sabíamos para onde, nunca sabíamos para onde, mas o importante era ficarmos juntos, nós, os húngaros, tínhamos certeza de que juntos nos safaríamos, e, no último minuto, nos separaram, puseram em vagões diferentes, nem sequer tivemos tempo de nos desejar boa sorte, e, quando três dias mais tarde, eu saí do vagão, num outro campo, lá no Ural, ele não estava lá. Indaguei, mas ninguém sabia, lembro-me de que nesse dia chorei, pensei que tinha acabado, que não voltaria mais, agora que estávamos separados eu tinha certeza de que não voltaria, e ele tampouco, e no entanto voltei. E ele também, agora, voltou. E veja, sou velho, doente, mas estou contente por ter vivido até agora, estou contente por nos revermos antes de morrer, meus netos me disseram que me levariam, dizem nos jornais que ele está louco, que não reconhece as pessoas, mas tenho certeza de que a mim reconhecerá, eu lhe direi András, ele me dirá Géza, e ele também se lembrará das batatas congeladas, se lembrará da última vez antes de entrar no vagão, e eu lhe direi, está vendo, no fim das contas, aquela não era a última vez...

É como se, durante todo esse tempo, ele tivesse vivido sozinho.

Foi levado bem cedo para descansar no quarto que sua irmã havia preparado para ele, mas o almoço e as conversas duraram até o anoitecer. De volta ao hotel, estamos um pouco bêbados, fartos e, sobretudo, tomados pela tristeza. Nenhum de nós sente vontade de falar, vamos para a cama sem jantar. Não é como em Kotelnitch, os quartos são muito abafados, sufocamos. Reviro-me na cama. Para enganar a insônia, percorro a única coisa impressa que tenho comigo, que é a tradução do dossiê médico. E ali descubro algo que até então me escapara.

Nos dez primeiros anos de sua internação, András Toma foi um paciente renitente, violento, rebelde. Um rapaz forte que arranjava briga, escrevia nas paredes como se lançam garrafas ao mar, cuspindo palavrões na cara dos carcereiros. Um caso difícil. Mas em meados dos anos 1950 ele mudou, e essa mudança coincide com uma coisa que aconteceu na casa dele, na Hungria, uma coisa que o jovem psiquiatra me contou.

A vida fora retomada em sua aldeia, em todo o país. Os prisioneiros de guerra haviam retornado, uns depois dos outros. E os que não haviam retornado tiveram que ser declarados mortos. Uma atitude dolorosa, mas psiquicamente indispensável: um desaparecido é um fantasma, fonte de uma angústia insidiosa capaz de contaminar diversas gerações, ao passo que um morto, podemos fazer seu luto, chorá-lo, esquecê-lo. Em 14 de outubro de 1954, dez anos dia após dia depois de sua partida, a certidão de óbito de András Toma foi entregue aos seus familiares. Ele não soube disso, lá onde estava, mas tudo se passou, estranhamente, como se soubesse. De um dia para o outro, ou quase, rendeu-se. Tornou-se um paciente dócil. Sempre ensimesmado, sem socializar com ninguém, resmungando em húngaro, mas tranquilo. Do pavilhão dos agitados, foi transferido para o dos estabilizados, o que Vladimir Alexandrovitch nos levou para visitar, e, desde então, não há mais nada a ser assinalado em seu dossiê até a amputação.

Foi declarado morto, e está morto.

2

Comemorei meus quarenta e três anos durante a montagem. Nesse dia, 9 de dezembro de 2000, minha mãe me disse: sabe, sinto uma coisa estranha, você está com a idade do meu pai — como dizem a idade de Cristo, subentendendo-se a de sua morte. Não reagi na hora. Depois examinei as anotações que havia algum tempo eu reunia sobre o meu avô. Ele nasceu em Tíflis, hoje Tbilissi, em 3 de outubro de 1898, ninguém sabe nem virá a saber quando morreu, mas desapareceu em Bordeaux em 10 de setembro de 1944, pouco antes de completar quarenta e seis anos. Achei que esse lapso contábil da minha mãe determinava um prazo para mim: eu tinha quase três anos à minha frente, até o outono de 2003, para dar uma sepultura a esse fantasma, e, para isso, precisava reaprender russo.

Em poucas palavras: meu avô materno, Georges Zourabichvili, era um emigrante georgiano, que chegara à França no início dos anos 1920 depois de estudos na Alemanha. Ali levou uma vida difícil, agravada por um caráter igualmente difícil. Era um homem brilhante, mas soturno e amargo. Casado com uma jovem aristocrata russa tão pobre quanto ele, exerceu diversos ofícios modestos, sem nunca conseguir se adaptar em lugar nenhum. Nos dois últimos anos da Ocupação, em Bordeaux, trabalhou como intérprete para os alemães. Na Libertação, desconhecidos vieram prendê-lo em casa e o levaram. Minha mãe tinha quinze anos, meu tio, oito. Nunca voltaram a vê-lo. Seu corpo nunca foi encontrado. Nunca foi declarado morto. Nenhuma lápide estampa seu nome.

Pronto, está dito. Uma vez dito, não é grande coisa. Uma tragédia, sim, mas uma tragédia banal, que posso sem dificuldade evocar privadamente. O problema é que esse segredo não é meu, mas da minha mãe.

Adulta, a moça pobre de nome incompreensível tornou-se, sob o do marido — Hélène Carrère d'Encausse —, professora universitária, depois autora de best-sellers sobre a Rússia comunista, pós-comunista e imperial. Foi eleita para a Academia Francesa, é hoje sua secretária vitalícia. Essa integração excepcional em uma sociedade em que seu pai viveu e desapareceu como pária foi construída sobre o silêncio e, quando não a mentira, a denegação.

Esse silêncio e essa denegação são literalmente vitais para ela. Rompê-los significa matá-la, pelo menos é do que está convencida. Já eu me convenci, por ela e por mim, de que é indispensável fazê-lo. Antes da morte dela, e antes de eu ter completado a idade do desaparecido — sem o quê, receio que me veja obrigado, como ele, a desaparecer.

Meu avô teria hoje mais de cem anos, e é bem provável que tenha sido abatido algumas horas, alguns dias, algumas semanas depois do seu desaparecimento. Mas durante anos, dezenas de anos, minha mãe tentou — ou proibiu-se, o que dá no mesmo — imaginar o inimaginável: que ele vivia em algum lugar, que talvez estivesse prisioneiro, que um dia voltaria. Ainda hoje, sei porque ela me disse, acontece-lhe sonhar com seu retorno.

Compreendi que, se a história do húngaro me perturba tanto, é porque ela materializa esse sonho. Ele também desapareceu no outono de 1944, ele também se alinhou do lado dos alemães. Ele, porém, cinquenta e seis anos mais tarde, voltou. Voltou de um lugar chamado Kotelnitch, onde estive e aonde presumo que terei de voltar. Pois Kotelnitch, para mim, é o lugar onde moramos quando desaparecemos.

Dizer que falei russo quando criança seria exagero, mas o escutei, impregnei-me dessa língua e me restou uma pronúncia que meus interlocutores concordam em achar excelente. Na primeira frase, acham que falo fluentemente. Essa primeira frase é geralmente: *Ia otchen plokho gavariu pa russki* — falo russo muito mal —, e, como a pronuncio muito bem, ela dá uma impressão de falsa modéstia. A partir da segunda, as pessoas são obrigadas a me dar razão. Fiz russo no liceu, era nulo, e durante vinte anos não quis mais pensar nele. O russo e a Rússia eram território da minha mãe, eu preferia não invadi-lo. Mas de uns anos para cá me convenci de que aprender ou reaprender russo seria a chave de uma mudança decisiva. Que, falando ou voltando a falar russo, eu me libertaria da vergonha que estrangula minha voz e poderia finalmente falar na primeira pessoa. Para dizer que se fala uma língua fluentemente, diz-se *svobodno*, livremente, e é exatamente isso que imagino: que falar russo me libertará.

Já fiz uma tentativa, há cinco anos. Eu tinha começado um romance sobre uma criança cujo pai é criminoso, precisei de um ano para conseguir finalmente escrevê-lo e passei grande parte dessa penosa gestação, sem saber muito bem o que me levava a isso, a estudar russo. Eu não procurava efetivamente falar, ou não ousava, mas lia. Bem rápido, fui capaz de decifrar textos não muito difíceis. Contos de Tchékhov, primeiro, como "Enfermaria nº 6", depois "Um herói do nosso tempo", de Lermontov, que levei para as montanhas do Karakoram, no norte do Paquistão. Fui até lá para fazer caminhadas com meu amigo Hervé. Dormíamos em pequenos abrigos para *trekkers*, não havia eletricidade, eu lia à luz de uma vela e isso combinava perfeitamente com aquele relato de uma viagem pelo Cáucaso no início do século XIX. Lembro-me de uma frase em particular, na minha opinião uma obra-prima de economia descritiva: as montanhas, diz o narrador, são tão altas que em vão levantamos os olhos, nunca vemos os pássaros se desenharem no fundo do céu.

Não era apenas o célebre romance russo que eu manipulava, mas também uma seleta de versos entre os quais, folheando ao acaso, dei de cara com os seguintes:

Spi mladienets, moi prikrasny,
Baiuchki baiu…

Dorme, meu filho, meu encanto,
Dorme, criança, dorme...

Reconheci-os imediatamente. E lembrei da melodia também, pois não se trata apenas de um poema, mas de uma cantiga de ninar. Uma cantiga de ninar cossaca conhecida por todas as crianças russas e que alguém, quando eu era pequeno, cantava para mim. Minha mãe? Minha *niania*? Não sei, tudo que sei é que ainda hoje sinto vontade de chorar quando a ouço — na verdade, não quando a ouço, uma vez que não há mais ninguém para cantá-la para mim, mas quando a canto baixinho para mim mesmo. E sei que o que tento fazer aqui é dar forma à emoção que me submerge quando murmuro essa cantiga, quero dizer, quando revive em mim a infância da qual não me lembro de nada.

Quis sabê-la de cor. Repeti-a, dia após dia, encaixei meus passos nela ao caminhar no Himalaia, e fracassei. Entretanto, não é muito longa: seis estrofes de seis versos cada, ou seja, trinta e seis versos cujo sentido compreendo e que, com a ajuda da melodia, deveriam estar ao alcance de uma memória mediana. A minha é excelente, mas se verificou que em russo, não, eu não conseguia. Alguma coisa, ou alguém, dentro de mim, recusava esse presente.

E aqui estou, cinco anos mais tarde, saindo de outra biblioteca, num outro apartamento, com outra mulher, o Tchékhov, o Lermontov e os exercícios de gramática em que nunca mais toquei desde que botei um ponto-final em *Férias na neve*. Na época eu tinha feito os exercícios de gramática, do primeiro ao último, a lápis, e para usar novamente o livro preciso apagar as respostas. Faço isso na cama, página por página, às vezes elas amassam, partículas de borracha chovem nos lençóis. Sophie me observa, divertida. Sinto-me vivo com ela.

Sophie veio morar na rua Blanche quando voltei da Hungria. Ela teria preferido escolhermos juntos um apartamento novo, mas fiz prevalecer que o meu era ótimo, espaçoso, não longe da casa dos meus filhos, sem passado nem fantasma, uma vez que desde que me separei da mãe deles vivo aqui sozinho, e foi com grande naturalidade que "minha casa" virou "nossa casa". Sophie adora dizer "nossa casa", "lá em casa". Na agenda do seu celular, na qual meu número agora é o nosso, ela substituiu "Emmanuel" por "casa". Eu receava enfrentar dificuldades, após treze anos de casamento, em me readaptar a uma vida em comum, mas com ela estou adorando. Adoro fazer amor com ela, e também dormir com ela, acordar com ela, ler ao lado dela na cama, preparar o café da manhã para ela, conversar com ela enquanto ela toma banho na volta do trabalho, sentar com ela na varanda da Rue Lepic, fazer a feira. A feira com ela permanece uma das experiências eróticas mais intensas da minha vida. Estamos juntos na barraca de frutas e legumes da estação, cada um ocupado do seu lado, eu escolhendo frutas, ela uma alface, e, quando levanto a cabeça, quando nossos olhares se cruzam, compreendo que ela estava me observando, sorrimos um para o outro e ela me diz que é como se eu entrasse nela, ali, na frente de todo mundo. Gosto do olhar dos comerciantes, dos fregueses do café para ela, para sua beleza. É alta, loura, tem um pescoço comprido, cabelos que espumam na nuca, um corte espetacular, e ao mesmo tempo alguma coisa de tão franco, tão familiar que todo mundo tem vontade de lhe oferecer flores ou lhe dirigir cumprimentos de opereta. Acho o adjetivo "radioso" feito para ela. Gosto que me invejem porque é a mim que ela ama. Nunca fui tão efusivo no amor até o presente, mas dessa vez tenho a impressão de que a coisa funciona.

* * *

Entretanto, não funciona. Nunca funciona comigo, nunca de forma duradoura. Basta que o amor seja possível, bem-sucedido, para que no fim de três meses eu descubra sua impossibilidade. Começo a achar que a mulher que amo não me convém, que me iludi, que poderia encontrar coisa melhor, que morando com ela desisto de todas as outras. E Sophie, por sua vez, sente-se imediatamente humilhada. É uma história antiga, para ela, a humilhação. Ela é nobre, mas ao mesmo tempo plebeia. Seu pai só se casou com sua mãe depois que ela nasceu. Sua mãe, na clínica, estava sozinha porque não tinha ninguém para mostrar o bebê. Sophie sente-se bastarda, rejeitada. Levo um certo tempo para entender isso, e também que aos seus olhos eu pertenço ao círculo simultaneamente encantado e odioso dos herdeiros. Tudo me foi dado, disse ela, no nascimento: cultura, desembaraço social, domínio dos códigos, graças a isso pude escolher livremente meu caminho e sobreviver fazendo o que gosto, no ritmo que me apraz. Nossas vidas são diferentes, nossos amigos também. A maioria dos meus amigos dedica-se a atividades artísticas, e, embora não escrevam livros ou dirijam filmes, trabalham, por exemplo, com edição, o que significa que dirigem uma editora. Ali onde eu sou colega do patrão, ela é da telefonista. Ela faz parte, e seus amigos como ela, da população que pega o metrô todas as manhãs para ir ao escritório, que tem uma *carte orange*, tíquetes-restaurante, manda currículos e briga por férias. Gosto dela, mas não de seus amigos, e não me sinto à vontade em seu mundo, que é o do assalariado modesto, gente que diz "*sur Paris*" e que vai para Marrakech com o pessoal da empresa. Tenho consciência de que esses julgamentos me julgam, traçando um retrato desagradável de mim. Não sou apenas esse sujeitinho seco, sem generosidade. Posso ser simpático com os outros, mas me fecho cada vez mais e ela se irrita comigo.

Vamos jantar na casa de amigos meus, no Marais. Todo mundo se conhece, todo mundo é mais ou menos do cinema e desfruta mais ou menos do mesmo nível de sucesso e notoriedade. Quando chego com a minha nova namorada, acontece alguma coisa, que acontece sempre e que me deleita intensamente. Como se houvessem escancarado as janelas, como se antes de ela entrar o aposento fosse menor, mais escuro, mais confinado. Subitamente ela ocupa o centro. Ao lado dela, todas as mulheres, mesmo as mais atraentes, parecem meio acuadas. Sinto que os homens têm inveja de mim, perguntam-se onde a desencavei, aquela, e o fato de ela se desviar completamente das normas do nosso grupinho, de rir um pouco alto, ser um pouco espalhafatosa, mostra quanto sou livre, alheio à endogamia que reina no nosso país.

Mas chega o momento, à mesa, em que alguém pergunta a Sophie o que ela faz na vida e ela é obrigada a responder que trabalha numa editora que faz manuais didáticos, enfim, paradidáticos. Sinto que é duro para ela dizer isso, e eu também preferia que ela pudesse dizer: sou fotógrafa, ou *luthière*, ou arquiteta; não obrigatoriamente uma profissão chique ou prestigiosa, mas uma profissão escolhida, uma profissão que se exerce porque se gosta dela. Alguém dizer que faz manuais paradidáticos ou que trabalha no guichê da Previdência Social significa dizer: não fui eu que escolhi, trabalho para ganhar a vida, curvo-me à lei da necessidade. Isso vale para a esmagadora maioria das pessoas, mas em volta dessa mesa todos escapam a isso, e, quanto mais a conversa evolui, mais ela se sente excluída. Fica agressiva. E para mim, que dependo tão cruelmente do olhar dos outros, é como se ela abertamente se desvalorizasse.

Sobre esse problema social que nos envenena, digo comigo e lhe digo algo um pouco hipócrita. Digo que não é um problema meu, mas dela. Que eu, da minha parte, a amo como ela é, que não me incomoda em nada que depois de um jantar durante o qual alguém falou com uma paixão contagiante dos romances de Saul Bellow ela anote em sua agenda, com sua letra um tanto infantil: "Ler Solbelo". O pior de tudo é o ressentimento dela, que se sinta ofendida o tempo todo. Isso vai se tornando penoso com o tempo. Estou de saco cheio de ser colocado no papel do nababo que nunca teve que lutar por nada e que ela se reserve, para si, o da proletária eternamente excluída. Em primeiro lugar, isso não é verdade. Tive que lutar também, e arduamente, ainda que não tenha sido no terreno social. Sophie não é proletária, vem de uma família burguesa um pouco estranha, seu pai é uma espécie de anarquista de direita que vive como homem da floresta num domínio de trezentos hectares no Sarthe. E acrescento: ainda que isso fosse verdade, a liberdade existe, não somos totalmente determinados, vai insistir com essas babaquices à la Bourdieu?

Minto para ela e para mim, em primeiro lugar porque no fundo de mim mesmo não acredito nisso, na liberdade. Sinto-me tão determinado pela angústia psíquica quanto ela pela angústia social, e podem continuar a me repetir que essa angústia é puramente imaginária. E minto também ao dizer que ela é a única a sentir vergonha. Óbvio que não.

Um dia, ela me diz esta frase, que me abala: não sou mulher de casar. E eu digo comigo: ótimo, vou casar com ela.

Disse isso intimamente, sim, mas não disse a ela. Disse outra coisa, em contrapartida, da qual não sinto orgulho. Era aqui em casa, um jantar improvisado na saída de um coquetel. Havíamos trazido conosco umas dez pessoas que iam e vinham entre a sala e a cozinha, onde eu preparava massas. Alguém, nas minhas costas, disse abrindo uma garrafa que formávamos realmente um belo casal, que nossa casa era uma delícia e, nesse ponto, um imbecil extrapolou: e então, quando vão fazer um filho? Eu poderia ter ignorado, mas, sem hesitar, sem me voltar, respondi: isso não, isso está fora de questão. Compreendo muito bem que Sophie queira um filho, mas ela terá que fazê-lo com outra pessoa. — Bom, mas pelo menos a coisa fica clara, disse, um pouco bêbado, o imbecil que aliás não era um imbecil, mas um sujeito estranho, vesgo, que tinha a cabeça de Guy Georges, o matador do leste parisiense, e que dava para imaginar perfeitamente como serial killer. Concluindo a partir da minha resposta que Sophie não era amada como merecia, lançou-se desde o dia seguinte numa corte incessante que, ao longo das semanas, transformou-se em assédio. Ligava para ela todo dia, ficava horas esperando-a no bar em frente ao escritório dela. Ela se queixava a mim, mas queixava-se sobretudo por eu ter lhe sugerido muito claramente que o caminho estava livre.

Digo a minha mãe que estou voltando ao russo, que tenho um vago projeto que giraria em torno das minhas raízes russas. Ela diz: ótimo, mas sinto que isso a preocupa. Seria ótimo, com efeito, falar das minhas raízes russas, dos meus ancestrais russos que, pelo lado da mãe dela, são todos príncipes, condes, grão-camaristas, damas de honra da imperatriz. Seus retratos ataviados com condecorações nas paredes do apartamento onde cresci, na rua Raynouard, nunca me saíam dos olhos, e, agora que meus pais se mudaram para o Quai Conti, eles se entendem muito bem com os dos acadêmicos do passado. Os escândalos e as estroinices ligadas aos seus modelos são pitorescos. A princesa Panine causava sensação ao desfilar com cafajestes nos salões de Petersburgo. O conde Komaróvski, o que foi vice-governador de Viatka, tinha o costume, quando ficava com raiva, de defenestrar seus interlocutores, em particular os muçulmanos. Um outro conde Komaróvski, um criador de casos que participou de todas as guerras, do Transvaal, da Manchúria, dos Bálcãs, e cujas fotos, geralmente equestres, sempre me inspiraram grande simpatia, acabou atirado num poço pelos revolucionários. Um destino trágico, mas glorioso. Com esses personagens fora do comum, todos figurando no almanaque *Gotha*, poderíamos escrever um romance histórico sensacionalista, mas minha mãe duvida muito que eu queira escrever esse romance histórico sensacionalista, o que me interessa é aquilo de que não convém falar.

Vou visitar Nicolas, meu tio. Pode não ser verdade, mas a minha impressão é de que tudo que sei do meu avô, eu soube por ele. O que minha mãe me transmitiu é o que eu não sei, o que dá vergonha e medo e me petrifica quando cruzo seu olhar. De toda a minha família, é Nicolas com quem tenho mais intimidade. O problema é que ele também tinha catorze anos quando sua mãe morreu, que ficaram sozinhos no mundo, sua irmã e ele, e que ela o criou. Ela foi sua mãe e irmã ao mesmo tempo, e isso fez dele meu irmão e meu tio. Já conversamos muito sobre o nosso avô, sobre o segredo, sobre o que dele transpira nos livros que escrevi, para que ele não se surpreenda por eu querer voltar a esse assunto. Coloca diante de mim a caixa de sapatos onde juntou e classificou tudo que possui de arquivos sobre a família e, principalmente, a *perepiska roditeliei*, a correspondência dos parentes. Começo a decifrar esses documentos, faço anotações.

Georges Zourabichvili nasceu em Tíflis, numa família da burguesia culta. Seu pai, Ivan, é jurisconsulto, sua mãe, Nino, traduziu George Sand para o georgiano. As fotografias de família mostram bigodes e turbantes, adivinhamos rosários de âmbar entre os dedos. Aquilo recende o Oriente, mas também a seriedade característica dos intelectuais dos países colonizados. A Geórgia, durante muito tempo objeto da contenda entre turcos e persas, fazia parte do império russo havia mais de um século. Controlada pelos mencheviques durante a revolução de 1917, proclama em 1920 sua independência, que é reconhecida de jure pelas democracias ocidentais. Os Zourabichvili exultam. Patriotas fervorosos, têm uma consciência aguçada das responsabilidades de que aquela independência os incumbe. "Falar uma língua estrangeira num país independente seria uma vergonha", escreve Nino numa carta ao mais velho dos seus três filhos, Artchil, que estuda engenharia em Grenoble. E, na mesma carta, registra a humilhação de Georges, o caçula, quando, desempenhando a função de intérprete numa conferência anglo-germânica, este é levado a acompanhar a tradução em russo, em virtude de não conhecer o georgiano muito bem. Na verdade, parece que foi a ela e não a ele que esse episódio humilhou. A língua, a cultura e o patriotismo georgianos, ele achava tudo isso provinciano. Toda a sua família escreve em georgiano, mas ele em russo. Há uma carta dele, dessa época, igualmente destinada ao seu irmão Artchil. Nela ele fala de tudo com uma ironia afetuosa, inclusive do reconhecimento *de jure* que tanto valor tem para os seus.

Aos vinte e três anos, dá uma de diplomata cínico, de dândi frívolo, inimigo de toda forma de páthos e sentimentalidade, julgando-se a si próprio "complicado, pouco sincero, superficial". Essa atitude evidentemente chocava seus pais. Nino, quando escreve ao seu filho de Grenoble, repete sem parar que confia em seu bem-amado, em seu adorável Artchiliko (pai e mãe dirigem-se ao filho com uma ternura comovedora e uma profusão de adjetivos): é um menino sério e determinado. Em contrapartida, preocupa-se com Georges, em razão de seu caráter egoísta, indolente e escarnecedor. O rapaz em questão e que fala de si próprio nesses termos continua se vangloriando de sua má fama, vendo nela sinal de uma personalidade excepcional: sente-se, podemos presumir, superior aos irmãos, superior a todo mundo. Menos de dez anos mais tarde, os pressentimentos de seus pais irão se concretizar, o mais brilhante dos três se verá relegado ao papel de renegado da família.

Quando a Geórgia proclama sua independência, os soviéticos acreditam na revolução mundial e na emancipação das nações. O fracasso sangrento dos espartacistas na Alemanha fará com que Lenin mude de doutrina: a revolução se fará num único país, logo é melhor que este seja grande. A Geórgia é reanexada em 1921. As democracias protestam frouxamente. Os Zourabichvili tomam o caminho do exílio. Passam três anos em Constantinopla; quanto a Georges, parte para estudar em Berlim. Estudos de economia política, de comércio, de filosofia, não fica muito claro, e sua correspondência com a mãe não esclarece nada. Não sabemos nada do que faz, se passa ou não nas provas, ela o repreende por isso, o que o torna ainda mais evasivo. Nabokov também estava em Berlim nessa época, e acho, lendo as cartas do meu avô, que sem tê-lo conhecido, nem a ele nem às suas obras, é o tipo de personagem que ele almejava ser: um tipo que olha tudo de cima, um dândi trocista. Mas Nabokov tinha confiança em si próprio e em seu talento, sejam quais forem as provações por que passou percebemos claramente que acordou todas as manhãs agradecendo a Deus pelo privilégio único de ter nascido na pele de Vladimir Nabokov, ao passo que detectamos no meu avô, mesmo moço, uma inquietude e uma desconfiança com relação a si próprio que reconheço nitidamente: são as minhas.

Ele junta-se à família em Paris em 1925. O pai arranjou um emprego de chefe de setor no Bon Marché, vão vivendo, cinco num apartamento de dois quartos, uma vida de imigrantes pobres, mas os outros dois irmãos concluem seus cursos de engenharia e logo encetarão diversas carreiras; um construirá represas, o outro trabalhará na Ford. Embora permanecendo fiéis à comunidade georgiana de que serão os pilares até a morte, vão se integrar perfeitamente à sociedade francesa. Georges, não. Continuo sem saber direito os diplomas que ele conseguiu na Alemanha, mas, sejam quais forem, não têm valor na França, de maneira que ele fica limitado a pequenos expedientes. Seus irmãos tentam ajudá-lo, mas ele não era fácil de ajudar: orgulhoso demais, ressabiado demais, suscetível demais.

Por um tempo será motorista de táxi, e é uma das raras coisas que minha mãe gosta de contar a seu respeito, uma das raras coisas que, criança, eu soube acerca do meu avô. Motorista de táxi em Paris nos anos 1920 é muito chique, faz dele um príncipe russo. Em seu táxi, diz ela, passava a maior parte do tempo a ler, obras de filosofia, e quando lhe perguntavam se estava livre, respondia num tom mal-humorado que não, pois queria terminar seu capítulo. Apreciava as ideias e os ensaios mais que os romances, e ler um livro, para ele, significava conversar com o autor. Aprovava-o ou o insultava, crivava as margens com anotações febris ("Descobriu isso tudo sozinho, sinistro imbecil?") e, quando encontrava um interlocutor à sua altura, em carne e osso, não havia nada que apreciasse mais que passar a noite inteira em ásperas discussões políticas e filosóficas, tomando litros de chá e fumando cigarro atrás de cigarro: um verdadeiro intelectual russo, planando com soberba acima das realidades cotidianas.

Sob o Antigo Regime, meus avós maternos nunca teriam se casado nem provavelmente se conhecido. Ele era um plebeu georgiano, ela pertencia à grande aristocracia europeia. Seu pai era prussiano, sua mãe, russa, e o que meu pai, por sua vez, mais gosta é de elaborar e comentar suas árvores genealógicas, repletas de títulos, de imensos domínios e nomes vistosos. O barão Victor von Pelken e sua esposa, nascida condessa Komaróvski, não viviam nem na Prússia nem na Rússia, mas na Toscana, num belo solar que um dia visitei. Seu casamento parece ter sido infeliz, e, quando minha bisavó deu à luz uma segunda criança, que não era do marido, mas do jardineiro-chefe, eles se divorciaram, o que não se fazia nem em sua época nem em seu meio. O barão Von Pelken voltou para Berlim, deixando a filha crescer bastante tristemente entre uma mãe sem doçura, um meio-irmão preferido a ela e um exército de criados. Esse mundinho vivia da renda de vastos domínios, na Rússia, e quando a revolução confiscou esses domínios e esgotou essa renda, minha bisavó primeiro dispensou os criados, vendeu a casa e em seguida investiu mal o produto da venda, bastando alguns anos para que se visse completamente arruinada. Como os três membros da família não se davam, dispersaram-se, e Nathalie de Pelken, que, sem ser uma moça feliz, tinha tudo para ser uma herdeira rica, chegou a Paris em 1925 sem um tostão e sozinha no mundo. Seu principal trunfo para se virar era falar cinco línguas: russo, italiano, inglês, alemão e francês. Além disso, estudara principalmente aquarela. Com seu rosto oval perfeito, os cabelos em bandós, separados por uma risca no meio, é fácil imaginar essa moça russa, nobre mas pobre e de saúde frágil, numa pensão de família para heroínas de Katherine Mansfield: "Nossa Natalia Victorovna…".

Escrevia cartas de vinte e cinco, trinta páginas para ela. Nelas, compara seu amor a um jardim onde ele encontra refúgio contra as vicissitudes de uma vida passada a correr como um animal descerebrado à procura de comida numa cidade poeirenta, ensurdecedora e hostil. Nesse jardim das delícias, junto à sua Natacha, sua alma desfruta de um repouso passageiro, mas esses arroubos de lirismo e de confiança não o impedem de se apresentar a si mesmo e à noiva como "uma coisa irremediavelmente podre", fadada a uma apatia mortal, sujeita a terríveis ondas de mágoa que irrompem, irrompem dentro dele, escurecem o sol, abafam os sons e as cores, gangrenam a vida. Nicolas traduziu para mim e copiei páginas inteiras dessas cartas, das quais é difícil citar excertos porque é seu movimento, febril e recorrente, que interessa. Em todo caso, eis uma amostra:

"Meu coração", escreve ele, "tornou-se duro e frio como aço e, se não houvesse o contato da sua mãozinha, única coisa que seria capaz de sentir, ele teria esquecido completamente até mesmo a ideia de luta. Se ele fosse, esse coração, vivo e quente e impregnado de sangue como o dos outros homens, e não duro e frio como aço, há muito tempo ele teria se despedaçado, se esvaziado desse sangue, que teria se espalhado por esse horrível deserto que o estrangulou com suas tenazes cinzentas e frias. O que seria, Natotchka, do coração de um homem comum, vivo e quente, se fosse esmagado por essas tenazes cinzentas e frias manipuladas por coortes de espectros hediondos — feios e silenciosos, mas que, pelo seu próprio silêncio, suas risadinhas abafadas, suas piscadelas, seu aspecto tão afrontosamente escarninho, falam muito clara e inteligivelmente —, os espectros de todas as esperanças assassinadas ou mutiladas, os espectros das crenças forjadas pela alma pura da minha adolescência, os espectros de todas as vilezas mentirosas da vida — esses espectros que me dizem tão claramente com seus lábios mudos: e então, o que foi que conquistou? Conseguiu nem que fosse uma única coisa do que desejou? Nunca conseguirá. Nunca, está me ouvindo, nunca. Compreende esta palavra: nunca? Pare de gritar: saiam, saiam todos, não tenho medo de ninguém, quero encarar um por um de vocês, rosto por rosto! Ninguém vai sair, por que faríamos isso? Somos os pequenos, os insignificantes, não somos arrogantes, não procuramos briga, não precisamos disso para moê-lo vivinho, meu falcãozinho. Já encaramos brutamontes maiores. Um por um? E por que espera que aceitemos isso? Mas por quê? Nossa força não reside nisso, trabalhamos lentamente, passo a passo. Somos a multidão, somos legiões de legiões, somos o mundo inteiro, e você, quem é você? Você está sozinho — somos o mundo inteiro e você está sozinho, compreende isso? Esperneie, esperneie quanto quiser — nós esperamos, não estamos com pressa, somos a ralé. Grite então, meu falcãozinho, grite e esperneie —, nós esperamos, não somos arrogantes, não somos como você, você que imaginava que o mundo havia sido criado para que você realizasse seus sonhos nele. Pronto, um espertinho! Nós, meu velho, nossa força, não reside nisso, trabalhamos lentamente, tranquilamente — primeiro, mandamos um, depois outro, depois um terceiro, depois um décimo, e de repente você percebe que há uma multidão. Pois bem, é assim que vamos agir com você, todos juntos, em massa, para esmagá-lo. E todo mundo estará conosco — inclusive aqueles que lhe eram mais próximos, eles também estarão conosco. E com você, minha criança, quem estará com você? Ninguém. Pois ninguém se sacia com belos sonhos grandiosos — e será que você acreditava nos seus próprios sonhos? — será que pelo menos acreditava? Acha realmente que pode fazer um rio correr do mar para a montanha, fazer com que o sol se mova do poente para o arrebol? Acredita nisso? E sua mágoa, então, de onde vem? E o esgotamento mortal da sua alma? E esse vinco de desespero no canto da boca? Será que não sabe disso, que tudo que tocou com a mão se transformou em destruição e tristeza? Continua sem entender isso, falcãozinho? Você está só, completamente só, ninguém o acompanha nem segue. Ainda está a espernear? Entretanto, já sabe, quando cansar de espernear, então nesse momento estaremos todos no lugar estipulado, todos fresquinhos e dispostos, para esmagá-lo com nosso peso e nossa multidão. E quem o defenderá? Ninguém o defenderá — porque você os pisoteou com sua arrogância diabólica. Você está só, com seus sonhos grandiosos. Ao passo que nós talvez sejamos pequenos, mas somos a multidão — oh, que multidão! E você, falcãozinho, você esperneia..."

    O homem que escreve isso numa carta de amor à noiva tem trinta anos. Já se vê como um dejeto, como um homem perdido, e perdido não apenas em virtude da má sorte que o impede de encontrar um lugar à sua altura na sociedade, mas também porque há nele alguma coisa de doente, de podre, o que ele chama "minha falha constitucional" ou, mais familiarmente, "minha aranha no teto". O azar o perseguia, o mundo era seu inimigo, mas ele era sobretudo inimigo de si mesmo, é o que não cessa de dizer num tom e num ritmo que constato, ao copiar essas linhas, que são exatamente as do homem do subsolo com o qual Dostoiévski transcreveu a inquietude, a loucura raciocinante e o atroz ódio de si.

Muito estranhamente essa correspondência entre os meus avós continua para além da época do noivado. Casam-se em outubro de 1928, sua filha Hélène, minha mãe, nasce em 6 de julho de 1929 e, menos de um ano mais tarde, as cartas recomeçam subitamente. É que se separaram logo depois. Essa separação se explica em parte por razões materiais. Eram pobres demais para alugar um apartamento, mesmo pequeno, e aconteceu muitas vezes de amigos caridosos recolherem Nathalie e sua filha, num conjugado onde não havia espaço para Georges. Ele conseguia se encaixar em outro lugar, num hotel ou sofá de amigos, e seus empregos calamitosos o arrastavam para longos périplos pela província, que ele conta no detalhe com uma ironia amarga. Mas no fundo o que ele mais detestava era a vida doméstica, em especial a vida doméstica pobre. A rotina o exasperava, e ele se sentia amarrado. Cheio de responsabilidades, precisava desistir das suas aspirações e levar, para ganhar uma miséria, uma vida mesquinha e estafante.

Mas que aspirações eram essas? Esses sonhos grandiosos cuja realização lhe é interditada pela hostilidade do mundo e pela sua própria natureza? Que gostaria de ter feito, afinal? Literatura, política, jornalismo? Isso não fica claro, e não me parece que a vida o tenha impedido de seguir uma ou outra vocação. Sua pobreza o humilhava, mas não sonhava em fazer fortuna. Escrevia febrilmente cartas intermináveis, mas nunca sugeriu, ao que eu saiba, um texto a um editor tampouco a um jornal. Acho que o que mais queria era ser respeitado. Importante. Visível. Existir aos olhos dos outros. Não ser percebido como um fracassado, um homem que puxará o diabo pelo rabo o resto da vida.

Ele não escrevia apenas à sua mulher, nem apenas em russo. A caixa da *perepiska roditeliei* contém um maço de cartas em francês, pacientemente recolhidas por Nicolas junto a destinatários que eram na maior parte destinatárias: duas ou três damas da boa burguesia francesa a quem ele se dirige às vezes no tom do namorado apaixonado, às vezes no do mentor despótico, frequentemente ambos ao mesmo tempo. Minha mãe reconhece com indulgência que ele não podia ver um rabo de saia, mas ele parece ter procurado menos amantes que confidentes e laços de amizade amorosa com mulheres que sem exceção tinham em comum serem menos submissas que ele ao jugo degradante da necessidade. Gostava das suas maneiras delicadas, dos seus apartamentos, que, sem serem obrigatoriamente luxuosos, não eram casebres. Sua vida de desqualificado o oprimia terrivelmente e ele se aliviava dessa opressão com as cartas, que logo se tornaram em francês tão labirínticas e complicadas como em russo. Frases longas, tortuosas, repisadas, que correm atrás do pensamento, profusas em travessões e parênteses, dão a impressão de claudicar até que ele as faça cair novamente de pé numa explosão cruel de autorridicularização.

Rabiscadas a lápis em mesas de bar, essas cartas, depois da época do táxi, são postadas um pouco de toda parte na França e na Bélgica. Que profissão ele exercia precisamente? Representante comercial? Vendedor ambulante? Ele fala de estandes que monta e desmonta nas feiras, de patrões que o exploram. Está determinado, no início, a considerar essas experiências penosas e mal remuneradas tão somente experiências, um esporte que forja o caráter. Pretende-se enérgico, nietzschiano, mas o desencorajamento não demora a tomar conta dele. Tudo é complicado. Hospeda-se, quando está em Paris, numa espelunca na Rue de Malte, Nathalie e a pequena Hélène são alojadas, graças a vagos conhecidos, em Meudon, mas esses vagos conhecidos dizem que aquilo não pode durar para sempre e ele receia ser obrigado a retomar a vida em comum — o que seria, confidencia a uma de suas correspondentes, "a solução mais desagradável para todos".

Que sei da pequena Hélène, minha mãe, nessa época? Seu apelido é Poussy, todos se deslumbram com sua vivacidade. As fotos são raras, era então um luxo, mas nessas raras fotos ela está deslumbrante. Até a idade de quatro anos — é o que ela me conta — não fala francês. Na sociedade de imigrantes em que cresceu, fala-se russo e apenas russo. Ela inclusive acredita que vive na Rússia. Meudon é pronunciado Miedonsk e Clamar, Kliemar. Um dia, ela se lembra, seu pai a leva ao Bois de Boulogne, onde praticam canoagem na companhia de uma dama francesa. A dama não fala russo, a menininha não fala francês, só podem trocar sorrisos. De volta a casa, seu pai explica à pequena Hélène que em breve ela viajará de férias com aquela gentil dama francesa. Hélène já está acostumada a passar férias na casa de indivíduos que mal ou em absoluto conhece, seus pais não têm recursos para levá-la para lugar nenhum, mas são russos, em geral. Ela não protesta, passa o verão na Bretanha, cercada por pessoas que falam uma língua da qual, no início, não compreende nada. Aprende-a rapidamente e bem, a ponto de, no seu retorno em setembro, praticamente esquecer o russo — que lhe voltou em alguns dias.

Criança, eu adorava quando minha mãe me contava essa história, e ela não se fazia de rogada em contá-la. Eu amava cada detalhe. Hoje, porém, acho difícil acreditar que ela não tenha falado nada de francês antes dessa temporada na Bretanha, que acreditasse que vivia na Rússia. Como uma garotinha inteligente e curiosa não teria percebido que na rua, nas praças e nas lojas, em toda parte, falavam uma língua diferente da falada em casa?

Enquanto nas obscuras aldeias de província e por um salário de miséria Georges monta e desmonta estandes, Nathalie está triste, preocupada com o futuro. Suas únicas alegrias são sua filha e o coro de igreja onde ela canta. "No topo da minha torre", escreve ela, "não vejo ninguém, ninguém vem me visitar, não vou à casa de ninguém. Vou ficando cada vez mais selvagem e também, cá entre nós, cada vez mais cansada." Em 1936, porém, espera um segundo filho, e quando Nicolas nasce, Georges retoma a vida em comum. Arranja um emprego em Paris, como vendedor no armazém dos Vilmorin, Quai de la Mégisserie. A família mora num pequeno sala e quarto em Vanves. Como uma de suas amigas está passando uns dias de férias em Nice, Nathalie lhe pede que aproveite para visitar sua mãe, que mora lá num hotel vagabundo com o estranho nome Hotel Ric et Rac. Há anos perderam todo contato: "Lembre-se de que naturalmente ela não sabe a verdade sobre a minha vida e sobre Nicolas, ela não compreenderia e isso a faria sofrer inutilmente. Portanto, versão oficial, lar doce lar".

Versão oficial, lar doce lar...

Em 18 de julho de 1936, as tropas franquistas insurgem-se contra a Frente Popular espanhola. Brigadas internacionais são formadas em seu socorro. Mas ele, Georges, se não tivesse, como diz, "Natacha e a criança para *take care of*", seria em outra brigada que gostaria de se alistar: a Bandera, que apoia os franquistas e reúne, segundo ele, "os últimos paladinos da cortesia e da fidalguia, da hierarquia e da ordem, do devotamento desinteressado". Já faz muitos anos que admira Mussolini e Hitler, que encoraja suas correspondentes a lerem Béraud, Kérillis, Bonnard, companheiros de estrada do fascismo francês. Copia para elas citações recheadas de palavras como vermes, podridão, decadência, e quando utiliza, textualmente, a expressão "besta imunda", é para designar as democracias, que em 1921 deixaram os bolcheviques invadirem seu pequeno país sem reagirem. Todos os temas do fascismo figuram em suas cartas: asco do parlamentarismo, dos Estados Unidos, do materialismo, dos tiras, da pequena burguesia; admiração pela autoridade, pela força, pela vontade. Observo entretanto que, independentemente dos destinatários, não encontramos nenhum vestígio de antissemitismo. Isso teria sido, a priori, a cauterização ideal para o seu modo de pensamento obsessivo, amargo e recorrente. Mas tudo indica, coisa em suma bastante curiosa, que ele nunca apontou os judeus como responsáveis por seus infortúnios. Talvez, como georgiano apátrida, se sentisse solidário com esses perseguidos. Mas poderia ter desempenhado papel inverso: um sujeito que está por baixo, humilhado por todos, geralmente encontra consolo ao lidar com outro ainda mais por baixo que ele e humilhá-lo por sua vez. Não foi o que aconteceu.

Politicamente, radicaliza-se cada vez mais no fim dos anos 1930 e deposita todas as suas esperanças de renascimento para a Europa — quando não para ele, cuja perda já está consumada — nas ditaduras espanhola, italiana e, sobretudo, alemã. Mas ao mesmo tempo rodopia em torno da fé cristã, como derradeiro recurso para uma alma como a sua. Essa fé na qual aspira a se aniquilar não é a fé da sua mulher, herdada, sossegada, resignada, essa fé que se exprime cantando no coro da Igreja ortodoxa e que é o único arrimo de Nathalie nas vicissitudes da vida. Sua fé, pelo menos a com que ele sonha, é um impulso místico, mais uma queimadura que um bálsamo, e quando uma alma bondosa cita uma frase de Claudel sobre "a eleição ao avesso" do renegado, sobre "o doente e o santo, que Deus não deixa tranquilos", explode em sarcasmos contra o escritor, recriminando-o por falar disso "do lado de fora".

"Que sabe ele do verdadeiro desespero que é como um ácido que despejam gota a gota em sua alma e que lhe penetra até a medula dos ossos? Ele fala disso bem, muito bem, pois é um grande artista, como tal capaz de imaginar com uma veracidade e credibilidade inauditas a 'coisa' exatamente como poderia imaginar e descrever o estado de espírito de um homem confinado pelo resto de seus dias na masmorra de um calabouço. Mas que sabe de fato ele sobre isso? Que me mostre a ponta dos dedos. Se eu vir ali, em lugar de unhas bem aparadas, sabugos sanguinolentos fruto de ele escavar a terra viva e os ossos de seus punhos descarnados pelos próprios dentes, acreditarei nele, não antes."

Já para falar do desespero, julga-se autorizado, e é no desespero que faz de tudo para enraizar sua fé. Essas frases e outras tantas, que derivam ao mesmo tempo da apologética e de uma assídua autopersuasão, reproduzem um som familiar para mim. Lembram-me uma época em que, terrivelmente infeliz, tentei me tornar cristão. Encontrei ali o que já conhecia: o mesmo desejo de acreditar, para ancorar sua angústia a uma certeza; o mesmo argumento paradoxal segundo o qual a submissão a um dogma contra o qual a inteligência e a experiência se revoltam é um ato de suprema liberdade; a mesma forma de dar sentido a uma vida insuportável, que se transforma em uma série de provações impostas por Deus: uma pedagogia superior, que ilumina pelo sofrimento.

Nathalie, sua mulher, assim resumia sua história: "Um homem na vida de quem Deus se instalou à força, e a confusão daí resultante".

De onde me vem essa cena? Minha mãe, criancinha, está no metrô com o pai. Ao lado dele, no banco, ou então cada um num banquinho individual. Ele veste roupas ao mesmo tempo pobres e corretas: um casaco escuro, uma gravata, uma camisa limpa e puída, um suéter de lã grossa, talvez com motivos geométricos, que lhe dão o aspecto do que ele é, exatamente: um imigrante pobre, o que ainda chamam de trabalhador imigrante — mas seu rosto estreito e carcomido pela preocupação, sua pele fosca, seus cabelos e olhos pretos, seu bigode preto o fariam ser confundido com um árabe vinte ou trinta anos mais tarde. Seu rosto também é escuro e sua voz, cava. Conta sua vida à menininha, com raiva e vergonha. Fracassou em tudo, é um fracassado. É inteligente, entretanto, culto, estudou filosofia em universidades alemãs, lê livros difíceis, fala cinco línguas correntemente, e tudo isso não serve para nada, ao contrário, afunda-o ainda mais. Já os seus irmãos se viraram. Ambos são engenheiros, têm diplomas que valem alguma coisa, cargos em empresas sólidas, não enfrentam problemas para sustentar suas famílias. São sujeitos sensatos, sujeitos confiáveis. Nenhum gênio, isso é certo. Ele era diferente. O mais dotado, o mais brilhante, todos concordavam quanto a isso, e apesar disso ou mais provavelmente por causa disso não chegou a lugar nenhum. Na sociedade francesa, é ninguém. Ninguém. Literalmente, não existe. Um tíquete de metrô usado, um escarro no chão, entre fragmentos de mica. Faz irremediavelmente parte dessa turba de pessoas que ele vê no metrô, pobres e opacos, os olhos apagados, os ombros arqueados sob o peso de uma vida que ele não escolheu em absoluto, pessoas que se sabem insignificantes, quantidade desprezível, mísero gado humano atrelado ao jugo... O mais triste é que, a despeito de tudo, essas pessoas têm filhos. Isso é terrível. Pelo menos para os filhos, conviria que um homem fosse forte, inteligente, respeitado. Um garotinho ou uma garotinha que pronuncia o nome "papai" deveria ter certeza de que papai é um herói, um bravo, e um pai incapaz de refletir isso aos olhos dos filhos não é digno de ser chamado de papai.

Imagino essas palavras, e talvez essa cena. Tenho porém a impressão de que a minha mãe me contou algo no gênero. Vejo-a, por sua vez, sentada no metrô ao lado do pai, escutando esse monólogo amargurado e surdo e lutando para não chorar. Vejo-a malvestida, com sapatos vagabundos furados nas solas, como nos romances miserabilistas, e imagino a vergonha dele por não poder lhe comprar novos, ter que fazer contas sem fim, economizar para dar à filha sapatos que de toda forma serão feios e vagabundos, porque as pessoas como ele não podem comprar para seus filhos senão coisas feias e vagabundas. Essa cena é muito precisa na minha consciência, mas sou incapaz de recordar quando minha mãe — se foi de fato minha mãe — me contou isso. O que é certo é que não posso ver um sujeito pobre com o filho no metrô sem imaginar sua vergonha e sua humilhação, a consciência que a criança tem dessa vergonha e dessa humilhação, e sinto por minha vez vontade de chorar.

No início da primavera, sou convidado para falar dos meus livros em Amsterdam. Em geral desconfio desse tipo de convite, mas era uma oportunidade para passar três dias namorando com Sophie: aceitei. Na véspera da partida, discutimos violentamente, como acontece com frequência cada vez maior, e viajo sozinho. Eu me arrependo disso assim que chego, ao me ver no meu charmoso hotel, sentado na cama king size onde teria sido tão agradável fazermos amor juntos. Imbecil, grande imbecil, *biedny durak!*

Bebida toda a vergonha, ligo para Sophie, digo-lhe que estou infeliz sem ela, que ela ainda pode vir, que telefono para reservar uma passagem. Ela me escuta em silêncio, então me diz, calmamente, que me ama, mas que não aceita ficar na dependência das minhas mudanças de humor. Não sei o que quero, oscilo perpetuamente entre o desejo mais intenso e a repulsa mais ofensiva. Ela é do jeito dela, com sua risada ruidosa e seus amigos suburbanos, não vou mudá-la, e o que ela detesta, por sua vez, é ver o homem original, encantador e corajoso pelo qual se apaixonou transformar-se num personagem árido, amargurado e cruel, que, julgando-a sem benevolência, julga-se a si mesmo e se condena. É isso aí.

São sete horas, não tenho planos, os organizadores da conferência não programaram nada para mim para antes de amanhã e vejo desenhar-se a perspectiva de uma noite solitária, deitado na cama, enquanto as pessoas passeiam nas ruas, encontram-se nos bares, batem papo, sorriem, se beijam, em suma, fazem o que fazem as pessoas sábado à noite numa cidade grande, na medida em que sejam pessoas normais. A vida inteira me considerei anormal, excepcional, ao mesmo tempo maravilhoso e monstruoso, o que é comum quando se é adolescente, mas preocupante na minha idade, e não adianta eu ir três vezes por semana ao psicanalista, vejo cada vez menos razões para que isso mude.

Ao sair do hotel, localizado sem surpresa às margens de um canal profundamente romântico, observo, no térreo do prédio vizinho, uma sala de massagem e, ao me aproximar, que essa sala de massagem não oferece apenas massagens, mas também sessões de *floating* — que consiste em flutuar numa arca de água salgada, sem precisar fazer nenhum movimento para se manter na superfície. A arca, cujas fotos vemos na vitrine, tem o tamanho de uma banheira grande, mas dotada de uma tampa e hermeticamente fechada, de modo que nenhum estímulo externo, visual ou auditivo, atrapalha o relaxamento. Não precisa ser muito esperto para perceber que esse *tank* é parecidíssimo com um túmulo e adivinhar que a perspectiva de passar um momento nesse túmulo me seduziu imediatamente: descobri como passar a tarde.

Como não há *tank* livre por ora, reservo lugar para mais tarde e vou dar uma volta. Janto frugalmente num restaurante onde sou o único solitário, o que me angustia. Ligo mais uma vez para Sophie, que não se empolga com meu programa para as horas seguintes. Qual é a intenção?, pergunta ela. Voltar para a barriga da mãe? Não acha preferível sair dela, em vez disso?

O recinto onde fica o *tank* tem um quê de jacuzzi, de cabine ultravioleta e de salão mortuário. Tomo uma ducha, depois entro na arca. Fecho a tampa em cima de mim.

Flutuo, nu, na superfície da água morna, ligeiramente viscosa. Escuridão total, silêncio total, afora a pulsação do sangue nas artérias. É possível, caso se deseje, apertar botões que proporcionam música new age e iluminação peneirada, mas prefiro dispensar. Gosto ou não gosto disso? Difícil dizer. O mundo exterior não existe mais. Suponho que seja uma experiência enriquecedora para pessoas que passam os dias na incessante trepidação de uma vida profissional estressante, homens de negócios que sonham — de longe — com calma e vida interior. Já o meu problema é exatamente o oposto. Não frequento muito o mundo exterior, a vida real, e passo a maior parte do tempo no meu próprio mundo interior, do qual estou cansado, justamente, e onde me sinto prisioneiro. Sonho apenas em abandonar essa prisão, mas não consigo, e isso por quê? Porque tenho medo e também, é o mais desagradável de admitir, porque no fundo gosto disso.

Sophie tem razão. Sou adulto, tenho quarenta e três anos e, apesar disso, ainda vivo como se não tivesse saído da barriga da minha mãe. Me contraio, me encolho, me refugio no sono, na prostração, no calor, na imobilidade. Bem-aventurado e horrorizado. É isso a minha vida. E, de repente, não consigo mais suportá-la. Simplesmente não consigo mais. Penso: está na hora de sair. Como o paralítico do Evangelho que passou a vida deitado, lamentando-se em vão, e eis que lhe dizem: levanta-te e anda, e ele se levanta e anda.

Levanto-me. Ergo a tampa da arca e saio. Tomo outra ducha, me visto e, como a moça da recepção se espanta ao me ver sair tão rápido, digo-lhe que não, que realmente não me agradou, eu não devia estar num bom dia para aquilo, talvez em outra ocasião.

Talvez, diz ela, ao seu dispor.

Chove do lado de fora, mas me sinto cheio de energia. Repito para mim mesmo que, pronto, é isso, sou livre. Levantei-me, abri a porta da prisão — descobrindo na passagem que ela nunca estivera fechada — e agora caminho pelas ruas. E assim caminhando, num passo ágil e ligeiro, digo-me que depois de uma vida inteira jazido como um paralítico preciso recuperar o tempo perdido. Caminhar, caminhar em linha reta, sem parar, sem descansar, e sobretudo sem jamais voltar atrás. Esta será a regra da minha nova vida: ir em frente, para onde meus passos me carregam, sem volta nem arrependimento.

Ir em frente, sim, mas até onde? Até os confins da cidade? Até o mar? Até o porto? A ideia do porto me agrada, pois se associa a outras ideias, vagamente perigosas. Todos sabem que os portos são propícios a encontros funestos, com marujos bêbados prestes a puxar a faca, e percebo com espanto que não estou longe de esperar esse tipo de encontro.

Atenção, não sou de procurar briga. Morro de medo de qualquer enfrentamento físico e quando, há dez anos, decidi praticar uma arte de luta, escolhi meio por acaso o tai chi chuan, no qual treinamos sozinhos, sem adversário: um estilo de onanismo marcial. Esta noite, entretanto, sinto vontade de brigar, e, no fundo, não me importa se vou bater ou ser espancado. Claro, prefiro que não me matem, que tampouco me firam gravemente, mas estou mais que disposto a virar picadinho, sem masoquismo nenhum, acredito sinceramente nisso, simplesmente estou louco para que aconteça o que evitei a vida inteira: um combate. Pela primeira vez desejo ir além do perigo, seguir em frente, e não parar antes de o ter enfrentado.

Fiquem tranquilos — ou moderem sua decepção: não acontece nada essa noite. Contentei-me em caminhar por diversos bairros de Amsterdam, sem topar com outra aventura ou preocupação a não ser a dificuldade de andar em linha reta numa cidade cujas ruas e canais descrevem circunvoluções de caracol de escargot. Fiz de tudo para me perder, mas devo admitir que nem assim fui muito longe. Minha errância noturna durou apenas algumas horas, atravessou bairros e subúrbios tranquilos, e quando, ao nascer do dia, encontrei um táxi, retornei ao hotel. Foi então que voltei a pensar em Kotelnitch.

O que pensei foi que Kotelnitch era um lugar de luta. A Rússia em geral, que passa por um país perigoso, mas particularmente Kotelnitch. Depois da nossa reportagem, empolguei-me, assim como Jean-Marie, Alain e Sacha, com a ideia de voltar por mais tempo, para um documentário sem argumento muito preciso. É o tipo de ideia com que brincamos como, antes de nos despedir, trocamos endereços e prometemos nos rever: havia poucas chances de que ela sobrevivesse ao nosso porre no trem da volta, e eis que seis meses mais tarde, após uma caminhada noturna pelas ruas de Amsterdam, ela se impõe a mim com o brilho da evidência. Cristalino, vou voltar a Kotelnitch. Rodar um filme talvez, escrever um livro talvez, e talvez nada disso. Talvez apenas estar lá já seja suficiente.

Conto tudo a Sophie na minha volta. A arca, a saída do líquido amniótico, a caminhada em linha reta, a vontade de arranjar briga, e a conclusão lógica: Kotelnitch. Outros achariam a ideia absurda: para ela, é tão natural quanto para mim. Diz que tudo bem, sem problema. Ao mesmo tempo, fica preocupada. Isso quer dizer que vou partir de novo, talvez por muito tempo, sem ela. Que vou ser atraído não apenas por uma língua, mas por um país, um mundo ao qual ela não pode me acompanhar. Sem contar que as mulheres russas são rivais de respeito. Está com ciúme, brinca com seu ciúme. Brinco também. No final das contas, as coisas correm muito melhor entre nós depois da arca do que antes.

Eu estava tentando escrever alguma coisa a partir das anotações que fiz a respeito do meu avô, não estava conseguindo e me senti bem ao desistir. Como não sou, numa fase normal, um sujeito belicoso, a não ser depois de sair de uma arca amniótica, desisto também da ideia de acampar sozinho em Kotelnitch. Telefono para Alain e Jean-Marie, como D'Artagnan, no início de *Vinte anos depois*, convoca os mosqueteiros dispersos. Ambos querem ir, a princípio, mas precisamos de um contexto, uma encomenda, e logo me dou conta de que não é muito fácil arranjar uma encomenda de documentário quando se ignora seu assunto. Visito gente de televisão, de cinema. Mostro nossa reportagem, explico que gostaria de voltar a um buraco chamado Kotelnitch e passar lá um mês para filmar o que acontecesse, se alguma coisa viesse a acontecer, o que não é garantido. Falam que preciso refinar minha abordagem, descobrir um ângulo. Na verdade, era bom fazer uma sinopse, isto é, resumir o que haverá no filme. Respondo que não sei o que haverá nele, que não quero saber, que se quero fazer o filme é justamente para saber. Meus interlocutores suspiram: é um projeto-cabeça.

Vai levar mais tempo que eu pensara. Pouco importa: vou aproveitar esse tempo para progredir no russo, e assim como antes de uma escalada séria faz-se um treinamento na planície, decido passar o mês de agosto em Moscou, onde um amigo me empresta seu apartamento. Sophie "descolou", como diz e como não gosto que diga, três semanas de "folga" a partir do 14 de julho, decreto então que passaremos quinze dias juntos em Formentera, depois do que voarei para a Rússia e ela, como me disse que gostaria de fazer um trekking, recomendo um que já fiz, no Queyras. Ela poderia ir com Valentine, sua amiga. Não acha, ela me diz, que você é um pouco mandão? Olho para ela perplexo: na minha opinião, programo tudo da melhor forma.

Uma noite no fim de junho, Valentine vem jantar. Comprei no Vieux Campeur os mapas do Instituto Geográfico Nacional e o guia com o itinerário da grande caminhada. O pacote de seis dias que proponho às duas moças, eu fiz no mês de junho, não havia ninguém, foi magnífico. A primeira semana de agosto será inevitavelmente pior, mas evito comentar, não quero lançar Sophie no tema dos privilegiados livres como eu de partir quando lhes dá na veneta e dos amaldiçoados terrenos, limitados como ela, a fazê-lo junto com todos os seus semelhantes. O que digo, em vez disso, é que é melhor reservar lugar nos abrigos. Preparei um itinerário para elas, cujo ponto culminante é o desfiladeiro Agnel. Lá, há um abrigo de que guardo boas lembranças. Descendo a segunda garrafa de saint-véran, improviso sobre o tema: as aventuras de Sophie e Valentine nas trilhas do Queyras. Imagino-as, essas duas gatas, a morena e a loura, mochila nas costas, camiseta encharcada de suor e suas lindas pernas douradas nuas entre o fim do short desfiado e o início das meias reforçadas — enfatizo o reforçadas, que é o melhor jeito de prevenir bolhas. Sob um sol inclemente atingem o cume de uma colina íngreme, há uma fonte ou um bebedouro, esticam o pescoço sob o filete de água, bebem avidamente, borrifam-se, riem de prazer sob o sol, a neve dos cumes brilha, os guizos das vacas tilintam, a única vontade que dá é deitar no capim da pastagem, fechar os olhos e se sentir no paraíso. As garotas que encontram nas trilhas em geral são mais para feias: duas beldades como elas são um sonho para o *trekker*. Enquanto Valentine aperta um baseado, invento detalhes, faço intervir pastores musculosos, o abrigo do desfiladeiro Agnel fica carregado de uma eletricidade erótica digna do trem noturno Moscou-Kotelnitch, que é nos meus sonhos, como se sabe, teatro de orgias diabólicas. Minha história, de cujos detalhes não recordo mais, faz Sophie e Valentine chorarem de rir. E enquanto isso, diz Sophie, você vai dar em cima das modelos russas. Ela diz isso sem amargor, tudo é engraçado e leve essa noite. Gosto, ela conclui, quando você presta atenção em mim.

No início do caderno preto que levei para Moscou planejando fazer um diário, colei duas fotos. Na página da esquerda, meu avô, o rosto inclinado, fronte preocupada, olhar ameaçador; na da direita, Sophie, nua na varanda da casa de Formentera. É uma das fotos dela de que mais gosto. Está alegre, oferecida. Sorri para mim. Em face uma da outra, essas fotos opõem a sombra da minha vida e sua luz.

Na página seguinte, anotei o número do abrigo do desfiladeiro Agnel e a data da passagem das minhas duas andarilhas. Telefono nessa noite, visando à hora do jantar. Quando digo, para explicar o ruído, que estou falando de Moscou, o guarda do abrigo fica impressionado e me diverte ouvi-lo berrar, com uma voz possante, que há uma chamada de Moscou para a srta. Sophie L. Imagino a mesa do hoteleiro, a olhadela trocada entre Sophie e Valentine, o olhar dos outros excursionistas para Sophie, que se levanta e atravessa a sala, e quando atende, sinto que está orgulhosa de ser a garota que faz o homem da sua vida telefonar de Moscou para um abrigo de montanha do Queyras. Pergunto-lhe se tudo é como descrevi, se Valentine e ela estão arrasando. Ela ri, diz que é magnífico, que sente dores horríveis nos joelhos nas descidas, que gostou da ligação e que me ama.

Com o caderno na mão, olho para a foto dela enquanto falamos, e me parece de repente que meu avô, da página ao lado, também olha para ela com seu olhar soturno, ao mesmo tempo sardônico e acuado. Sente inveja de mim, me quer mal, mas nesse instante penso que ele nada pode contra nós. Amo uma mulher, essa mulher me ama. Não estou mais sozinho.

Releio o diário desse mês de agosto. No conjunto, estou satisfeito. As pessoas a quem me encaminharam não são nem novos-russos nem velhos soviéticos, mas representantes, a maioria intelectuais ou artistas, dessa classe média cuja emergência é o que de melhor poderia acontecer nesse país: trintões que leem a edição russa de *Elle* e compram móveis na Ikea. Evidentemente, estamos distantes das rixas de hooligans nos subúrbios sórdidos, mas para mim está bom desse jeito. Encontro meus novos amigos em bares que são também um misto de livraria e galeria de arte, eles no domingo me levam a uma *datcha*, e, como sou escritor, a Iasnaia Poliana, a propriedade de Tolstói. Com esse regime, faço progressos em russo, e é o que me interessa acima de tudo. Os poucos episódios depressivos registrados por esse diário estão diretamente ligados a declínios de segurança linguística. Na maior parte do tempo compreendo o que me dizem, chego a me exprimir, faço brindes calorosos. Todo mundo, eu em primeiro lugar, me acha uma companhia simpática. Imagino minha vida futura como uma série de felicidades e vitórias. Mas acontece que me sinto menos à vontade com determinados interlocutores. Fico quieto, sorrio para não parecer embaraçado, repito de vez em quando *koniechno*, claro, para mostrar que acompanho a conversa, e começo a me dizer que estou estagnando, ou pior, regredindo, que meu entusiasmo da véspera não passava de ilusão, que minha vida ruma direto para a catástrofe. Na verdade, é tudo muito simples: falar russo me faz bem, e nada de mal pode advir disso.

Tolstói, conta o guia da visita a Iasnaia Poliana, aprendeu grego antigo em dois meses, no fim dos quais não apenas lia e traduzia Esopo, como falava fluentemente. Essa façanha desencorajava o poeta Fet, que se digladiava com a mesma tarefa havia dez anos. Sinto-me antes do lado de Fet.

Entretanto, falo o máximo de russo possível, até mesmo quando estou sozinho. Caminho por Moscou repetindo palavras russas. Durmo lendo não apenas narrativas em russo, como o dicionário. Tento listar a partir de uma raiz comum todas as variantes possíveis de serem formadas por meio de prefixos. É muitas vezes desestimulante, visto a dificuldade de estabelecer uma lógica entre, por exemplo, *nakazyvat'*, punir; *otkazyvat'*, recusar; *pokazyvat'*, mostrar; *prikazyvat'*, ordenar. Mesmo assim, insisto e, o mais importante, tenho prazer nisso. As palavras russas ganham asas na minha boca, onde as faço rodopiar voluptuosamente. Acho que nunca tive essa relação sensual com a língua francesa.

Galia tem vinte e três anos. É jornalista e campeã amadora de basquetebol. Passeamos juntos com frequência, ela me leva a Melikovo para visitar a datcha de Tchékhov. Quando a beijo nas duas faces, aperto ligeiramente seu braço ou seu ombro, fico sempre aturdido ao sentir sua carne tão dura, tão compacta. Um domingo à tarde ela me telefona. Pergunta o que estou fazendo. Digo que estou trabalhando em casa, mas que se ela quiser dar uma passada será um prazer. Ela diz que também tem trabalho, um artigo para entregar na manhã seguinte, mas que poderia vir escrever na minha casa. Ao chegar, esclarece que trouxe suas coisas para a noite. Instalo-a na sala de estar, onde ela abre seu laptop, em seguida volto para o quarto, onde fico lendo na cama. Pela porta entreaberta, ouço-a digitando ritmicamente no teclado. Mais tarde, vou preparar um chá na cozinha, levo-lhe uma xícara e ponho a mão no seu ombro tão duro, sem insistir. Ela coloca por instantes sua mão sobre a minha, tampouco sem insistir, depois retoma o trabalho. Reina no apartamento uma quietude conjugal, que torna a situação muito mais sexy para mim do que se tivéssemos nos atirado um para cima do outro quando lhe abri a porta. Ambos sabemos o que vai acontecer: quando terminar seu artigo, ela clicará para fechar o arquivo, o laptop emitirá um pequeno sinal de despedida e ela virá tranquilamente me fazer companhia na cama. Espero-a sem impaciência. Abro meu caderno, retomo meu diário. Mas ao cabo de algumas linhas, um pensamento me causa mal-estar. Imagino Sophie lendo esse diário e caindo nesse trecho: corro o risco de que me encha a paciência por causa da pequena Galia. Faço então algo de cuja importância ainda não suspeito: ponho-me a escrever em russo o que acabo de dizer. Escrevo: *I vot, Galia pichet statiyu v saloniê, a ia v komnatiê ieio jdu, i my skoro budiem zanimatsia liuboi* — e pronto, Galia escreve seu artigo na sala e eu espero no quarto e daqui a pouco vamos fazer amor.

* * *

Com ela nos braços, sinto o que deve sentir um nadador ao se banhar pela primeira vez no mar Morto: uma mudança de densidade. Seu corpo de jogadora de basquete é tão incrivelmente rijo que tenho a impressão de apertar uma estátua. Entretanto, nem por isso ela deixa de ser quente, ágil, supercarinhosa. Tudo que se segue é delicioso, mas o mais delicioso, para mim, são suas palavras. É a primeira vez que faço amor em russo, que ouço uma mulher gozar em russo. Os sons que saem dela me deixam maluco. Expresso-lhe minha gratidão, o que lhe agrada.

Porém, sou feito de tal maneira que no fim de dois dias me sinto culpado. Galia e eu passeamos nos beijando suavemente às margens do lago do Patriarca, ali onde se passa o primeiro capítulo de *O mestre e Margarida*, quando a faço sentar num banco e lhe despejo irrefletidamente um pequeno discurso virtuoso sobre o fato de que moro na França com uma mulher e que por essa razão nosso caso tão simpático e agradável não tem futuro... Ela me olha como se eu tivesse enlouquecido. Eu também, diz ela, tenho um namorado, mas ele está nos Estados Unidos, sua mulher na França, eles não têm por que vir a saber disso, não estamos lhes fazendo mal algum e isso nos dá prazer, qual é o problema? Admiro sua saúde moral, mas repito que para mim é mais complicado que isso e, como imbecil, termino a relação. Por mais atraentes que sejam seu corpo rijo e suas doces obscenidades em russo, prefiro contemplar a foto de Sophie.

A decisão agora está tomada: continuo a escrever em russo. Mal, mas em russo. O que escrevo, no início, permanece um diário, mas nele logo vêm se misturar relatos de sonhos, lembranças de infância, observações sobre o meu avô — coisas que remontam de muito longe à superfície e que eu não teria sido capaz, acho, de escrever em francês.

Em russo, não escrevo aquilo que quero, mas o que posso: minha carência vem em meu socorro. Não pergunto mais o que escrever, mas como. Construir uma frase que resista, já acho isso bonito. E gosto de escrever na primeira pessoa do singular: *V piervom litsê edinstvennovo tchisla*, no primeiro rosto do código único. Eu adoro essa expressão. Parece-me que, graças ao russo, meu primeiro rosto descobre-se para mim.

Meu amigo Pável me conta uma história judaica. Abraão suplica a Javé: Javé, Javé, eu queria tanto ganhar na loteria um dia! Eu te peço, Javé, eu te suplico, eu te imploro isso há tanto tempo, me conceda isso, apenas isso, apenas uma vez, e nunca mais te pedirei nada. Javé, faça com que eu ganhe na loteria. Ele chora, está ajoelhado, contorce as mãos. Finalmente Javé surge das nuvens e diz: Abraão, eu te ouvi, quero recompensá-lo. Mas eu te peço, me dê uma chance. Pelo menos uma vez na vida, compre um bilhete!

Eu, que peço incessantemente para ser libertado, digo comigo que escrever em russo é comprar meu bilhete, dar a Deus uma chance de me salvar.

Na minha volta a Paris, na primeira noite, mostrei orgulhosamente a Sophie meus cadernos repletos de caracteres cirílicos. Minha pequena aventura com Galia estava bem escondida ali e duas semanas mais tarde já não tinha mais grande importância: o que eu queria era que ela admirasse minha façanha. Eu virava as páginas, a fazia observar como a minha letra mudava do francês para o russo, ficava maior e mais arejada. Um ano depois, fui eu que percorri febrilmente o caderno onde, de tempos em tempos, ela mantinha um diário, e encontrei seu relato desse reencontro. A única coisa que fiz foi falar de mim, ela diz, do que representava a língua russa na minha vida, do meu plano de escrever sobre minha infância em russo, e era como se ela não existisse. Para o que ela fez naquele verão, eu estava me lixando. Eu não a enxergava.

Mas isso aconteceu mais tarde.

Hoje, 10 de outubro de 2001, é o enterro de Martine B., por quem fui louco de paixão na adolescência. Era uma amiga dos meus pais, mais exatamente a mulher, mais jovem que ele, de um amigo dos meus pais. Era loura, radiosa, e Sophie me faz pensar nela. Tive muito mais tarde, muito tempo depois do seu divórcio, um pequeno caso com ela, e quando pus fim a ele me senti culpado como sempre. A última vez que a vi, ela já sofria do câncer de maxilar que iria matá-la, e, antes de matá-la, destruir sua esplendorosa beleza ("Passei quarenta e cinco anos da minha vida na pele de uma bela mulher, já está mais que bom, não acha?", ela disse a minha mãe antes das numerosas e inúteis cirurgias que devastaram sucessivamente o seu rosto). Eu ficava meio sem jeito; ela, ao contrário: sempre simples, generosa, presente, impressionada com meu embaraço e decerto me perdoando. Pareço idealizar, mas estou convencido de que essa mulher não detestava ninguém sobre a Terra. Ela me olhava com afeição, interesse, indulgência, e eu, em vez de simplesmente corresponder a esse olhar, repetia comigo que era meu destino decepcionar a todos que me amam, que eu era decididamente, definitivamente, um sujeito não confiável, um traidor, um fingido, em suma, a velha cantilena. Definitivamente? Se eu fosse capaz de rezar, rezaria para Martine morta me dar um pouco de sua ternura, de sua alegria, do amor que emanava dela e sem o qual, como são Paulo diz muito bem, podemos ser todo o resto que somos nada. Lembro-me da primeira vez que a beijei, nos bosques perto de Pontoise, era outono, e lembro-me dela nua na minha cama, na Rue de l'Ancienne-Comédie. Mas prefiro me lembrar dela muito tempo antes, em Grasse, onde ela tinha uma casa. Passamos lá uma semana, minha mãe, minhas irmãs e eu. Ela tinha o quê? menos de trinta anos? E eu, catorze, quinze? Escutávamos juntos discos de Billie Holiday e eu ficava à espreita de todas as oportunidades de estar a sós com ela. Uma noite, tínhamos ido todos jantar numa pequena aldeia e não sei como nos afastamos dos outros e passeamos, apenas nós dois, pelas ruas tortuosas e inclinadas. Paramos em frente ao portão de uma casa. Olhei para ela: seu rosto, seu sorriso, sua alegria. Meu coração estava disparado e minha vontade era pensar que o dela também. Naturalmente não me atrevi a tomá-la nos braços, mas passei os dias seguintes e de certa forma o resto da minha vida sonhando que o fizera, sonhando com seu corpo que enterraram hoje.

Enquanto esperávamos pelo início do serviço fúnebre, minha mãe me disse: o que foi bonito, na minha opinião, foi que Philippe ficou com ela durante toda a última noite.

Philippe é o filho mais velho de Martine. Tive vontade de chorar durante toda a cerimônia, nem tanto porque ela estava deitada no caixão a alguns metros, mas pensando na morte da minha mãe e no que ela implicitamente acabava de me pedir. Não que eu nunca tivesse pensado nisso: apesar do nosso distanciamento, suspeito há muito tempo que ela conta comigo para a hora da sua morte, e apenas espero estar preparado para quando esse momento chegar. Escrevo isto para me preparar, para aprender a olhar minha mãe nos olhos, para sentir menos medo do nosso amor.

Falei de Martine com Sophie, na noite do enterro, e lhe repeti a frase da minha mãe. Achou-a terrível: uma espécie de chantagem. Eu não estava de acordo. Aquela frase não me chocava. Passar junto à minha mãe sua última noite, não sei se estaria à altura disso, mas, não, acharia correto. Seria o meu lugar.

No dia seguinte, ela me ligou para falar de uma coisa ou outra, sem muita naturalidade, e num dado momento, bruscamente, disse que queria ler para mim uma carta do seu pai. Vai ser bom para começar, ela própria acrescentou. Respondi que sim, que seria bom.

* * *

Ele escreveu essa carta para a mãe dele em 1941. Em francês e não em russo, como escrevia geralmente — sem dúvida por causa da censura. Ela estava em Paris, ele em Bordeaux. É uma carta compridíssima, como a maioria de suas cartas, inteiramente dedicada a explicar por que ele não espera mais nada da vida. Desenvolve o tema à sua maneira repetitiva, até o enjoo. Por seu caráter e formação, nunca conseguiu encontrar e nunca encontrará um lugar na sociedade contemporânea. Está condenado, irrevogavelmente, a uma vida difícil, mesquinha e sem esperança, uma vida limitada à sobrevivência material. Não quer, dizendo-lhe isso, se queixar nem causar pena à sua mãe, apenas reproduzir para ela, para que tenha consciência, a realidade nua e crua da vida dele. Não, não é uma queixa, repete incansavelmente, apenas uma constatação, a constatação de uma realidade da qual ele não tem chance alguma de escapar e que nada poderá modificar.

Estou sentado num sofá, de frente para a minha mãe, em seu solene gabinete do Quai Conti. Leio a carta. Ela me observa enquanto leio. Li cartas similares, mas ela supõe que é a primeira a que tenho acesso e não ouso desiludi-la. Não lhe contei nada sobre a caixa de sapatos que Nicolas abriu para mim. Ela também, é numa caixa de sapatos que guarda seus tesouros. Descobriu-a, diz, durante a mudança da rua Raynouard para a Academia. Descobriu-a? Não sabia realmente onde estava? Assegura que não e, afinal de contas, é bem possível. Ocorre-lhe agora, tarde da noite, de volta dos grandes jantares sociais que são o corriqueiro da vida dos meus pais, abrir essa caixa de papelão e ler uma carta ou duas. Chora então, e, ao confessar isso para mim, tem lágrimas nos olhos.

Ela tem trinta anos a mais que seu pai quando ele desapareceu. E, quando pensa nele, pensa: coitadinho...

Quanto mais os anos se passam, ela me diz, mais eu me pareço com ele. É verdade. Meu rosto ficou esburacado como o dele. E tenho medo de que o meu destino se assemelhe ao dele.

* * *

Sugeri que eu continuasse a vir uma vez por semana para dedicarmos algumas horas a ler aquelas cartas juntos. Não esclarecemos o que eu faria com isso depois, mas ela não tem dúvidas de que um dia ou outro eu vou escrever um livro sobre seu pai. Durante muito tempo pensei que isso estaria fora de questão enquanto ela vivesse, e, ao sair da Academia nesse dia, penso o contrário: que devo escrevê-lo e publicá-lo antes da sua morte. Que o escrevo para ela. Para libertá-la, a ela, e não apenas a mim.

Lembro do seguinte: anos atrás, minha mãe ficou seriamente tentada a entrar para a política. Aceitou encabeçar a lista RPR nas eleições europeias, era vista tacitamente como ministra das Relações Exteriores. Na ocasião, um jornaleco de extrema direita, *Présent*, publicou uma matéria em que o seu pai era mencionado. Diziam alguma coisa como: com um pai colaboracionista, vítima do expurgo, ela deveria estar do nosso lado, não do lado da direita hipócrita. Ninguém lê o *Présent*, a coisa não foi adiante, mas vi minha mãe chorar como um bebê quando teve acesso à reportagem. Pensou em entrar na justiça, compreendeu que isso seria chamar a atenção para o que, ao contrário, quer enterrar. Desistiu de se lançar na política e acho que foi por isso. Em vão lhe explicaram que, ainda que seu pai tivesse sido o colaboracionista mais engajado, ela não tinha nada a ver com isso, continua a achar que aquele passado que não é o seu pode despedaçá-la.

Eu penso: coitadinha...

Ela tinha onze anos, Nicolas quatro, quando a família chegou a Bordeaux, no outono de 1940. Meu avô, no início, trabalhou lá como "intérprete numa grande oficina mecânica". A primeira vez que dei com essa formulação, numa carta de Nathalie, achei que soava como uma frase absurda, ouvida em sonho. Que significa isso, ser intérprete numa grande oficina mecânica? Na verdade, é muito simples: essa oficina, a Oficina Malleville et Pigeon, trabalhava essencialmente para o ocupante — assim como, a bem da verdade, a maioria das oficinas —, e ele fora contratado para a correspondência em alemão. Pela primeira vez, seu conhecimento de línguas lhe era útil. Entretanto, no início de 1942, perdeu o emprego, e foi então que o sr. Mariaud sugeriu apresentá-lo a amigos que trabalhavam para os serviços econômicos alemães.

O sr. Mariaud se casara com uma amiga russa de Nathalie. Era um homem de negócios corrupto, cordial, que sem nenhum escrúpulo aproveitava-se da Ocupação para enriquecer com o mercado clandestino. Minha mãe e Nicolas lembram que quando iam à casa dos Mariaud se regalavam com pão com manteiga, chocolate e outras coisas raras e deliciosas. Seus pais estavam contentes pelos filhos, que comiam tão mal no dia a dia, mas eles próprios reprovavam o mercado clandestino e se recusavam a lucrar com ele. Oficiais alemães frequentavam a casa dos Mariaud, toda aquela gente festejava alegremente e o sr. Mariaud, claro, teve alguns aborrecimentos com a Libertação — mas não o mataram, apenas o enjaularam.

Meu avô teria hesitado? É possível. Parece que seus irmãos e sua mulher quiseram dissuadi-lo. Não se trabalhava para o ocupante de seu país de adoção, isso era contrário às leis da hospitalidade. Mas esses princípios eram os de pessoas que tiveram condições de se integrar naquele país. Para ele, só restaram os dissabores. Além disso, ele respeitava os alemães. Desprezava as democracias ocidentais, que não haviam feito nada quando os bolcheviques invadiram seu país natal. Pensava sinceramente que Hitler mostraria à Europa, entre democracia parlamentar e terror comunista, o caminho de um renascimento. Colaborando, agia por convicção, não por oportunismo, e o que mais o devia contrariar era estar do mesmo lado de agiotas como o velho Mariaud, que encarnava aos seus olhos toda a vulgaridade contemporânea e para quem, como sempre, tudo dava certo.

Ao contrário de todos os seus patrões franceses, os alemães davam-lhe mostras de consideração. Ele não apenas falava bem alemão, como conhecia os grandes escritores e pensadores alemães. Sua condição de homem culto, que ele tinha o hábito de considerar uma desvantagem na sociedade francesa, suscitava o respeito dos alemães. Travara amizade com alguns deles? Existe uma fotografia de um almoço de Natal com um oficial alemão de uniforme, ar bonachão, à mesa familiar. Isso devia dar o que falar no prédio. No térreo morava uma família que, por razões obscuras, não gostava da família do terceiro andar. O sujeito do térreo teria pedido ao meu avô que tomasse providências para que os do terceiro andar fossem expulsos — em último caso, que fossem presos. Meu avô teria se recusado com indignação e ameaçado o vizinho de mandá-lo prender, a ele, caso insistisse. Teria sido esse vizinho que, na Libertação, o teria denunciado. Nada disso está comprovado, tampouco é inverossímil. Essa hipótese deve ter reconfortado um pouco minha avó e minha mãe em seu infortúnio: seu marido e seu pai teria sido denunciado não porque agira mal, mas, ao contrário, porque teria se recusado a denunciar um inocente — este era judeu, não sei direito.

Que fazia ele, precisamente? Era intérprete, e para os serviços econômicos, não para a polícia. Isso exclui, creio, qualquer participação em interrogatórios sumários. Mas, mesmo num escritório onde não sujava as mãos, ele não pôde deixar de saber o que acontecia com aqueles judeus cujos bens eram confiscados pela repartição onde trabalhava. Não pôde deixar de compreender o que faziam seus queridos alemães, defensores da civilização contra o comunismo. E desde então, diz minha mãe, ele se transformou num fantasma. Nos dois últimos anos, ela se lembra, era um homem alquebrado, um homem que se sabia condenado e para quem essa condenação era o desenlace lógico da sua vida extraviada, o código do seu destino.

Ele poderia ter partido, mudado de lado, se juntado à Resistência. Não o fez. Como não era um crápula, tenho certeza, ficou como que petrificado, como se fosse culpado, inapelavelmente, desde sempre, apenas aguardando o momento em que o castigo se abateria sobre ele.

Em 15 de junho de 1944, ele envia a uma de suas amigas uma carta que começa assim: "Como tenho minhas razões para crer que o outono não me verá mais vivo...".

Foram as últimas palavras que li do seu punho.

A última imagem que minha mãe guardou dele é na piscina de Arcachon, onde Nathalie e seus filhos haviam alugado um chalé para as últimas semanas de férias. Ele permanecera em Bordeaux, recém--libertada e, portanto, perigosa para ele, e foi e voltou durante o dia para beijá-los. Se sabia que era a última vez, ninguém pode afirmar, mas o que minha mãe me contou foi que, quando ele se aproximou dela, ela não o reconheceu à primeira vista. Olhou então para ele com um profundo mal-estar, como se fosse um estranho.

Raspara o bigode que usava desde os vinte anos, sem o qual ela nunca o vira.

Não sei o valor dessa certeza, mas assim mesmo estou certo de nunca ter ouvido antes essa história de bigode. Em todo caso, não tinha conhecimento consciente disso quando, há vinte anos, escrevi um romance cujo protagonista perde progressivamente qualquer contato com a realidade e finalmente perde-se de si mesmo após ter raspado o bigode. Já me perguntaram várias vezes como me ocorrera a ideia dessa novela e nunca soube o que responder.

Olho para minha mãe agora, falo: mas, afinal, isso não lhe diz nada?

Ela diz não.

Insisto: Mamãe, *O bigode*! Meu romance! Ela parece perplexa, balança a cabeça.

A psicanálise realmente o deformou, ela conclui.

De volta a Bordeaux nessa mesma noite, ele teria se dirigido ao 2º Bureau, onde um oficial o teria interrogado sobre suas atividades e lhe entregue um salvo-conduto, advertindo-o, porém, do risco que ele corria perambulando pela cidade durante aqueles dias tumultuados. Teria lhe aconselhado fazer-se de morto por um tempo num lugar tranquilo, e o lugar mais tranquilo que ele podia, por sua vez, lhe propor era a prisão, onde lhe oferecia um lugar. Meu avô teria aceitado, mas querido primeiro passar em casa para pegar umas coisas. Um amigo que o acompanhava e de quem a família colheu esse depoimento tentou dissuadi-lo, temendo que vizinhos o denunciassem, mas ele foi assim mesmo. Homens armados com metralhadoras o esperavam — ou foram chamados quando os vizinhos delatores o viram na casa. Foi preso, obrigado a entrar com eles no seu Traction Avant e, a partir desse momento, a tarde de 10 de setembro de 1944, não foi mais visto.

Nicolas, que na época tinha oito anos, lembra-se confusamente dos dias que se seguiram. Sua mãe chorava e sussurrava com sua irmã. Todas as manhãs, passava horas nas antessalas de diversos gabinetes e repartições, com a esperança de obter informações sobre o marido, e frequentemente levava o menino com ela. Ambos mofavam horas em corredores, em salas de espera. Ela espreitava as portas pelas quais entravam e saíam como um pé de vento funcionários atarefados, cuja atenção ela em vão tentava atrair. Não se atrevendo a se dirigir diretamente a eles, esperava que alguém reparasse naquela senhora modesta, triste, porém distinta, que passava o dia inteiro ali, numa cadeira, com seu menino, e espontaneamente lhe oferecesse ajuda. Quando um marido qualquer desaparece, é normal ir procurar a polícia. Mas, na situação dela, era mais complicado. Sabia muito bem que reclamar podia ser perigoso, e, em todo caso, que a exporia à vergonha. Seu marido não era um bom francês, aliás não era sequer francês. Senhor o quê? Zourabichvili? Que é isso? Georgiano? Foi raptado? E quem fez isso? Homens armados? Franco-atiradores? Resistentes?... Um colaboracionista, então.

E o menino? O que lhe diziam? Não devem ter lhe explicado nada, porque, pelo menos no início, era impossível explicar alguma coisa. Não se sabia de nada e teria sido cruel, enquanto não se sabia de nada, fazê-lo partilhar essa terrível incerteza. Ainda não haviam criado a versão segundo a qual papai partira para uma longa viagem, pois ainda havia esperanças de que estivesse prisioneiro ou escondido em algum lugar e fosse encontrado em breve. Nos primeiros dias, nas primeiras semanas, a espera era atroz, mas não sem esperança, e, por essa razão, mãe e filha ainda não haviam estabelecido um plano coerente para proteger a criança. O pior momento veio depois, quando foi preciso admitir que a vida ia ser retomada e continuar sem que se soubesse de nada.

Em volta deles, em toda parte em Bordeaux e na França, havia uma verdade sobre a qual todos estavam de acordo: os resistentes eram heróis, os colaboracionistas, canalhas. Mas na casa deles, vigorava outra verdade: os resistentes haviam raptado e provavelmente matado o chefe da família, que havia sido colaboracionista e que eles sabiam muito bem que não era um canalha. Tinha um temperamento difícil, frequentemente se irritava, mas era um homem correto, honesto e generoso. O que pensavam não podia ser dito do lado de fora. Eram obrigados a se calar, ter vergonha.

Depois da guerra, quando viajou de férias para a casa de amigos da família ou um acampamento de escoteiros, Nicolas escrevia todas as semanas um cartão-postal para a mãe, e no fim de cada um desses cartões-postais repetia a mesma história.
"Quando papai voltar, ouviremos toc-toc. Quem é?
"É o papai que está supercontente de estar de novo com a mamãe, com Hélène e comigo!"
Toc-toc. Toc-toc. Até quando terá ele acreditado?

Nossas sessões de leitura tiveram um fim precoce, minha mãe voltou a se fechar e me pergunto se minha observação sobre o bigode não tem alguma coisa a ver com isso. Decido então voltar para Moscou, passar lá o mês de dezembro falando e escrevendo em russo.

Logo antes da minha partida, Sophie é operada de um joelho, que havia distendido durante sua excursão pelo Queyras. É uma cirurgia muito delicada, dolorosa, seguida de um mês de fisioterapia num centro especializado na Bretanha. Como de toda forma eu não ia acompanhá-la, disse comigo que era um bom momento para partir também: voltaríamos na mesma época, eu poderia cuidar dela durante sua convalescença, em casa. Dito dessa forma, isso parece muito razoável, mas, dois dias após a cirurgia, quando levei-a até aquele lugar sinistro, povoado de estropiados mais ou menos graves, compreendi claramente que ela se sentisse mal e que, sem me censurar abertamente, achasse que um homem apaixonado de verdade não a teria deixado bruscamente daquele jeito: na impossibilidade de ficar o tempo todo, teria ido visitá-la dois ou três dias por semana, o que, ao contrário da maioria das pessoas, eu tinha plena liberdade para fazer. Durante as 24 horas que passei com ela, e que eu não podia prolongar porque já pegara minha passagem de avião e meu visto, perguntei-lhe o tempo todo se estava tudo bem, se ia ficar tudo bem, porque, se não estivesse tudo bem, claro que eu podia mudar meus planos, e ela respondia que sim, claro, ia ficar tudo bem, num tom horrivelmente pouco convincente.

Trouxe para Moscou meu dossiê de anotações sobre o meu avô e me proponho a escrever uma espécie de relato sobre o que sei de sua vida, alinhar fatos, datas, conjecturas, copiar excertos de correspondência e, paralelamente, contar a história do húngaro: tudo isso em russo. Eu achava que era um plano realizável, um trabalho de compilação para domar o monstro. Mas não é de forma nenhuma realizável, não é literalmente possível. Fico petrificado diante do monstro.

Além disso, meu russo regride. À noite, encontro amigos franceses, ou russos que falam francês melhor que eu falo russo, e verifico o que já observara em agosto: que o meu humor depende diretamente dos meus progressos linguísticos. Leio e escrevo em russo, mas não consigo falar. Basta eu ter de falar com alguém, as palavras somem.

Ligo para Sophie todos os dias. Essas conversas são difíceis. O centro de fisioterapia a angustia, ela tem medo de que a operação não tenha sido bem-sucedida e que, em vez de caminhar melhor, caminhe pior que antes. Está distante, evasiva, sei muito bem que está com raiva de mim. Digo comigo que sou um imbecil, também estou na pior aqui, sem ela, o melhor a fazer seria adiantar minha volta e correr para ela, levá-la para comer ostras em Douarnenez. Mas não faço isso.

Fico na cama até o meio da tarde, imóvel, enrodilhado na angústia. Cantarolo para mim mesmo, baixinho, minha cantiga de ninar russa.

Essa cantiga de ninar é cantada por uma mãe a seu filho. Ela se dirige a ele com as palavras mais carinhosas, mais delicadas: *Spi, maliutka, bud' spakoien...* Dorme, meu bebê, fica tranquilo... *Spi, moí angel, tikho, sladko...* Dorme em paz, meu anjo, meu querido... e as mais perturbadoras para mim: *Spi, ditia moiê radnoiê...* Dorme, filho das minhas entranhas. A mãe que canta isso para o filho o mantém apertado contra o seu seio, como se ele lhe pertencesse. Entretanto, ele não lhe pertence, e ela sabe disso. Ela o protege, enquanto ele precisa dela, como os animais protegem seus filhotes, mas não o possui, não o prende em seu ventre. Seu desejo é que ele cresça e se torne um bravo como o pai. Ela sabe que quando chegar *vrêmia brannoiê jitio*, o tempo da vida guerreira, ele irá corajosamente para o combate e ela, por sua vez, derramará lágrimas amargas, não dormirá mais de preocupação, mas nem por isso deseja que essa preocupação lhe seja poupada. Se houvesse um meio de ele ficar com ela em casa, no quentinho, sossegado, em vez de ir arriscar a vida no campo de batalha, ela o recusaria sem hesitar e até mesmo com indignação. A criança que ela aperta tão forte nos braços não deve se tornar um frangote, mas, ao contrário, um bravo, *kazak duchoí*, um autêntico cossaco, espelhando-se no pai.

O que a letra dessa cantiga de ninar exprime, e me confrange o coração quando reconheço isso, é uma lei, uma lei arcaica e universal concernente às relações no seio da família: o pai deve ser um guerreiro e a mãe desejar que o filho também o seja, sem o que tudo rui. No meu caso, tudo ruiu. Muito cedo tive consciência de que meu pai não era um guerreiro e que minha mãe preferia que eu ficasse com ela em vez de ir para o combate.

Entretanto, houve na minha infância outra mulher sem ser minha mãe, que me cantou as palavras da velha lei, graças a quem elas têm uma espécie de existência em mim, sepultadas como estão junto com a língua russa.

Essa mulher era velha, feia, e me amava.

Chegou à nossa casa quando nasci. Seu nome verdadeiro era Pélagie, meus pais a chamavam de Polia e eu de Nana, versão francesa do *niania* russo, que designa uma governanta, mas muito mais que uma governanta: um membro da família em quem reconhecemos uma autoridade considerável. Meus pais adoravam contar sua vida, pelo menos o que sabiam e que era digno de um romance de aventuras. Ela vinha de uma família de ciganos muito famosos, que trabalhavam num cabaré frequentado antes da revolução pela melhor sociedade de Petersburgo. O próprio Tolstói teria ido vê-los, dizem, e aplaudido seus cantos e danças. Jovem, ela já era feia, mas isso não a impedia de fazer grande sucesso com os homens. Mesmo na velhice, percebia-se que estava habituada àquilo, que amava os homens, e eu fui o último da sua vida.

Ela tinha dezoito anos quando um príncipe daguestanês chamado Nakachidzê a raptou de sua família e de seu cabaré. Viveram juntos uma vida extremamente romântica, em plena tormenta revolucionária, até que o príncipe fosse assassinado pelos bolcheviques na sua presença. Em seguida fez o diabo para emigrar, seguindo praticamente o mesmo itinerário que a família Zourabichvili: Constantinopla, depois Paris. Lá, enquanto meu avô alimentava a família com grande dificuldade bancando o motorista de táxi, Pélagie ganhou a vida, nitidamente melhor, da única maneira que conhecia, cantando e dançando nos cabarés. Autodenominava-se Pélagie Nakachidzê, talvez inclusive princesa Nakachidzê, embora permaneça obscuro se o príncipe se casara com ela antes de morrer. Em todo caso, todos os papéis se perderam e ninguém podia saber, nem procurava saber, seu nome verdadeiro, que idade realmente tinha, se era viúva ou apenas ex-amante de um príncipe daguestanês: acredite-se ou não nesse tipo de histórias, não se tem controle sobre elas. Levou em Paris uma vida bem agitada, que em sua velhice recordava satisfeita, com contradições e incoerências que não eram obrigatoriamente mentiras. Da bruma desses anos vislumbra-se uma amizade com Coco Chanel, que ainda vivia quando a velha Pélagie trabalhava em nossa casa. Às vezes ia visitá-la, e voltava dessas visitas com luxuosas bolsas ou vidrinhos de perfume que dava de presente à minha mãe. Viveu nesse mundo — o cabaré e a alta-costura, os imigrantes russos e os farristas franceses — até o fim da guerra, suponho, talvez um pouco mais, mas não muito: uma carreira na dança e na frivolidade não poderia continuar depois dos cinquenta anos. Não sabia fazer nada a não ser isso, falava mal francês, não possuía economias. Por outro lado, era muito devota e mesmo durante seus anos de pândega parisiense nunca deixou de frequentar a catedral ortodoxa da Rue Daru, onde fizera amigos fiéis, entre eles o dr. Serguei Tolstói, um dos inúmeros netos do escritor. Passou diretamente do cabaré para a igreja, onde arranjou um lugar de governanta na casa de um padre. O padre, infelizmente, estava velho e doente, e com sua morte, em 1957, ela jurou nunca mais trabalhar na casa de idosos, mas, na medida do possível, numa casa de família onde houvesse crianças. Não queria mais ser governanta, mas *niania*, que é coisa bem diversa. Foi assim que, por meio de uma recomendação dos Tolstói, foi parar na *Riu Reinuar*, para onde meus pais acabavam de se mudar e eu, de nascer.

Minha mãe conta que Nana lhe deu medo da primeira vez que entrou no apartamento. Tinha um semblante com algo de bruxa, olhos negros e penetrantes, e dela emanava uma autoridade que decerto faz parte das atribuições de uma *niania*, mas, enfim, até certo ponto. Sentiu-se imediatamente em casa e se mostrou desagradavelmente surpresa quando minha mãe lhe informou que pensava, pelo menos no primeiro mês, em ficar em casa com seu bebezinho. Suponho que ao falar com a velha cigana ela me apertava contra si, talvez me alimentasse. Devia, no fundo, recear que alguém lhe tomasse seu filho maravilhoso, seu bebê tão bonito, tão carinhoso, seu Emmanuel que ela amava como nunca amara ninguém no mundo, exceto provavelmente seu pai, quando ela mesma era pequena. Tiraram-lhe o pai, mas seu bebê ninguém tiraria, ninguém iria separá-lo dela, nunca.

Embora na França havia trinta anos, Nana mal falava francês, misturando palavras francesas e palavras russas numa algaravia pitoresca que fazia todos rirem no Trocadéro, aonde ela nos levava todos os dias, a minhas irmãs e a mim. Mas, segundo minha mãe, falava mal o russo também. Ou melhor, não falava "um russo bonito". Minha mãe tem orgulho do seu "russo bonito", que recebeu de herança e que usa tranquilamente como critério para julgar as pessoas. Era a única riqueza que seus pais haviam conseguido preservar e lhe transmitir, e essa riqueza ninguém podia tomar dela, ela provava que eles haviam morado em palácios. Ainda hoje, o maior elogio que minha mãe pode fazer a alguém é reconhecer-lhe um "russo bonito", isto é, um russo que não seja nem pequeno-burguês nem soviético: um russo *"ancien régime"*. Eu mesmo, sem falar russo, falo um russo bonito. É a minha herança, e também tenho orgulho dela. Elogiam a minha pronúncia, e sei que têm razão, em todo caso distingo claramente o russo bonito dos outros: meu tio Nicolas, por exemplo, fala um russo bonito, mas nenhum dos dois Sacha fala, nem ninguém em Kotelnitch. Poucas coisas me enfeitiçam tanto como esse russo bonito, e meus esforços, até o presente vãos, para aprender a língua visam na realidade me enriquecer com essa magia que sei existir em mim em estado virgem, e entretanto inalienável.

Quando digo que é minha herança, isso quer dizer que me vem da minha mãe e não de Nana. Minha mãe é inflexível neste ponto: ela fala um russo bonito, eu falo um russo bonito, Nana falava um russo horroroso.

Entretanto, era Nana quem falava russo comigo, não minha mãe. Foi ela quem cantou a cantiga de ninar para mim. É sua voz que ressoa em mim quando a canto a sós, baixinho.

Foi ela que matei.

Tenho onze anos. Esta noite há convidados. Enquanto nossos pais os recebem na sala, minhas irmãs e eu brincamos nos fundos do apartamento. Nana, como de costume, reclama porque não queremos ir para a cama. Corre atrás da gente, fica irritada, e quanto mais irritada fica, mais ficamos excitados — dessa excitação que pode levar crianças a fazerem o que numa situação normal nunca ousariam fazer, como se não fossem mais elas mesmas, mas diabretes que houvessem tomado seu lugar. E lembro-me desse instante: Nana está na porta do meu quarto, de costas para o corredor, ralhando conosco. Corro pelo corredor, de repente me vejo atrás dela e a empurro por trás. Ela cai de cara no chão. Não me lembro bem o que aconteceu em seguida. Devo ter ficado com medo, chamado meus pais. Todo mundo correu para o meu quarto, inclusive os convidados, dali a pouco chegou uma ambulância, que transportou Nana para a clínica onde morreu dias mais tarde. Durante esses dias, nós, as crianças, fomos visitá-la várias vezes. Conversamos com ela. Nos disseram que ela tinha tido um infarto, e nunca ninguém procurou saber as circunstâncias em que se dera aquele infarto. Nana parecia particularmente carinhosa e meiga comigo, como se eu não fosse em nada responsável pelo seu estado. Eu não a empurrara, ela não caíra, apenas caíra doente como acaba acontecendo um dia com as pessoas da sua idade. Será que esquecera, ou decidira esquecer, na esperança de que eu mesmo esquecesse e não passasse a vida na pele de uma criança assassina? E meus pais? Que sabiam? Que imaginavam? Será que decidiram, conhecendo a verdade, escondê-la a todo custo, sobretudo de mim? Haveria na minha família um segundo segredo, referente não mais ao pai assassinado, mas ao filho assassino?

* * *

Um pouco antes de embarcar para Moscou, convidei meus pais para jantar e dirigi a conversa para Nana. Eles evocaram sua memória com ternura e emoção, contaram episódios a seu respeito. Nada em seu tom sugeria um cadáver num armário. Quanto às circunstâncias de sua morte, eis a versão deles: Nana, desde a manhã, estava muito cansada, e minha mãe exigira que ela ficasse em seu quarto descansando tranquilamente. À noite, os convidados chegaram, e ao mesmo tempo que exercia seu papel de dona de casa, minha mãe ia constantemente ao quartinho de Nana, nos fundos do apartamento, para ver como ela estava. Cada vez pior. Dor aguda no peito. Chamaram um médico, que determinou o diagnóstico de infarto e providenciou a remoção de Nana para a clínica. Permaneceu lá durante uma semana, durante a qual minha mãe foi visitá-la todos os dias. Nós, as crianças, não éramos admitidas lá dentro, mas assim mesmo nos levaram para que, do jardim, pudéssemos fazer acenos e enviar beijos a Nana pela janela — seu quarto ficava no térreo. Então ela morreu, serenamente.

Conheço de sobra a expressão da minha mãe quando abordamos um assunto difícil para concluir com certeza que meus pais não estão mentindo. Se sua versão é correta, do que agora estou convencido, a minha é falsa. Minha lembrança, entretanto, permanece precisa, vivaz, remete a alguma coisa real, e o sentimento de culpa que ela desperta me acompanhou a vida inteira. Talvez eu não tenha matado Nana, mas então quem foi que matei? Que crime cometi?

Voltando de Moscou, vou buscar Sophie na Bretanha e passamos as férias de Natal na cama, em Paris. Como sua perna ainda lhe dói e ela quase nunca sai, arrisco-me sozinho na rua para comprar o que comer e volto sem demora para me enfiar ao seu lado. Fazemos amor, escutamos música, falamos horas a fio. Estaria fazendo muito frio aquele ano? Será que avisamos que íamos viajar no feriado? Já não lembro, mas não tenho compromissos, o telefone raramente toca, ninguém vem nos visitar, e os dias transcorrem numa clandestinidade quente, intensa, como imagino que devam transcorrer no inverno no polo Norte. A cama transforma-se num barco, numa tenda, num iglu, e o trajeto até a cozinha ou o banheiro é uma pequena expedição — não obstante o apartamento dispor de uma calefação perfeita.

Um dia, no fim dessa hibernação, estamos excepcionalmente sentados na cozinha, ela me fita com os olhos subitamente cheios de lágrimas e me diz: existe outro homem.

Por essa eu não esperava. Não falo nada. Aguardo.

Ela diz: faz semanas, meses que quero lhe contar e não conseguia. Quero que entenda. E fala, chora falando, as palavras se atropelam. Diz que me ama, que sabe que a amo à minha maneira, mas que é terrível para ela se sentir daquele jeito, num assento ejetável, o tempo todo à mercê das minhas mudanças de humor. Que está sempre com medo de não me agradar mais, com medo do olhar sem indulgência que lhe dirijo, com medo de se sentir indigna de mim. Então o que aconteceu foi que ela conheceu uma pessoa durante a minha primeira viagem a Moscou, no verão passado. O nome dele é Arnaud. É um cara mais moço que eu, e mais moço que ela também. Apaixonou-se por ela. Quando ela estava na fisioterapia, ele foi visitá-la todos os fins de semana, na Bretanha. Ele sabe da minha existência e que está diante de um forte rival, mas o que ele propõe é coisa bem diferente. Não é um assento ejetável, um caso sem futuro. Quer se casar com ela, ter filhos. Sabe que ela é a mulher da sua vida. Ama-a, de verdade.

Pergunto: e você o ama?

Não sei. Sei que amo você. Mas acho que você não me ama.

Então o que pretende? Ir para os braços dele, pois tem certeza de que ele a ama? Ou ficar comigo porque tem certeza de me amar sem ter certeza de que a amo?

Não sei... É horrível a maneira como você formula as coisas.

É você que está formulando dessa maneira. Se quiser, podemos dizer de outra forma. Você me conta isso e espera o quê? Gostaria que lhe dissesse o quê? Vai ou fica?

Ela reflete, os olhos cheios de lágrimas, depois responde: gostaria que você me dissesse "fique".

Digo: fique.

Não voltamos a tocar no assunto.

Ainda assim, ela teima, e para me dizer o seguinte: não reparou que estou usando um imenso anel de homem no polegar? Ora, isso se nota, um anel de homem no polegar de uma mulher. Foi ele que me deu. Estou com ele no dedo há três meses. Em três meses você não notou.

Abaixo a cabeça. Um pouco mais tarde, delicadamente, peço-lhe que o tire do dedo e devolva a ele. Peço-lhe para ser só minha.

Ela diz: era isso que eu queria, e você sabe. Era realmente tudo que eu queria.

Ela tem medo das minhas viagens, das minhas ausências, da sua aflição durante as minhas ausências, e me preparo para partir por mais de um mês. Conheci uma produtora, Anne-Dominique, que se interessou pelo meu projeto de filme. Juntos, o submetemos à comissão de adiantamento de receitas, que pede uma sinopse. Escrevo três páginas, que terminam assim:

"Como o imagino hoje, o filme deve ser o diário da nossa passagem por Kotelnitch, o retrato das pessoas que conheceremos lá, a crônica das relações que estabeleceremos com elas — tudo isso em paralelo com a história, mais íntima, da minha imersão na língua russa.

"Mas talvez não venha a ser nada do que imagino hoje.

"Acho que apareceremos na tela, mas também pode ser que não. Acho que haverá um comentário em off, mas pode ser que acabe não havendo. Finalmente, pode ser que seja o retrato de um único habitante da cidade — ou de uma cidade vizinha.

"Não sei nada sobre isso e faço questão absoluta de não saber.

"Gostaria muito, não sei se é possível, de preservar essa ignorância até mesmo durante as filmagens. Descobrir o que o filme conta apenas na montagem: quando o que nos acontecer se tornar o que nos tiver acontecido."

Alguns dos membros da comissão acham esse argumento fora das normas, mas assim mesmo conseguimos o adiantamento e a produção pode deslanchar. À exceção de Sacha, sempre disponível, não é possível reconstituir a mesma equipe. Jean-Marie não pode passar um mês fora e Alain, ele me diz, está gravemente doente: tumor no cérebro, fulminante, metástase. Ligo para ele a fim de saber notícias e digo, por constrangimento, alguma coisa de que ainda hoje sinto vergonha: parece que você teve um probleminha de saúde... Ele deu uma risadinha e corrigiu: bem, não tive. Tenho. Faz piada, luta, mas sabe muito bem que está fodido. Coloco-o a par do projeto Retorno a Kotelnitch. Lamenta não participar. Três semanas mais tarde, morre.

Recruto, parecido com ele, Philippe, um câmera francês que mora há dez anos na Rússia, e ele me sugere, para o som, uma tal de Liudmila, com quem está acostumado a trabalhar. O único problema é que ela só fala russo. Digo que isso não é um problema, ao contrário.

Um jornalista do *Le Monde* me telefona para me propor que eu escreva uma novela para sua série de verão. São suplementos publicados nos fins de semana e que, aparentemente, são muito lidos. Trinta e cinco mil caracteres sobre o tema viagem. Meu primeiro impulso é recusar porque não tenho nenhuma ideia, depois me ocorre que Sophie perguntou um dia: por que não escreve uma história erótica? Para mim? Eu disse: vou pensar. E volto a pensar, com efeito. Retorno a ligação para o jornalista dizendo-lhe que de fato, sim, tenho uma ideia, mas há uma condição para concretizá-la, é que eu possa escolher a data de publicação. Isso poderia ser providenciado. Então, fechado. Concluo a história em três dias, imediatamente antes de partir para Kotelnitch. Não digo nada a Sophie. Ainda não sei que essa história vai causar terríveis devastações na minha vida, e creio que nunca na vida tivesse um dia escrito com tanta facilidade e alegria. Não penso mais no meu avô. Divirto-me, rio sozinho, estou muito satisfeito comigo.

3

Na banca de jornais da estação, antes de embarcar no trem, você comprou o *Le Monde*. É hoje o dia da publicação da minha novela, eu lhe disse esta manhã ao telefone, acrescentando que seria uma excelente leitura de viagem. Você respondeu que três horas era muito tempo para uma novela e que levaria um livro também. Para não despertar suspeitas, concordei, sim, sem dúvida, seria mais sensato, mas agora aposto, seja qual for esse livro, que você não o abrirá.

Você ocupou seu lugar, observou as pessoas se instalando, decerto muita gente. Alguém deve ter sentado ao seu lado: homem ou mulher, moço ou velho, simpático ou não, não sei. Você esperou o trem arrancar para abrir o jornal, como fazemos quando temos tempo à nossa frente. Paredes grafitadas ao longo da estrada de ferro, em direção ao sul, saída de Paris. Percorreu a primeira página, a última, onde há uma matéria sobre mim, depois pegou o caderno central, desdobrou-o, abriu-o, voltou a dobrá-lo, espero que não tenha captado frases sem querer. Agora você começa a ler.

Impressão estranha, não?

O que é estranho, em primeiro lugar, é que você não saiba nada a respeito desta história. Estávamos juntos quando a escrevi, mas não quis lhe mostrar. Disse-lhe, evasivamente, que era mais ou menos ficção científica. À primeira vista, lembra aquele romance de Michel Butor, *A modificação*, que se passava num trem e que era escrito na segunda pessoa. Suponho que alguns dos leitores que chegaram até aqui já tenham pensado nisso. Mas você, não, está muito chocada para pensar em Michel Butor. Constata que à guisa de novela eu lhe escrevi uma carta que seiscentas mil pessoas, é a tiragem do *Le Monde*, são convidadas a ler por cima do seu ombro. Você está comovida, talvez também pouco à vontade. Você se pergunta aonde quero chegar.

* * *

Eu lhe proponho uma coisa. A partir de agora, você vai fazer tudo o que eu mandar. Ao pé da letra. Passo a passo. Se eu lhe disser: pare de ler no final dessa frase e só recomece depois de dez minutos, você para de ler no final dessa frase e só recomeça depois de dez minutos. Era só um exemplo, ainda não está valendo. Mas, desde o início, você está de acordo? Você confia em mim?

E agora eu lhe digo: no final dessa frase, pare de ler, feche o caderno e passe dez minutos, relógio à mão, a se perguntar aonde eu quero chegar.

Leitores, e sobretudo as leitoras, que eu não conheço, não tenho o direito de lhes impor nada, mas eu os aconselho a fazer a mesma coisa.

Pronto. Os dez minutos se passaram.
Os outros, não sei, mas você, obrigatoriamente, entendeu.

Gostaria agora que fizesse um esforço de concentração. Um esforço sem esforço, se assim posso dizer, porque vou lhe pedir muitos outros, convém ir aos poucos. Você vai apenas tentar visualizar. Seu ambiente circundante, em primeiro lugar, cujas muitas variáveis me escapam: sentada de frente ou não, janela ou corredor, banco normal ou lateral, em frente a alguém ou não, isso é evidentemente um detalhe importante. E então, você está sentada, este jornal aberto nas mãos. Quer que eu a descreva para ajudá-la? Melhor não, não julgo isso necessário, em primeiro lugar porque não sou muito bom em descrições, depois porque a ideia é não apenas deixá-la molhada, mas deixar molhada qualquer outra mulher que leia isso e cuja identificação fosse prejudicada por uma descrição muito precisa. Dizer apenas uma loura alta de pescoço comprido, cintura fina e quadris largos já seria muito, não digo então nada disso. Serei até mesmo vago no que se refere às suas roupas. Tomarei naturalmente o partido de um vestido de verão, deixando braços e pernas à mostra, mas não me permiti dar-lhe instruções a esse respeito e é bem possível que você esteja de calça comprida, é prático para viajar, vamos nos virar com isso. Independentemente do número de camadas que você superpôs, e ainda que nessa estação possamos esperar sensatamente que esteja com apenas uma, a única coisa certa é que está nua por baixo. Lembro-me de um romance em que o narrador deslumbrado tomava consciência do fato de que em todas as circunstâncias as mulheres estão nuas sob suas roupas. Partilhei, ainda partilho, desse deslumbramento. Gostaria que pensasse um pouco nisso.

Segundo exercício, então: tomar consciência do fato de que está nua sob suas roupas. Distinguir, a minúsculo, as zonas de pele que não estão em contato com nenhum tecido, mas diretamente com o ar livre — rosto, pescoço e mãos, mais uma parte variável dos membros superiores e inferiores —, *b* minúsculo, as zonas cobertas por tecido, e aí se abre todo um leque de nuances, dependendo se esse tecido é justo — roupas de baixo, jeans apertado — ou flutua a uma distância maior ou menor — bata larga, saia batendo nas canelas. Resta um *c* minúsculo, que eu estava reservando para o fim e que se refere às zonas de pele em contato com outras zonas de pele, por exemplo, ainda sob uma saia, as coxas cruzadas, a base de uma sobre a parte de cima da outra, a parte de cima da panturrilha sobre o flanco do joelho. Você vai fechar os olhos e listar tudo isso, todos esses pontos de contato da sua pele com o ar, o tecido, a pele ou outra matéria — seus antebraços com os cotovelos, seu tornozelo no plástico do assento da frente. Vai passar em revista tudo que toca sua pele, tudo que toca sua pele. Detalhar tudo que acontece na sua superfície.

Quinze minutos.

Há um momento que é sempre delicado, agradável mas delicado, nas trepadas por telefone, é aquele em que se passa do diálogo normal para o calor do assunto. Quase invariavelmente, isso se faz pedindo ao outro que descreva sua posição no espaço — "Hum, estou na minha cama" —, em seguida, o que ele está vestindo — "Apenas uma camiseta, por quê?" —, após o quê, pedimos que ele enfie um dedo em algum lugar entre essas roupas e a pele. Nesse ponto, hesito. É como no xadrez ou numa análise, onde tudo parece contido na primeira abordagem. A abertura mais clássica seria um seio, que abordaremos diferentemente segundo esteja ou não envolvido num sutiã. Geralmente você usa um. Conheço a maioria deles, dei-lhe vários de presente, é uma coisa que adoro, escolher lingerie sexy. Gosto de discutir com a vendedora, descrever-lhe a destinatária, a mistura legítima de conversa puramente profissional e de subentendido sexual cria uma pequena cumplicidade tal que logo perguntamos: e se fosse para a senhorita, o que escolheria?

Eu poderia lhe pedir que acariciasse um seio, roçasse o bico dele com a ponta dos dedos através do vestido e do sutiã, tão discretamente quanto possível. Mais uma coisa que aprecio, que ambos apreciamos, observarmos juntos as mulheres e imaginarmos o bico dos seus seios. Suas bocetas também, por sinal, mas calma, por enquanto estamos nos bicos dos seus seios. Como me aconteceu por diversas vezes explicar a vendedoras de lingerie a fim de que ficassem diretamente bem informadas para me aconselhar, os seus são muito especiais, no sentido de que parecem montados ao avesso, a ponta para o interior, saindo, como um animal de sua toca, sob o efeito da excitação. Suponho que seja o que estão fazendo neste momento, e que você não precise sequer tocá-los. Não toque neles. Interrompa a ação que talvez você houvesse iniciado, mantenha a mão suspensa no ar e contente-se em pensar nos seus seios. Mais uma vez, visualize-os. Já lhe expliquei, é uma técnica de ioga extremamente eficiente — embora sua eficiência sirva em geral para outros fins — visualizar uma parte do corpo, com o máximo de precisão, e se transportar para lá em pensamento e sensação. Peso, calor, textura da pele, textura diferente da aréola, fronteira entre a pele e a aréola, você está inteira em seus seios. Se tudo está correndo bem, no instante em que lê isto alguém à sua frente — mas há alguém à sua frente? — deve ver seus bicos apontarem sob a dupla camada de tecido tão nitidamente quanto sob uma camiseta molhada.

Nova pausa. Você fecha o jornal. Pensa apenas nos seus seios, e em mim pensando neles, durante quinze minutos. Fecha ou não os olhos, como queira.

Tudo bem?

Pensou em minhas mãos sobre seus seios? Quanto a mim, foi nelas que pensei. Na verdade, não em minhas mãos sobre seus seios, mas em minhas mãos perto de seus seios. Você sabe, as palmas que os envolvem e esposam sua curva, um quarto de milímetro a mais e os roçariam, mas, justamente, não os roçam. Roçar quer dizer "tocar levemente", ora, não estou tocando em você, chego tão perto quanto possível sem que por isso haja algum contato, todo o jogo consiste em evitar o contato e ao mesmo tempo manter uma distância constante, o que implica ínfimas retrações da palma da mão em resposta ao seio que avança sob o efeito da excitação ou simplesmente da respiração. Quando digo em resposta, é mais sutil que isso, não se trata de responder, seria tarde demais, como nas artes marciais em que o objetivo não é aplicar o golpe, mas não sofrê-lo. O melhor a fazer é antecipar e para isso deixar-se guiar pelo calor corporal, a intuição, a respiração, com um pouco de treinamento consegue-se que bico do seio e cavidade da palma funcionem como dois contadores Geiger, e eu e você somos bem treinados. Se tocar, perdeu. Aliás, isso pode ser praticado com quaisquer partes do corpo e, ainda que seja certo que palma da mão e dedos, lábios e línguas, seios, clitóris, glande e ânus permitem as combinações mais sensíveis, as que em poucos minutos provocam gritos de enlouquecer os vizinhos — embora segurar o grito tampouco seja mal —, estaríamos errados se nos limitássemos às zonas mucosas e eréteis classicamente erógenas e desprezássemos variações do gênero: nuca e curva bem atrás do joelho; queixo e sola do pé; a depressão mais ou menos profunda no quadril; a cavidade da axila, sou pessoalmente um fervoroso da axila e em particular das suas, das quais pretendia justamente falar.

Isso a faz sorrir porque você sabe que adoro isso, ao passo que você não tem nada contra, mas enfim não é o que a faz subir pelas paredes. Meu entusiasmo a enternece mais que a excita. Então, você sorri. Escrevendo isso, dois meses antes de você ler — caso leia, caso tudo corra bem —, tento imaginar esse sorriso, o sorriso de uma mulher lendo, sozinha num trem, uma carta pornô que lhe é destinada mas que ao mesmo tempo é lida por milhares de outras mulheres, que especulam, suponho, que você tem muita sorte. É uma situação bastante sui generis, convém admitir, que deve provocar um sorriso sui generis também, e acho que provocar esse sorriso é um objetivo literário inebriante. Gosto que a literatura seja eficaz, gostaria idealmente que fosse performática, no sentido em que os linguistas definem um enunciado performático, o exemplo clássico sendo a frase "eu declaro guerra": a partir do momento em que foi pronunciada, a guerra está de fato declarada. Pode-se sustentar que, de todos os gêneros literários, a pornografia é o que mais se aproxima desse ideal, ler "você fica molhada" molha. Era apenas um exemplo, eu não disse "você fica molhada", logo você ainda não ficou molhada, se ficou você não presta atenção, você aplica toda a sua energia mental em desviar a atenção da calcinha. Há uma história, nesse estilo, de que gosto muito, é um sujeito a quem um mágico promete a realização de todos os desejos, mas com uma condição, que durante cinco minutos ele não pense num elefante cor-de-rosa. Se não tivessem falado, evidentemente, isso nunca lhe teria passado pela cabeça, mas agora que lhe disseram, e proibiram, como pensar em outra coisa? Em todo caso, vou ajudá-la, vamos pensar em outra coisa, cuidar das suas axilas, vamos inclusive fazer outra coisa.

Você agora tem direito a um pouco de contato. Sem deixar de continuar segurando o jornal com a mão esquerda, você vai colocar a mão direita em seu quadril esquerdo. Seu antebraço, que suponho nu, repousa portanto sobre sua barriga, na altura do umbigo. Partindo do quadril, você vai subir a mão até a pequena protuberância que se forma em todas as mulheres acima da saia ou da calça comprida, palma da mão e dedos acariciando através do tecido a carne particularmente tenra e elástica desse lugar. É tépido, suave, repousante, nos demoraríamos de fato nesse acampamento de base. Demore-se por um instante antes de retomar a ascensão rumo às costelas e à base do sutiã. A situação, nessa fase, varia um pouco, dependendo se uma segunda camada de roupas — vestido sobre camiseta, casaquinho — lhe permite operar relativamente ao abrigo dos olhares ou se você avança a descoberto. De toda forma, você pode sempre aproximar a mão que segura o jornal e de certa maneira disfarçar a que agora envolve completamente o seu seio esquerdo. Agora você tem liberdade. Leve o tempo que for preciso para fazer, na medida em que o decoro o permita, tudo que teve vontade de fazer ainda há pouco, quando o contato era vedado. Não perca de vista, entretanto, que o nosso objetivo atual não é o mamilo, mas a cavidade da axila para a qual apontam seus dedos. Aqui, há decerto um acesso à pele nua, cava do vestido ou da camiseta, e se por acaso estiver usando um vestido de manga curta, só lhe resta passar pela gola que suponho amplamente decotada. Seja qual for o caminho escolhido, por cima ou por baixo, desde o início desta carta você está tocando pela primeira vez diretamente na sua pele. Afaste ligeiramente o braço esquerdo, para fazê-lo com naturalidade basta apoiar o cotovelo no apoio do assento. Com a ponta dos dedos alise a junção do braço, depois comece a explorar a cavidade da axila. Numa tarde de julho, num trem que suponho lotado, me espantaria muito você não recolher algumas gotas de suor. Eu gostaria que daqui a dez minutos — sobretudo não se apresse — você as levasse ao nariz, para cheirá-las — depois aos lábios, para saboreá-las. Adoro isso: sem chegar aos extremos que fizeram a glória de Henrique IV, não me atrai a pele recém-lavada, e você também, você gosta do cheiro do pau, da xoxota e do sovaco. O seu não é depilado, adoro isso também. Não obrigatoriamente como regra geral, isso não é uma religião, é caso a caso, mas no seu, não resta dúvida, eu poderia passar horas, na verdade passo horas nessa leve espuma de pelos louros. Isso faz parte, você acha com razão, de um conjunto de preferências eróticas que me situaria antes, digamos, do lado das fotos do finado Jean-François Jonvelle do que das de Helmut Newton: antes a menina de calcinha que massageia os seios com creme hidratante lhe sorrindo do banheiro que o gênero salto agulha, esgar desdenhoso e coleira de cão. Mas não é só isso que existe no sabor dos pelos debaixo do braço, há também, como dizer? uma espécie de efeito metonímico, como quando dizemos uma vela para um barco, a impressão de que você desfila com duas xoxotinhas suplementares, duas xoxotinhas que o decoro autoriza a mostrar em público, embora evoquem inevitavelmente, em todo caso para mim evocam irresistivelmente, a que fica entre as suas pernas. Em princípio, reprovo esse gênero de raciocínio. Estou diante de uma boceta, para pensar nessa boceta, diante de uma axila, nessa axila, e não para me deixar levar por associações que postulam que tudo corresponde a tudo num sistema de ecos e correspondências inefáveis que leva sem pestanejar ao romantismo, do romantismo ao bovarismo e, deste, à negação generalizada do real. Sou a favor do real, nada como o real, e a favor de que cuidemos de uma coisa de cada vez, como o guru indiano que, numa outra de minhas histórias favoritas, repete incansavelmente aos seus discípulos: "*When you eat, eat. When you read, read. When you walk, walk. When you make love, make love*", e assim por diante. Mas um dia, após uma sessão de meditação, seus discípulos o encontram tomando café da manhã e lendo o jornal. Ficam espantados, e ele responde: "*Where is the problem? When you eat and read, eat and read*". Eu me autorizo desse exemplo para, contrariando minhas posições filosóficas, pensar em sua boceta enquanto acaricio e a faço acariciar suas axilas, aliás você está pensando nisso também e não respondo pelo seu vizinho, que há cinco minutos olha de rabo de olho para você lambendo seus dedos.

Por enquanto não, não falo nada sobre isso.

Isto também não deixa de ser um deslumbramento inesgotável: não apenas as mulheres estão nuas sob suas roupas, como todas têm essa coisa milagrosa entre as pernas, e o mais perturbador é que a têm o tempo todo, até mesmo quando não pensam nela. Por muito tempo me perguntei como faziam, eu achava que no lugar delas não teria parado nunca de me masturbar, em todo caso de pensar nisso. Uma das coisas que me agradaram imediatamente em você foi a impressão de que você pensava nisso mais que a média. Um dia, alguém lhe disse que você tinha a xoxota na cara, você hesitou em como lidar com isso, grosseria insólita ou elogio, e finalmente a versão elogio prevaleceu. Concordo. Gosto de olhar para o rosto de uma mulher e imaginá-la gozando. Há algumas em que isso é quase impossível, não sentimos nenhuma entrega, mas você, vemos você se mexer, sorrir, falar de um assunto completamente diferente, adivinhamos instantaneamente que gosta de gozar, ficamos instantaneamente com vontade de conhecer você gozando, e quando conhecemos, ora, ora, não ficamos decepcionados. Este não é em absoluto o tom deste texto, mas, paciência, permito-me uma observação sentimental: nunca gostei tanto de ver alguém gozar, e quando digo ver, claro, não é apenas ver. Imagino você lendo isto, seu sorriso, seu orgulho, orgulho de mulher bem comida que não tem igual a não ser o do homem que come uma mulher bem comida. Agora pode enfiar seu pensamento na calcinha. Mas, espere, sem pressa. Faça como no caso do elefante cor-de-rosa. Não pense ainda no meu pau, nem na minha língua, nem nos meus dedos, nem nos seus, pense exclusivamente na sua xoxota, tal como está agora entre as suas pernas. O que lhe peço é terrivelmente difícil, mas a ideia seria que pensasse na xoxota como se não pensasse nela. As pessoas que fazem muita meditação dizem que o objetivo, e a iluminação vem de lambuja, é observar sua respiração, sem com isso modificá-la. Estar presente como se não se estivesse presente. Tente imaginar sua xoxota, do interior, como se simplesmente estivesse entre as suas pernas e você pensasse em outra coisa, como se você estivesse trabalhando ou lendo um artigo sobre a expansão da Comunidade Europeia. Tente permanecer neutra ao mesmo tempo que detalha cada sensação. A maneira como o tecido da calcinha comprime os pelos pubianos. Os grandes lábios. Os pequenos lábios. O contato das paredes uma contra a outra. Feche os olhos.

Ah! está molhada? Eu já desconfiava disso. Molhadinha? Reconheço que o exercício era difícil, mas, vejamos, ainda que esteja molhadinha, não está aberta: sentada num trem com uma calcinha e sem enfiar o dedo, não pode estar aberta. Então, atenção, agora vamos ver se é possível afastar um pouquinho os lábios a partir do interior, sem ajuda. Não sei. Não creio. Você tem uma excelente musculatura vaginal, mas não é a musculatura vaginal que determina a abertura dos lábios, o que pode fazer, em contrapartida, é contrair e relaxar, contrair e relaxar, o mais forte que puder, como se eu estivesse dentro.

Agora escorreguei um pouco, fui mais rápido do que planejava, mas seria desleal voltar atrás. Você então tem direito a pensar no meu pau. Mas sem se atirar em cima. Sem se afobar. Tenho certeza de que agora só pensa em enfiá-lo em todo o seu comprimento e se masturbar ao mesmo tempo, mas não, vai precisar de paciência, acompanhar meu ritmo, que, de modo genérico, consiste em sempre prorrogar, retardar, reter. Eu tinha ejaculação precoce na adolescência, é uma experiência pavorosa, e a partir dessa experiência pavorosa adquiri a convicção de que o melhor gozo consiste em estar o tempo todo à beira do gozo. É aí que gosto de estar, exatamente: à beira, e sempre empurrar essa beira, aguçar cada vez mais essa ponta. No início, você achava isso um pouco perturbador, agora não. Agora aprecia que antes de a lamber eu acaricie longamente o seu clitóris apenas respirando bem perto, desfrutando do calor do bafejo, retardando a espera da primeira lambida. Aprecia que antes de enfiar profundamente eu fique um tempão com a glande na entrada dos seus lábios, gosta então de me dizer me olhando nos olhos que gosta do meu pau na sua boceta, gosta de repetir isso e é isso que você vai fazer agora. Aí, no trem. Vai dizer "quero seu pau na minha boceta", bem baixinho naturalmente, mas vai dizer assim mesmo, não apenas em pensamento, vai formar os sons com seus lábios. Vai pronunciar essas palavras tão alto quanto puder fazê-lo sem que seus vizinhos a ouçam. Vai procurar esse limiar sonoro e dele se aproximar tão perto quanto puder sem transpô-lo. Já viu alguém rezar um terço? Faça igual. O mantra básico sendo "quero seu pau na minha boceta", todas as variações são bem-vindas e, de fato, espero que dê livre curso à sua imaginação. Vá. Até Poitiers, que não deve estar muito longe, se meus cálculos estão corretos.

Enquanto isso, eu, por minha vez, penso nos passageiros ao seu lado. Devo admitir que não me sinto muito à vontade com esses personagens, que são tentadores de utilizar, mas que escapam perigosamente ao meu controle. Tenho consciência, em todo caso, de que esta carta apresenta ao mesmo tempo o delicioso aspecto de um objeto de prazer e, ligeiramente angustiante, o de um típico dispositivo de *control freak*. Se tudo correu bem, se você respeitou os tempos indicados, você está lendo esta página no sábado, dia 20 de julho, às 16h15, o trem acaba de partir novamente após a parada em Poitiers. Quanto a mim, escrevi-a no fim de maio, antes de viajar para rodar meu filme na Rússia. Pedi muito cedo ao pessoal do *Monde* que definisse a data de publicação, eles não compreendiam por que eu dava importância a isso, então eu disse, como para você, que era uma história de antecipação e que, para antecipar, eu precisava de um prazo definido. Era verdade. Eu ainda não sabia o que faríamos no mês de agosto, por outro lado estava acertado que em meados de julho iria com meus filhos para a ilha de Ré e que você nos encontraria lá na segunda semana. Com a publicação prevista para sábado, você tinha que pegar o trem neste sábado, e, o mais importante, não antes das catorze horas, para que o *Monde* já estivesse nas bancas. Na esperança de que nesse período de férias seria difícil trocá-la, tomei a precaução de reservar antecipadamente a sua passagem. Podemos então dizer que, como bom obsessivo, aloquei o máximo de probabilidades a meu favor. Mas isso não me impede de saber, como todo obsessivo sabe, que do outro lado há o acaso, o imprevisto, tudo que pode explodir pelos ares os planos mais bem urdidos. E então, é o terror.

Escrever isto me proporcionou um prazer imenso, mas também angústias profundas — estas, devo admitir, provavelmente aguçando aquele. Eu via um segmento de tempo, na extremidade o ponto *a* minúsculo: entreguei o texto ao *Monde*, não posso mais retocá-lo, não posso mais voltar atrás, a sorte está lançada, e na outra extremidade o ponto *b* minúsculo: é o fim da linha, você leu, vai ao meu encontro na plataforma da estação, está louca de desejo e gratidão, tudo aconteceu exatamente como eu sonhava. Entre *a* minúsculo, fim de maio, e *b* minúsculo, 20 de julho de 2002, às 17h45, tudo pode acontecer, e pode confiar em mim porque pensei em tudo, do contratempo auspicioso à catástrofe sem remédio. Por exemplo, uma greve da SNCF ou da NMPP. Você perder o trem ou o trem descarrilar. Você deixar de me amar, eu deixar de te amar, não estarmos mais juntos, de modo que esta iniciativa prosaica e leviana se transforme em alguma coisa triste ou, pior ainda, constrangedora.

Para planejar a esse ponto seu próprio prazer sem temer desafiar os deuses, é fundamental romper completamente com qualquer pensamento mágico. Imagine, você é deus e um mortal vem lhe dizer, por intermédio do *Monde*, o qual você recebe com eternidades de precedência: tudo certo, esta quinta-feira 23 de maio decidi que sábado, 20 de julho, no trem das 14h45 para La Rochelle, a mulher que amo se masturbará seguindo minhas instruções e gozará entre Niort e Surgère, como você reagiria? Acho que acharia um exagero.

Pequeno, mas exagero. Você diria que isso merece uma liçãozinha. Não o raio que se abate sobre o imprudente, não o abutre que lhe devora o fígado, mas, ainda assim, uma liçãozinha. Que tipo de liçãozinha? Da minha parte, acho que no seu lugar — você era deus, não esqueçamos — eu tentaria organizar isso como num filme de Lubitsch, que faz sempre o espectador receber o que queria, mas nunca da maneira que queria. E acho que para conferir a esse roteiro muito bem programado o twist inesperado que ao mesmo tempo frustra e atinge o clímax, Lubitsch utilizaria exatamente seu vizinho ou sua vizinha de trem. Este poderia, por exemplo, ser surdo-mudo. Consegue imaginar uma atraente surda-muda que de dez minutos para cá observa furtivamente os lábios da mulher sentada ao lado dela repetindo, de olhos fechados, embevecida: "quero seu pau na minha boceta"? Para desenvolver a cena, o leque é amplo, indo do ligeiro e gracioso momento de perturbação entre duas mulheres ao registro mais francamente pornô. Dito isso, se a ideia é me dar uma lição fazendo seu gozo escapar ao meu controle e o desviando para um beneficiário imprevisto, a bonita surda-muda deveria ceder lugar a um atraente surdo-mudo, e isso, como você desconfia, me entusiasma claramente menos. Esqueça, vou tratar de pensar em outra situação.

Achar-se num local público diante de um desconhecido que lê o seu livro é coisa que acontece na vida de um escritor, mas não com tanta frequência. Não se pode contar com isso. Em contrapartida, é praticamente certo que muitos viajantes leem o *Monde* nesse trem. Façamos um cálculo. A França possui sessenta milhões de habitantes, *Le Monde* tem uma tiragem de seiscentos mil exemplares, logo seus leitores representam 1% da população. A proporção destes no TGV Paris-La Rochelle num sábado à tarde de julho deve ser muito mais elevada, eu seria tentado a multiplicar tranquilamente por dez. Aproximadamente, 10%, dos quais a maioria, porque hoje dispõe de tempo, pelo menos passará os olhos, como quem não quer nada, na novela oferecida como brinde. A esse respeito, eu não gostaria de parecer pretensioso, mas a meu ver as probabilidades desses passadores-de-olhos-como-quem--não-quer-nada lerem até o fim avizinham-se dos 100%, pela simples razão de que, quando tem sacanagem no meio, todos leem até o fim, não tem jeito. É uma ordem de possibilidades completamente diferente de ter uma atraente surda-muda ao seu lado. Existe uma probabilidade em dez, provavelmente estou exagerando mas nem tanto, de que a pessoa sentada ao seu lado esteja lendo neste momento a mesma coisa que você. E, se não a pessoa do seu lado, outras não muito longe.

Não acha que chegou a hora de ir até o bar? Então pegue o suplemento, enrole-o dentro da bolsa, levante-se e comece a travessia do trem. Estou à sua espera lá. Não tire o suplemento da bolsa até chegar.

Pronto. Você entra na fila, pede um café ou uma água mineral. O bar está cheio. Mesmo assim você arranjou um lugar num banquinho do balcão, tirou da bolsa o jornal, que está aberto à sua frente, sobre a superfície de plástico cinza, e agora você retoma sua leitura. Será que teve a mesma ideia que eu ao atravessar os vagões? Alguém, nesse trem, está lendo esta história. Está lendo, talvez sorria ao ler, talvez pense caramba que maluquice, o que aconteceu com *Le Monde*? Então num determinado momento ele lê que isso acontece no TGV Paris-La Rochelle das 14h45, sábado 20 de julho. Ergue as sobrancelhas, ergue os olhos por cima do jornal, tem um pequeno instante, de vertigem seria exagero, mas em suma de perturbação, relê a frase e se diz: nossa, é o meu trem! E então, no instante seguinte: mas então a garota em questão, a destinatária, também está neste mesmo trem! Homem ou mulher, coloque-se no lugar dele. Não acharia isso excitante? Não tentaria identificar a garota? Você não tem descrição física, evitei isso a todo custo, mas dispõe de um indício, e de um indício extremamente preciso: você sabe que entre Poitiers e Niort, isto é, entre as 16h15 e as 16h45, deve ser possível encontrá-la no bar. Então que faz você? Vai até lá. Eu, pelo menos, iria. Leitores, leitoras, convido-os, não fiquem aí contando moscas: peguem seu exemplar do *Le Monde*, que servirá de senha, e encontrem-se no bar.

Não sei se você, por sua vez, chegou a entrar no bar após tomar consciência do que isso significava ou se está descobrindo apenas agora, não sei o que acha disso, mas devo dizer que, da minha parte, adoro essa situação. O que me apraz é que, ao contrário da cena com a atraente surda-muda, ela não repousa em nada de aleatório, decorrendo de certa forma do dispositivo acionado. Se a novela foi de fato publicada no dia mencionado, se o trem de fato está circulando no dia mencionado, se o bar não está em greve, é absolutamente certo — ou então é desesperador — que alguns dos passageiros e, espero, passageiras ali despontarão na hora mencionada, isto é, agora, na esperança de identificá-la. Aí estão eles, à sua volta. Não os conheço, mas os convoquei há dois meses e aí estão eles. Isto, sim, é literatura performativa, não acha?

Sei muito bem que você é exibicionista, mas imagino que enfie o nariz no jornal e não ouse mais levantar os olhos. Vai levantá-los um pouquinho. Está em frente à janela. Se fosse à noite, ou se o trem se embrenhasse num túnel, o interior do vagão se refletiria no vidro e você poderia vê-los sem se voltar, mas não existe túnel, nem reflexo, apenas a paisagem insípida da Vendeia, castelos de água, casas baixas, caminhos de sirga, sob o sol ainda alto no céu.

E eles, atrás de você.

Deixe disso. Não adianta nada se fazer de avestruz. Você vai aspirar uma boa lufada de ar e depois se voltar. Como quem não quer nada, com toda a naturalidade. Aja.

Estão todos aqui.

Homens, mulheres. Ar de desentendidos também, mas vários com *Le Monde* nas mãos.

Olham para você?

Tenho certeza de que olham. Tenho certeza de que olham há vários minutos, não sentiu o olhar deles nas suas costas? Estão à espera de que você se volte e agora, pronto, você os encara e é como se estivesse nua na frente deles.

Acha que isso é passar dos limites? Que começa a parecer uma cena de filme de terror? A heroína julga-se refugiada em local seguro, num bar apinhado, quando um detalhe aparentemente insignificante subitamente lhe revela que todas essas pessoas que a cercam, elas também aparentemente insignificantes, fazem parte de uma conspiração. Espiões, zumbis, invasores extraterrestres, pouco importa, mas todos leem *Le Monde*, é isso que os identifica, e eles a cercam, e esse cerco se aperta...

Caiu na armadilha?

Mas calma, é para rir. Não é para isso, a história. Reflita. Em primeiro lugar, você não é a única suspeita, tenho certeza de que outras mulheres exibem *Le Monde* nesse bar. Quantas? Uma, quatro, onze? A partir, digamos, de três, eu estimaria um grande sucesso. A essas mulheres, não apenas pedi que viessem, sozinhas de preferência e tão numerosas quanto possível para não abandonarem o terreno a uma horda de homens, pedi outra coisa também. Enfim, peço-lhes agora, mas duvido muito que, ao contrário de você, elas tenham respeitado rigorosamente as instruções de leitura, de modo que descobriram este parágrafo antes de você. O que lhes peço é o seguinte: se leram esta carta e ela as excitou um pouquinho, nem que seja um pouquinho, então joguem o jogo e durante a última hora da viagem, entre Niort e La Rochelle, façam como se fossem vocês a sua destinatária. O papel é simples de representar, basta lerem o *Monde* bebendo um café ou uma água mineral no bar do TGV e prestar atenção em tudo que acontece à sua volta. É simples, mas pode ser extremamente sexy. Conto com sua participação.

Pronto, está tudo no lugar, lembro a regra do jogo: há nesse vagão-bar um determinado número de homens e mulheres que leram esta história e que, com intenções diversas, mas essencialmente sexuais, procuram identificar sua heroína. A heroína é você, mas você é a única a saber disso e as outras mulheres fingem ser você. A heroína está louca de tesão há duas horas e as outras mulheres começam a ficar loucas também. Resumindo, ao contrário da heroína, elas leram a história até o fim, sabendo, portanto, por sua vez, o que acontece nas páginas restantes.

Adoro essa situação, adoro que, graças ao *Monde*, ela exista realmente, em contrapartida não vejo mais como controlá-la. Excesso de personagens, excesso de parâmetros. Então não controlo mais. Ignoro. Continuo, claro, a imaginar coisas: um balé de olhares, sorrisos discretos, uma piscadela entre mulheres: uma risada abafada, talvez uma gargalhada, talvez um *acting out* intermitente ou então um escândalo, por que não?, alguém dizendo em alto e bom som que é nojento e que não compra o jornal de Hubert Beuve-Méry para ler porcarias daquele tipo; talvez um diálogo cru e sofisticado do gênero eu-sei-que-você-sabe-que-eu-sei, e talvez duas pessoas que, chegando ao bar sem se conhecerem, saem dele juntas. Pergunto-me o que percebem as pessoas que se encontram ali sem ter lido o *Monde*: será que tudo lhes escapa? será que percebem algo acontecendo sem saberem o quê? Especulo, imagino, mas não decido mais, agora deixo cada um improvisar seu papel e espero que você chegue daqui a pouco, daqui a uma hora, para me contar tudo, na cama e depois diante de uma grande bandeja de frutos do mar, não necessariamente nessa ordem, admita que não sou tão mandão assim.

Faltam quarenta e cinco minutos de viagem e, para mim, cinco mil caracteres, tenho direito a no máximo trinta e cinco mil. O que pode acontecer ainda, afora tudo que me escapa ao controle, as outras leitoras de *Le Monde* já sabem e você, evidentemente, desconfia. Você viu uma delas se levantar minutos atrás, seguiu-a com o olhar e viu que os demais também a seguiam com o olhar. Todos eles sabem o que isso quer dizer e ela sabe que eles sabem. Isso quer dizer: vou me masturbar.

A mulher sai então do bar e se dirige para o banheiro mais próximo. Está ocupado. Espera um pouco. Julga ouvir, evidentemente encoberto pelo barulho do trem, uma respiração arfante atrás da porta. Cola o ouvido na porta, sorri, um sujeito de pé perto da entrada olha para ela um pouco surpreso, ele está com outro jornal na mão e ela pensa, coitado, não sabe o que está perdendo. Finalmente a porta se abre, uma outra mulher sai do banheiro, *Le Monde* à mostra na bolsa. Trocam um olhar, vê-se em seu rosto que a mulher que sai do banheiro gozou esplendidamente e isso excita tanto a que vai entrar que ela se atreve a perguntar "foi gostoso?", e a outra responde "foi, foi gostoso", com uma voz extremamente convincente, e o sujeito que não estava lendo *Le Monde*, coitado, rumina que decididamente estão acontecendo coisas estranhas naquele trem. A mulher fecha a porta, passa o trinco. Mira-se no espelho que desce até a pia, o que lhe permite, erguendo o vestido — ou abaixando a calça comprida —, ver claramente o que vai fazer. Tira a calcinha encharcada, levanta uma perna de maneira a colocar um pé na beirada da pia, com uma das mãos se apoia na espécie de cabide que lhe permite manter-se em equilíbrio e com a outra começa a acariciar a xoxota. Sem rodeios, com os dedos lá dentro, terminou a fase das delicadezas, ela está sôfrega, sofreguidão que já dura mais ou menos uma hora. Coloca imediatamente dois dedos, afunda-os, está completamente inundada e inunda ainda mais quando ela vê no espelho sua mão apoderando-se da sua boceta e seus dedos a vasculhando. Talvez ela aja de outra forma, vá diretamente ao clitóris, cada mulher tem sua técnica própria de se masturbar, adoro quando ela me demonstra a sua pessoal e portanto aplico esta sobre ela, nada grave. Talvez seja a primeira vez que ela esteja se masturbando de pé no banheiro de um trem, e seguramente é a primeira em que se masturba sabendo que as pessoas atrás da porta sabem o que ela está fazendo. É como se o fizesse na frente de todo mundo, ela observa sua xoxota no espelho como se todo mundo a observasse, como se todo mundo visse seus dedos deslizarem por entre seus lábios encharcados, é incrivelmente excitante. Ela pensa em você, a quem decerto não identificou, mas assim mesmo especula: a loura alta de pescoço comprido, cintura fina e quadris largos de que falamos no início talvez fosse uma pista falsa, mas talvez não, e havia uma garota que correspondia bastante. Ela provavelmente supõe que, nessa altura, você também esteja no banheiro, num outro vagão, fazendo a mesma coisa, imagina seus dedos enfiando-se na sua penugem loura e, a despeito de você não se inclinar muito por mulheres, agora sente vontade, uma grande vontade. Ela vê seus próprios dedos em sua vagina, e os dela na dela, e os dedos de outras mulheres em suas vaginas, todas se masturbando ao mesmo tempo no mesmo trem, todas encharcadas, todas aproximando-se agora de seus clitóris, e tudo isso porque um sujeito, dois meses antes, decidiu se aproveitar de uma encomenda do *Le Monde* para criar um pequeno roteiro erótico para sua namorada. Agora está feito, seus dedos estão sobre seu clitóris, ela arregaça os lábios para liberá-lo, para vê-lo no espelho em cima da pia. Tudo indica que se comporta como você neste momento, a ponta dos dedos, indicador e polegar, que esfrega cada vez mais forte, gostaria muito de com a outra mão acariciar o bico do seio, mas precisa se equilibrar senão vai cair, contempla seu rosto, é raro olharmos para nós mesmos quando vamos gozar, está com vontade de gritar, está chegando a hora, sabe que tem alguém atrás da porta, sabe que ela respira alto, que faz barulho e é ouvida, está pertinho agora, está com vontade de gritar, está com vontade de falar sim, está com vontade de gritar sim, consegue não gritar sim no momento em que goza, mas assim mesmo você a ouve, você está atrás da porta, sim, o trem está chegando a Surgère, agora é sua vez.

De volta ao seu lugar, logo antes da chegada, você lê o último parágrafo. Convido aqueles e aquelas que tiverem feito a viagem, no trem ou alhures, a me contar sua versão. Isso poderá vir a ser uma continuação, que não apenas será performativa, como interativa, quem será o melhor? Dou-lhes inclusive o meu e-mail: emmanuelcarrere@yahoo.fr. Você tem razão, exagerei. Espero você na plataforma.

4

Em todo caso, me disse Anne-Dominique na véspera da partida, você não precisa saber previamente o que quer fazer, já entendi que o que o seduz é não saber, mas seria bom se pudesse pensar desde agora na seguinte questão: você vai aparecer no filme? Quando o trem chegar à estação, vai pedir a Philippe que ele saia primeiro com a câmera e filme você desembarcando, ou prefere que a câmera seja o seu olhar?

Não soube o que responder. É estranho: desde que arquitetei o projeto desse filme, falei muito dele, com um entusiasmo geralmente contagiante, escrevi notinhas para jornal, convenci executivos, recrutei uma equipe, mas essa pergunta tão simples nunca me ocorreu. E agora, no trem noturno que partiu de Moscou, ela começa a me fustigar. Como o barbudo a quem perguntaram se dorme com a barba em cima ou embaixo da coberta, me reviro no leito sem encontrar muito consolo nas palavras de ordem que até então eu repetia como um mantra: nada planejar, ficar à espreita, deixar acontecer.

E se não acontecesse nada?

E se eu não fosse capaz de fazer um filme? Isso vai depender, não tenho muita convicção da minha capacidade de falar russo, e apenas é esse ponto que me preocupa um pouco. Passei dois meses em Moscou este ano, fiz exercícios diários de gramática, li prosa russa e inclusive mantive uma espécie de diário em russo, a despeito do qual e do meu excelente ouvido, não faço progressos. Consigo ler e escrever mais ou menos, falar, quase nada. Mas conto com um clique: um dia, de repente, vai desbloquear. Os dados pacientemente armazenados e dos quais por ora não faço uso vão se tornar acessíveis. Falarei russo. Isso talvez aconteça em Kotelnitch. E então, sim, claro, atuarei no filme.

Volto a pensar na minha primeira viagem, no mesmo trem, e no sonho premonitório que tive. Palavras russas misturam-se às frases da minha novela ferroviária, o rosto de Sophie embola-se com o da sra. Fujimori. Eu a imagino a ler o *Monde*, exatamente seis semanas mais tarde, num outro trem a cuja chegada eu a esperaria. Imagino nossa alegria, seu orgulho. Ontem, enquanto eu fechava minha mochila, um jornalista do *Monde* veio me entrevistar, para um perfil que deve acompanhar o meu texto. Espantava-se que eu partisse tão despreocupado, enquanto deixava atrás de mim, dizia ele, "uma granada destravada". Achei esse rapaz excessivamente sensato, excessivamente apavorado. Estou tão despreocupado assim? Por enquanto, a resposta é afirmativa.

Como da primeira vez, ao desembarcarmos do trem fretamos o único carro estacionado perto da estação e que exerce a função de táxi. É o mesmo Jiguli da primeira vez, dirigido pelo mesmo Vitali, que, não especialmente surpreso com nosso retorno, nos leva para o mesmo hotel, Viatka, depois para o Troika, onde vamos almoçar e fazer uma reunião. No plano prático, Sacha preconiza irmos assim que possível nos apresentar às autoridades e nos registrar — formalidade indispensável quando se chega a uma cidade russa e cujo esquecimento, no inverno em Moscou, me valeu ser detido no metrô e passar duas horas atrás das grades antes que o policial, julgando haver me intimidado suficientemente, se oferecesse para dar um jeitinho por uma centena de rublos. No plano artístico, Philippe gostaria de saber a que gênero de personagens eu pretendo me ater a priori. Tenho um plano secreto: Ania, a francófona, e Sacha, o FSBista. Mas guardo-o comigo e, com uma confiança evasiva, respondo que não tenho a priori quanto à questão, que o acaso se encarregará de nos apresentar esses personagens. Tudo que precisamos é estar preparados, quando uma porta se abrir, para filmar quem entrar.

A porta se abre, justamente, para um trio de indigentes que se abanca e compõe conosco, aquela manhã, a única freguesia do Troika. Nos aproximamos para entabular conversa, e filmar essa conversa. A primeira tarefa incumbe a Sacha, a quem não faltam defeitos, em especial um caráter cafajeste, mas inigualável para prosear em russo, com uma ironia cúmplice e suspiros fatalistas. Um dos indigentes se lança num monólogo infindável, que Sacha entremeia, como um psicanalista ou sociólogo adepto da sessão dita "aberta", com breves apostos que visam repetir o que não tem nenhuma necessidade de o ser. De vez em quando, debruça-se para mim para me fazer um resumo. Mas não preciso de resumo, não é difícil compreender que o sujeito choraminga, e que tem todos os motivos para choramingar porque a vida é dura, não que achasse bom antes, mas assim mesmo melhor. O que eu queria captar eram os detalhes, que se perdem na dicção granulada, mas tampouco pretendo pedir a Sacha uma tradução simultânea: ela prejudicaria a espontaneidade do diálogo e sobretudo porque seria preciso admitir e admitir para mim mesmo que, apesar dos meus esforços, não compreendo realmente muita coisa. Vexado, vou me sentar sozinho um pouco afastado. A garçonete, uma mulher idosa com o rosto sofrido, aproxima-se de mim e me pergunta por que filmamos aquelas pessoas: aquilo não é bonito. Ela foi a primeira beneficiária do pequeno discurso que eu em seguida aperfeiçoei e servi, acredito que bem, a todos os meus interlocutores: não, não é bonito, mas é a realidade, e viemos para filmar essa realidade. Não quer dizer que não haja coisas bonitas — a bem da verdade, não sei quais —, e vamos filmá-las também. Ao saber que somos franceses, a garçonete assume uma expressão ainda mais sofrida: para que vir da França para filmar isso? Convido-a a se sentar, me apresento. Ela é Tamara. Começa a falar, o que diz no fundo não me parece muito diferente do que diz o indigente, mas a compreendo um pouco melhor e me empenho, ao mesmo tempo, em transformar o monólogo em diálogo, aproveitando todas as brechas para introduzir, como Sacha, uma frase de aprovação ou compreensão. Tamara lê a Bíblia, mas não extrai da existência e da onipotência de Deus nenhum motivo de consolação. Ela estaria mais para o Eclesiastes: tudo passa, tudo se desmancha, tudo cansa, e manifestamente essas verdades cruéis ela as constatou na própria carne, mais frequentemente do que transparecia. Menos porque espero interessá-la do que coagido a um exercício de tema difícil, começo explicando que, por coincidência, traduzi a Bíblia, quer dizer, participei de uma nova tradução na França, mas devo me exprimir mal e ela não parece interessada. Provavelmente eu também não ficaria se estivesse em seu lugar.

* * *

No gabinete do prefeito, falo francês e Sacha traduz, o que dá à conversa um tom mais oficial. Faço uma apresentação resolutamente otimista do nosso projeto, num jargão impecável e que parece convencer, pois o prefeito encarrega sua assessora, Galina, de obter para nós todas as autorizações necessárias e inclusive arranjar um apartamento.

Neste ponto, e para surpresa dos meus companheiros, fico de cara amarrada. Aquela história de apartamento era um elemento essencial do meu plano. Eu pensara com meus botões: o Hotel Viatka, tudo bem por uma semana, mas um mês é muito, e vamos ter que procurar coisa melhor, alugar alguma coisa. Por algumas centenas de dólares, possivelmente muita gente estaria disposta a nos ceder seu apartamento e se instalar por um mês na casa dos primos. Possivelmente; talvez não: veríamos. Do que eu tinha certeza, em todo caso, é que uma equipe de cinema francesa tentando alugar um apartamento em Kotelnitch era uma situação totalmente inédita na história da cidade e que disso decorreriam encontros, falatórios, decepções, todo tipo de incidentes dignos de serem narrados. Mais que um ligeiro progresso em termos de conforto, eu esperava que essa procura impusesse um fio condutor à nossa crônica. Eis por que fico um pouco chateado ao ver as coisas se resolverem tão rapidamente. Galina, com efeito, toma todas as providências. Nesse mesmo dia, um Volga da prefeitura vem nos pegar e nos leva até a companhia de geração de eletricidade fora da cidade, um complexo de prédios de tijolos cercado com arame farpado e dando para terrenos baldios. Não menos cordial que o prefeito, o diretor da fábrica diverte-se amavelmente com a nossa descrição do Viatka, naturalmente hóspedes distintos como nós não vão mofar naquele lugar, e nos leva para visitar, na entrada da fábrica, uma casinha que costuma alojar engenheiros em trânsito e que ele poderia colocar à nossa disposição. É limpa, quase prosaica, são três cômodos atapetados até as paredes com um carpete cor de borra de vinho, uma cozinha, um chuveiro, em suma é exatamente o que procuramos, a não ser pelo fato de eu preferir que nós a tivéssemos procurado, justamente, que a tivéssemos encontrado ao cabo de um percurso acidentado e não que nos fosse, mal chegáramos, gentilmente fornecida pela administração da cidade. Peço então para refletir e, à tarde, seguimos outras pistas, isto é, interrogamos passantes, que, sem exceção, balançam a cabeça, e compramos o jornal local, onde os raros anúncios imobiliários oferecem, no melhor dos casos, um quarto num apartamento. Consciente de estar desistindo um pouco depressa demais, mas preocupado com o conforto da minha equipe, aceito que nos mudemos, sem todavia abandonar o nosso objetivo: a companhia de eletricidade é uma base provisória, vamos encontrar coisa melhor, mais pitoresca, mais meritória, em todo caso vamos continuar a procurar.

Evidentemente, desistimos.

Tendo o rumor da nossa volta se espalhado rapidamente pela cidade, espero desde a segunda noite que Ania apareça com seu violão para nos desejar as boas-vindas. Mas não, nenhuma notícia dela nem de Sacha. Entretanto, é impossível ele não saber que estamos aqui. Por que será que não aparece, nem ela? Isso me intriga.

Amanhã, é a festa da cidade, com a qual contamos muito para disparar o processo. Philippe sugere que o preparemos com cuidado, escolhendo para isso um ou dois personagens que seguiremos o dia inteiro, e despachamos Sacha à cata de informações. A apoteose dos festejos, a acreditarmos em Galina, a assessora do prefeito e sua principal porta-voz, será a homenagem prestada a dois cidadãos exemplares, um, diretor da companhia de gás ("um dândi", declara Galina), o outro, chefe da turma dos pedreiros. Precisaríamos, segundo Philippe, agarrar um dos dois assim que saísse da cama, mostrar o café da manhã em família, a esposa emocionada dando o nó na gravata do herói, e não largá-lo até a noite. Infelizmente, a sogra do pedreiro morreu na véspera, será enterrada no dia seguinte, de maneira que ele estará ausente da própria consagração ou, no mínimo, não estará com humor para pavonear-se diante das nossas câmeras. Quanto ao gasista dândi, que Galina tentou convocar, está inacessível.

Decepcionados, batemos perna pela cidade e, uma vez que à primeira vista esta não oferece outra curiosidade a não ser a passagem incessante dos trens, decidimos filmá-la. Philippe instala a câmera no suporte, Liudmila seus microfones, e eu, com a pequena DV, sugiro filmá-los filmando os trens. As cenas ferroviárias, aqui, são a única coisa que temos certeza de que nunca vai faltar, no pior dos casos poderemos extrair disso um efeito de repetição cômica: nossos heróis, não tendo nada melhor que fazer, sobem na ponte para filmar intermináveis comboios de carga. Já passaram bem uns dez quando chega um policial, que muito educadamente nos intima a parar e segui-lo até o escritório da polícia ferroviária. O chefe da polícia, que também nos recebe educadamente, é um rapaz louro de olhos bem azuis, em cujo rosto espalha-se a expressão de humilde e tranquila inocência que imaginamos nos loucos-em-Cristo da Santa Rússia e vemos em certos personagens dos filmes de Tarkóvski. Ele confirma que é proibido, salvo autorização expressa, filmar a estação, os trens, as vias férreas, as pontes acima das vias férreas. Por razões estratégicas?, pergunta Philippe com uma ironia cúmplice, e o outro, que visivelmente gostaria de nos agradar, responde com um sorriso afável e um dar de ombros fatalista: é um pouco ridículo, claro, mas é desse jeito. E a autorização, quem pode nos dar? Muito bem, o FSB. Pergunto então se o responsável pelo FSB continua sendo um tal de Sacha, cuja namorada fala francês. Quanto à namorada, o lourinho não sabe de nada, mas quanto ao resto confirma: Sacha Kamorkin, sim, é ele mesmo. E poderíamos chamá-lo, esse Sacha Kamorkin? Solícito, o lourinho tenta formular o número, sem sucesso: ora, ele nos aconselha, passem para visitá-lo, e nos fornece seu endereço. Permanecemos por um instante na suave luz dourada de fim de tarde que inunda o escritório poeirento e nos mergulha a todos num torpor pacífico. Nosso anfitrião, que não tem nenhuma razão para nos reter, não tem pressa de nos ver partir, e tampouco nós, estamos efetivamente no gabinete da polícia, conversamos displicentemente, sobre a França, aonde o louro gostaria de ir um dia, embora saiba que há poucas chances de que isso venha a acontecer, sobre Kotelnitch, onde não entende direito o que viemos fazer. Que nossa intenção seja fazer um filme ali o deixa pensativo, mas não hostil, e é com o mesmo afável sorriso que, no momento das despedidas, ele nos sugere um título: *Tut jyt' nielzia, paka jyvut* — é impossível viver aqui, mas apesar de tudo se vive.

* * *

Na manhã da festa, Philippe, que não deixa de ter bom caráter, continua com raiva. Fez muitas reportagens, na Rússia e em outros lugares, sabe como agir, e o dia, segundo ele, só pode ser contado se seguirmos uma pessoa precisa, do início ao fim. Ora, não temos nada. Nenhum personagem, nenhum ponto de vista, limitamo-nos a vagar pelo parque municipal e a filmar, na falta de coisa melhor, mulheres depositando montanhas de bolos sobre mesas cobertas com toalhas de papel, braseiros onde grelham salsichas e espetinhos. Enquanto isso, Sacha vai e vem fingindo colher informações, e eu, sentado na arquibancada do campo de futebol, pego minha caderneta de anotações, que já revela um certo desencanto. Minha tendência, e isso me preocupa, é me distanciar da minha equipe, deixá-la trabalhar por conta própria. Quando estamos juntos, claro que há detalhes acerca dos quais eu gostaria de chamar a atenção de Philippe, mas não posso, todas as vezes que ele está com o olho no visor, dar-lhe um tapinha no ombro e lhe pedir que filme o que eu vejo, eu, fora do seu campo: aquelas moscas sobre aquele bolo, o tempo que ele leva para enquadrá-las, elas já terão voado. E depois qual o interesse dessas moscas sobre esse bolo? Qual o interesse da festa de Kotelnitch? Na manhã do quarto dia, fico a imaginar o filme como uma superposição de imagens das quais eu estaria completamente ausente e um comentário introspectivo extraído do meu diário e narrando o que, intimamente, eu pensava no meu canto no momento em que aquelas imagens foram feitas. A ideia desse dispositivo narcísico me deprime, e deposito todas as minhas esperanças na irrupção de alguma coisa que o subverta. Alguma coisa, quer dizer, alguém.

Justamente, somos abordados por alguém: é o jornalista-fotógrafo do diário local, o *Kotelnitchnyi vestnik*, identificável pelo colete cheio de bolsos. Digo comigo: muito bem, vamos segui-lo, mostrá-lo em ação, enquanto isso ele nos contará as fofocas da cidade. O problema é que o trabalho dele, por sua vez, consiste em nos entrevistar. E quando, estimulando essa entrevista, tento desviá-lo para as bisbilhotices da região, ele me explica que seu jornal, com tiragem de oito mil exemplares, estava determinado a insistir nos aspectos amenos da vida, por exemplo a captura de um peixe descomunal no rio Viatka, ou a construção de um barco por um sujeito pacato, que, naquele mesmo rio, leva a família para passear aos domingos. Interrogo-o sobre Sacha Kamorkin e Ania, mas esses nomes, ele me assegura, não lhe dizem nada. Me espanta que um jornalista local não conheça ou finja não conhecer o responsável pelo FSB. E também que o próprio Sacha não se manifeste, matizando assim com uma vaga ameaça o mistério que o cerca aos meus olhos.

    A homenagem aos cidadãos beneméritos da cidade começa ao meio-dia, na sala do clube de futebol onde se reúnem os notáveis. Porém, mal começamos a filmar os brindes, pedem-nos que debandemos sem sequer nos oferecerem um copo. A desconfiança a nosso respeito é manifesta, e, a meu ver, legítima. Todos suspeitam claramente que, se uma equipe de cinema francesa vem filmar Kotelnitch, é para mostrar quanto a vida ali é triste e bisonha, e quem pretendesse o contrário passaria evidentemente por mentiroso. A pergunta volta incessantemente: por que na nossa cidade?, misturada a uma variante: quais as suas impressões acerca de Kotelnitch? Sabendo que, se disser que são boas, também vão me tomar por mentiroso, tento seduzir o jornalista de colete multibolsos com um novo argumento segundo o qual, tudo bem, a cidade é suja, a vida, difícil, a conjuntura, desfavorável, mas as pessoas, tomadas em si, são generosas e lutadoras, e são as pessoas que me interessam — mas as pessoas não acreditam em mim e, claro, têm motivos para isso.

    Do lado de fora, no palco de um teatrinho de madeira, desenrola-se um espetáculo: danças, canções, números cômicos apresentados pelos estudantes da cidade, em meio aos quais Philippe seleciona uma possível heroína, que canta sem muita voz mas com muito fervor uma música da Britney Spears e que, quando a interrogo, diz que gostaria de ser cantora profissional. O nome dela é Cristina, tem dezessete anos e, baixinha, um pouco roliça, parece ter catorze, mas possui um bonito rosto franco e risonho, a língua solta, e se declara deslumbrada por estar sendo filmada. Em matéria de heroínas femininas, eu fazia uma ideia um pouco diferente: pensava naquelas mulheres longilíneas, louras, espetaculares, que encontramos nas boates de Moscou e que, amantes de novos-russos, vestindo casacos de pele sobre vestidos curtíssimos e caríssimos, deslizando em Mercedes com vidros escuros, avaliando os parceiros exclusivamente pelo peso do seu cartão de crédito, passeiam pelo mundo um olhar de uma dureza congelante. Muitas dessas mulheres devem vir dos confins da Rússia profunda, de famílias que ganham seiscentos rublos por mês e se empanturram exclusivamente de batatas. Um dia elas embarcaram no trem para escapar ao destino dos pais e, munidas apenas de sua beleza, a cabeça provavelmente feita pelas propagandas que desfilam em cascata diante dos beberrões estupidificados do Troika, fizeram com conhecimento de causa a opção pela prostituição de maior ou menor envergadura, com uma sondagem recente revelando que dois terços das jovens russas almejavam isso sem nenhum escrúpulo moral como um meio de conquistar um lugar ao sol. Eu teria adorado, em Kotelnitch, descobrir uma dessas mulheres antes, saber o que ela tinha na cabeça, e vejo mal Cristina nessa função. Por outro lado, ela sonha em partir, conhecer outra coisa, um dia ser aplaudida num palco de verdade: isso pode fazer dela, Philippe tem razão, uma personagem sedutora.

Num canto do parque municipal há um bar chamado Rubin, que Sacha designa com visível mal-estar como o bar dos bandidos: foi lá que levou uns tabefes durante nossa primeira passagem por ali. Esta noite, em razão da festa, toda a cidade se comprime na varanda do Rubin, não só os bandidos que formavam o núcleo duro da clientela. Há um bandido, enquanto isso, e, logo viremos a descobrir, o chefe deles, Andrei Gontchar, um grandalhão sem camisa, de cabeça raspada, fortão e inteiramente tatuado, que num tom meio zombeteiro, meio agressivo, me chama à parte, eu, o francês, quando passo perto de sua mesa, e me desafia para uma queda de braço, que declino. Não vale a pena, digo, está na cara que você é mais forte que eu, e, com efeito, está na cara. Alguns minutos mais tarde, eu me arrependeria desse reflexo de prudência: talvez ele tivesse me machucado um pouco o braço, mas teríamos caído na risada, teríamos travado relações e poderia ser conveniente travar relações com o dono do pedaço. Sacha, quando discutimos isso entre nós, torce o nariz; não, não seria conveniente, seria muito perigoso.

* * *

Mais tarde, todo mundo dança numa espécie de cercado gradeado, ao ar livre. A tampinha Cristina se sacode que nem maluca, uma rapaziada de cabeça raspada divide-se entre a vontade de ser filmada e a de surrupiar a câmera, Philippe filma tudo que pode e, no dia seguinte, descobrirei, ao examinar os rolos, uma loura deslumbrante e extravagante que poderia ter sido perfeitamente o personagem em quem eu pensava, infelizmente não tornamos a encontrá-la, talvez não fosse de Kotelnitch. Num certo momento, respondo à incansável pergunta: por que vir nos filmar? Uso meu incansável bordão sobre a dura realidade e a coragem das pessoas que a enfrentam, mas meu interlocutor, um sujeito alto de uns quarenta anos com vinte e cinco de exército nas costas — Tatarstão, Tchetchênia, Mongólia —, pisca o olho como quem diz você não me engana. O que nos interessa, ele sabe muito bem: não é Kotelnitch, não há razão alguma para alguém se interessar por Kotelnitch, mas Morodikovo. Morodikovo? Sim, a fábrica que, a cinquenta quilômetros daqui, produz armas químicas até recentemente. Foi desativada, mas ninguém sabe muito bem o que foi feito das substâncias terrivelmente perigosas ali manipuladas. Eu ouvira falar vagamente de Morodikovo por ocasião da nossa primeira viagem, achava que era mais longe que aquilo, e de repente compreendo a suspeita que, mesmo naquela época, devia correr pela cidade: filmar Kotelnitch só pode ser uma desculpa para tentarmos nos aproximar da zona proibida. Devem então comentar que somos umas raposas esquisitas: não apenas não vamos naquela direção, como não tocamos no assunto com ninguém, limitando-nos a esperar que o tragam à baila. Pergunto ao militar veterano se estaria disposto a falar, e a propósito, a falar de sua vida em geral, mas não, não quer ser filmado. Estou com frio, enfastiado. Às três horas da manhã, o dia, que não morreu propriamente, começa a nascer — estamos na latitude de Petersburgo, em junho as noites são claras — e o cercado fecha. A festa acabou, não aconteceu nada.

O escritório do FSB, na esquina das ruas Karl Marx e Outubro, situa-se no mesmo prédio que a redação do *Kotelnitchnyi vestnik*, e quando, ao subir a escada, cruzo com o jornalista de colete multibolsos, acho que nos sabota um pouco por ter me dito que não, que não conhecia Sacha Kamorkin, a quem, sem nos anunciar, viemos visitar esta manhã. Em seu escritório decorado com um grande retrato de Felix Derjinski, o fundador da Tcheka, recebe-nos com cordialidade, sem denotar surpresa, mas certificando-se de que o protetor está de fato vedando a lente da câmera. Apresento-lhe Philippe e Liudmila e lhe comunico a morte de Alain, o que parece sinceramente entristecê-lo. No intervalo de um ano e meio, ele assumiu o aspecto de um velho. A imponência permanece a de um herói da União Soviética, mas o rosto está cada vez mais inchado, os olhos injetados de sangue. Faz o ar superior e astucioso do sujeito que soube esperar que fôssemos até ele em vez de se precipitar ao nosso encontro, mas percebo claramente que na realidade este retorno o intriga. Ele também — ele principalmente, é seu ofício — deve suspeitar que este retorno esconde alguma coisa e que essa alguma coisa tem a ver com Morodikovo. Porém, fiel ao que deve considerar uma estratégia particularmente tortuosa, não pronuncio esse nome, peço-lhe apenas autorização para filmar estação e trens — ele vai ver o que pode fazer — e, na mesma oportunidade, pergunto-lhe o que está havendo com sua namorada Ania, a que falava francês. Como não a encontrei, achava que tinha ido atrás de um emprego de intérprete numa cidade grande, mas não: continuam juntos, têm um filho, ela mora atualmente em Viatka, na casa da mãe, mas vai voltar em breve, quando o apartamento novo deles estiver pronto. No fim da conversa, que é sucinta, ele pede para falar com Sacha em particular. Quando este se junta a nós, na rua, é para nos expor, trocista, a regra que daqui em diante presidirá nossas relações com o amigo do FSB. A regra é que não existe FSB. Ele não trabalha para o FSB, mas na proteção do meio ambiente, ponto-final.

Mas isso é absurdo.

É absurdo, repete Sacha, mas é desse jeito.

Uma vez que agora temos casa e cozinha, damos uma escapada ao mercado para fazer uma compra grande. Assim que a câmera de Philippe se volta para eles, a maioria dos comerciantes e fregueses fazem sinal de que não querem ser filmados. Um açougueiro deixa sua bancada enxameada de moscas para nos ameaçar diretamente. Um velho com as mãos enormes, que trabalhava na siderúrgica local antes que esta fechasse, teme ser preso se for visto na televisão, e não adianta nada explicar que não se prendem mais as pessoas assim e que de toda forma nosso filme não vai passar na tevê russa, mas na França. E volta a cantilena que nos persegue desde que chegamos: vivemos como cães, ao passo que vocês vivem no paraíso e são muito caras de pau de quererem nos filmar. Batemos rapidamente em retirada.

Durante o jantar, preparado por Liudmila, fazemos a lista dos possíveis personagens para o nosso filme. Philippe aposta abertamente em Cristina, com cujos pais já entrou em contato a fim de filmá-la em família. Da minha parte, deposito grandes esperanças no casal Kamorkin. Ficamos divididos quanto a Andrei Gontchar, o chefe dos bandidos, em virtude dos interesses e do perigo que ele representa, mas concordamos que está fora de questão realizar uma investigação séria sobre as relações entre a polícia e a delinquência ou a prática da extorsão em Kotelnitch. Não é assunto nosso — mas qual é o nosso assunto seria muito difícil dizer.

Enquanto ataca com a colher a carne fibrosa e dura comprada no agressivo açougueiro, Liudmila levanta uma lebre: não existem facas naquela cidade. Nem no restaurante, nem nas gavetas da nossa cozinha: apenas colheres e garfos de metal. Liudmila acha que é para não tentar o diabo, mais precisamente os caras de porre, e, fascinado, proponho este título para o nosso filme: *Gorod biez nojei*, a cidade sem facas. Se fiquei fascinado, de fato, foi principalmente porque durante esse jantar, na nossa pequena cozinha, falei apenas russo, com Liudmila primeiro, mas também com os demais, e porque não estou me saindo tão mal. Uma outra boa notícia, e provavelmente a única mudança notável desde a minha viagem precedente, é que agora os celulares funcionam, podemos telefonar para a França sem termos de ir aos Correios: vou para a cama cedo, passo meia hora com Sophie, divido com ela os momentos de dúvida que atravesso. Com ela as coisas tampouco vão bem. Seu emprego a atormenta, a perspectiva de procurar outro também. Tento sossegá-la, amo-a, ela também me ama. Acabamos fazendo amor pelo telefone e, caramba, isso me basta completamente como sexualidade.

Os pais de Cristina, para a casa de quem nos dirigimos carregados de bolos, chocolate, vodca e *champanskoiê*, moram na periferia da cidade numa casinha comunitária. Dispõem de dois cômodos bem-arrumados, com móveis envidraçados cheios de livros com encadernações douradas, bibelôs e fotos de família. A família, à nossa chegada, fica intimidada, mas o ambiente se distende, sem que, para ser honesto, eu tenha contribuído para isso. Cristina só tem olhos para Philippe, cuja gentileza faz maravilhas. O pai, que é policial, dócil e apagado, tem trinta e dois anos e aparenta quarenta e cinco — é verdade que pretende se aposentar em breve. Percebe-se que é a mãe quem manda na casa. Ela gostaria muito, diz, de sair da cidade, Morodikovo a preocupa como a todo mundo, muita gente está doente, gente jovem, câncer, mas para onde ir? Para eles já é tarde, ela deposita suas esperanças nos filhos. Embora captando o essencial, não consigo entrar na conversa. Sinto falta da atraente loura tardiamente percebida nos copiões da festa da cidade, tenho um pouco a impressão de terem me imposto aquela Cristina e sua amável família — por outro lado, entretanto, não tomei nenhuma iniciativa, e deveria estar agradecido a Philippe por ter feito o necessário para que, a despeito de tudo, as coisas andassem.

É também graças a ele que descobrimos, no dia seguinte, um novo personagem, este mais que positivo e conveniente para tranquilizar a assessora do prefeito, que discretamente se preocupa com nossa propensão a filmar pinguços esparramados nas praças áridas de Kotelnitch. Vladimir Petrov é o treinador do clube de fisiculturismo. Cerca de trinta anos, aperto de mão franco e sorriso bonito e simplório, foi o décimo colocado no campeonato da Comunidade Europeia de 2001 e lhe ofereceram um emprego em Petersburgo, que ele recusou para não ser obrigado a desistir do seu clube e dos rapazes que treina. Sente-se responsável por eles. Muitos são ex-delinquentes que, sob sua influência, largam o fumo, a bebida, a vadiagem e, levantando halteres, retomam o caminho reto. Não satisfeito em zelar pelos seus esforços musculares, ele trabalha para sua reinserção profissional empregando-os como vigias na fábrica, cuja segurança ele supervisiona. Em suma, eis um rapaz que não se rende naquela cidade em debandada. Enquanto filmamos sua sessão de treinamento, imaginamos sedutoras conexões: que entre os frequentadores da sala figurassem os guarda-costas de Andrei Gontchar, o bandido tatuado; que um dos meninos resgatados da delinquência por Vladimir tivesse um colega de infância menos afortunado, confinado na colônia penitenciária para menores mencionada pela assessora do prefeito e a qual, para nossa grande surpresa, ela nos convidou para visitar; que Cristina viesse fazer fitness no clube, ali se apaixonasse pelo jovem halterofilista e os dois fossem visitar o colega na colônia. Todos esses destinos se cruzaram sob nossas câmeras, e, para fechar essa série de auspiciosos encontros, ocorreu-me a ideia de um grande banquete, para o qual, no fim da filmagem, convidaríamos todos os nossos personagens. Nesse dia, acredito no filme e chego a pensar em sugerir a Sophie que tire uma semana de férias e venha nos encontrar para presenciar esse banquete triunfal. Penso nisso, mas não chego a lhe propor o convite. Hoje, me pergunto o caminho que poderiam ter tomado nossas vidas se eu tivesse feito isso.

Sacha, o FSBista, que agora chamamos de Sacha, o ecologista, convoca o nosso Sacha para uma dessas entrevistas particulares sobre cujo teor este último permanece evasivo, mas que parecem ser sobretudo pretexto para encherem a cara. De fato, quando os reencontramos no fim da noite no restaurante Zodiac, que, recém-inaugurado, é considerado o novo ponto chique da cidade, estão ambos de porre. Isso não diminui em nada a fobia de ser filmado do ecologista. Sou educado, ele esclarece, mas, se tentam me enganar, fico bravo. Entretanto, está cheio de gente, é noite de sábado, e ele não pode proibir Philippe de filmar o que acontece na pista de dança. Isso vira um jogo, para Philippe e para mim, com ele tentando, enquanto se insinua entre os dançarinos, roubar uma imagem de Sacha, e eu, sentado com este a uma mesa mal iluminada, distrair sua vigilância. Enquanto insiste para que eu beba à beleza das mulheres, ele emite discursos cada vez mais grogues sobre a cultura, a França, o fato de que é um fino psicólogo, que vê no fundo das pessoas, e, de tanto girar à nossa volta fingindo focar alhures, Philippe acaba por conseguir um plano dele meio de perfil. Com esse modesto butim, nos deliciamos, de volta em casa, como caçadores que capturaram uma caça particularmente delicada, e foi apenas no dia seguinte que me senti um pouco envergonhado. Nosso principal sucesso nestes dez dias que estamos em Kotelnitch é portanto ter filmado à sua revelia um sujeito a quem as regras de sua profissão o proíbem. Um desgraçado, alcoólatra, sentimental e vingativo que enfiei na cabeça, simplesmente porque ele não quer se transformar num personagem do nosso filme, e a mulher dele também, porque suponho que pudesse me contar em francês coisas que não contaria em russo na frente dele. A partir de um rolo filmado há um ano e meio no Troika e no qual não se vê nem se ouve quase nada, construí um romance sobre esse casal que agora me proponho a ludibriar. Como para me castigar por isso, acho que o meu russo está voltando.

Quando, no café da manhã, Philippe me pergunta: o que vamos fazer hoje?, cada vez mais frequentemente respondo: não sei. Ele poderia cruzar os braços, esperar que eu me decidisse, mas isso não é do temperamento dele, então decide por conta própria — e o que ele decide, geralmente, é filmar Cristina, sua família, seus colegas, seus exames. Enquanto ele opera, fico sentado em bancos ao sol e, na melhor das hipóteses, faço anotações na minha caderneta, mas o mais das vezes tiro pequenos cochilos. Teoricamente sou o chefe da nossa equipe, mas não decido nada, deixo-me levar e em todos os encontros me comporto como peso morto, de quando em quando sorrindo ou dizendo *da, da, koniechno*, para mostrar que nem tudo que se diz à minha frente me escapa.

Eu esperava desta temporada o clique que finalmente me fizesse falar russo e, no mesmo impulso, estimulasse calorosas relações com os outros, mas não estou falando russo e cada dia me retraio mais. Flutuo numa língua que me é familiar, íntima, materna, e que não obstante não compreendo. Deixo-me embalar por ela, e não é apenas porque o sentido do que me dizem me escapa pela metade, mas sobretudo porque no fundo ele não me interessa. Quando digo que ele me escapa pela metade, essa porcentagem está correta? Se eu dissesse um terço, um quarto, estaria mais? Como avaliar o nível de alguém capaz de manter um diário em russo por dois meses a fio, em Moscou capaz de uma conversa apinhada de erros e palavras inglesas invocadas como quebra-galho, mas fluente e viva, e que hoje, em Kotelnitch, parece vítima de afasia? Quando digo aos meus colegas que, apesar de todo o meu esforço, um bloqueio me veda o acesso à língua russa, eles dão de ombros: por que chamar de bloqueio a clássica dificuldade de passar da prática passiva à prática ativa numa língua estrangeira? Eu, porém, sei que se trata realmente de um bloqueio, que alguma coisa em mim, ou alguém, nega e recusa esse retorno à língua materna, e que existe nisso um enigma cuja chave esse trabalho, iniciado com a história do húngaro, passando pelo meu resgate do russo para desencavar recordações de infância, e voltando hoje para Kotelnitch, acabará, espero, por me fornecer. Se estou em Kotelnitch, se decidi fazer esse filme em Kotelnitch, foi por isso.

Em todo caso, por que Kotelnitch? Quando digo, para ser sucinto, que pretendo descobrir minhas raízes aqui, isso é uma piada. Não tenho nenhuma raiz em Kotelnitch e, no fundo, tampouco na Rússia. Sempre provoco sensação quando menciono meu tio-bisavô que foi governador de Viatka durante seis meses e que defenestrava os muçulmanos. Sacha, o ecologista, ofereceu-se para fazer uma pesquisa sobre ele nos arquivos, eu disse ótimo ótimo com uma expressão entusiasta mas na realidade estou me lixando. Meu avô era georgiano, minha avó cresceu na Itália, os vastos domínios dos meus bisavôs eram indiferentes para mim. Esta terra não significa nada para mim, apenas a língua aqui falada. Não foi aqui que a minha mãe a aprendeu e falou, que a ouvi criança, mas em Paris. Então por que ir à Rússia, por que voltar a Kotelnitch, senão porque aqui soçobrou o destino daquele húngaro que permite que eu me aproxime por um caminho tortuoso do destino do meu avô?

Imagino às vezes o seguinte: considere uma trajetória cujo ponto a é a história do húngaro, o ponto z, a de Georges Zourabichvili, e que entre esses dois pontos eu não saiba o que existe. A aposta, que nada justifica racionalmente, é descobrir isso em Kotelnitch. Eu poderia ter ido à Geórgia, acompanhar a emigração do meu avô, a Tbilissi, Istambul, Berlim, Paris, Bordeaux, até mesmo àquela avenida que imagino bizarramente esmagada pelo sol, onde se situava o prédio que abrigava a Kommandantur. Mas não, é Kotelnitch.

Eu trouxe a pasta contendo fotocópias de suas cartas e às vezes, enquanto os outros saem para filmar, fico em casa para decifrá-las. Ele desenvolveu uma língua bem pessoal, tanto em francês como em russo, mas é tão pessoal que acaba não tendo mais muita coisa a ver com a língua comum: é um idioma privado, que, a despeito da cultura e da vivacidade, acaba lembrando o de András Toma, que, durante cinquenta e seis anos, tartamudeou sozinho em sua língua peculiar e que hoje mais ninguém consegue compreender. Para ruminar suas obsessões, sua amargura, sua megalomania e seu ódio de si, meu avô se forjou uma língua extremamente singular, e, lendo essas cartas, ocorreu-me a ideia, que me deu medo, de que são cartas de louco.

Filmamos, agora que temos a autorização, a passagem do trem sob as pontes — mas não há como não admitir que trens cansam rápido. Filmamos o treino dos halterofilistas e os bíceps dos braços sarados de Vladimir na fábrica da qual eles fazem a segurança. Filmamos o exame de fim de ano da tampinha Cristina, sua crise de lágrimas porque não sabia nada (sério, literalmente nada), seu sorriso recuperado porque mesmo assim lhe deram um quatro de um máximo de cinco. Filmamos suas colegas e descubro uma, Liudmila, maravilhosa. Filmamos seu professor, Igor Pavlovitch, um urso indolente de vinte e oito anos aparentando quarenta e que nos propomos a entrevistar sobre sua vocação, o nobre desinteresse de que ela é testemunha, mas ele nos responde sem rodeios que detesta ensinar, é apenas uma maneira de escapar do serviço militar. No ano que vem, terá atingido o limite de idade e vai parar. Aguardando essa merecida aposentadoria, dá quatro horas de aulas por semana por seiscentos rublos por mês, ou seja, vinte dólares, que lhe bastam: mora metade do tempo em Kotelnitch, na casa do seu irmão estudante, metade na casa dos seus pais, no campo, e essa vida lhe convém, por que faria mais que isso? Esse oblomovismo pacífico faz com que eu simpatize com ele, menos tedioso em todo caso que a virtuosa família de Cristina, à casa de quem retornamos depois do exame a fim de brindar ao seu sucesso. Apesar de tudo, ela é comovente, essa garota que gostaria de ser cantora como Britney Spears e Celine Dion e que já desconfia, creio, que, sem grandes trunfos físicos ou vocais, tem poucas chances de chegar mais longe na vida que seus desafortunados pais. Folheio e a observo folhear os álbuns de família, ela bebê, ela menininha, ela no palco pela primeira vez, com seu grande sorriso e suas gordas bochechas. Não mostro muito entusiasmo em acompanhá-la a uma série de distribuições de prêmios e concursos de canto como Philippe parece decidido, só depende de mim dizer não, sugerir outra coisa, mas minha inclinação é seguir a dos outros e decidi fazer disso uma política, vamos ver em que dá, em todo caso tenho certeza de que Igor Pavlovitch me daria razão.

Digo desde o início que essa filmagem é experimental, o que significa que pode ou não ser bem-sucedida, e, por estranho que pareça para alguém tão angustiado quanto eu, comporto-me como se isso fosse verdade, como se o fracasso possível nada tivesse de dramático ou como se tivesse um sentido que viria a se revelar a posteriori. Por outro lado, precisamente daqui a um mês minha novela do *Monde* será publicada, forçosamente acontecerão coisas, e além disso Sophie me ama; tudo isso contribui bastante para minha relativa equanimidade.

Certa manhã Ania me telefona. Vai passar algumas horas em Kotelnitch, marcamos encontro no restaurante Zodiac. Ela não mudou em nada: bonita, não, mas viva, inquieta, dividida, insegura, é por isso que me interesso mais por ela que pelos nossos outros personagens. Da nossa primeira noite no Troika, dos comentários ácidos com que ela pontuava, em vez de traduzi-los, os discursos do amante, fiquei com a impressão de que, ao contrário dele, que, mesmo bêbado, se contém o tempo todo, ela falava espontaneamente, sem controle, a torto e a direito às vezes, e de fato, mal se instala, fala, fala, os olhos brilhando, como se não tivesse tido a oportunidade de fazê-lo desde o nosso último encontro, de que ela se lembra, diz, como "um conto de fadas" ou como a visita dos Reis Magos. Que nós venhamos de outro lugar, de outro mundo, isso inspira desconfiança a muita gente daqui, mas a ela um autêntico fascínio. E que tenhamos voltado, atesta que milagres acontecem. Enquanto aguarda o fim das obras em seu novo apartamento, está morando em Viatka na casa da mãe com o filhinho de quatro meses, o pequeno Lev, que ela nos designa como Léon, à francesa, mas estará de volta a Kotelnitch dentro de alguns dias e quer muito nos ver com frequência. Será um retorno definitivo? Ela faz uma careta. A ideia de um retorno definitivo a Kotelnitch é uma ideia cruel. Mas é aqui que Sacha trabalha, é seu mundo, sua vida, será então o mundo e a vida de Ania, que, aos vinte e oito anos, parece ter consentido em se enterrar aqui por amor. Pois Kotelnitch, ela diz com uma ênfase ingênua, é a cidade do amor. Entretanto, o amor ali não é fácil, as pessoas olham para você de má vontade quando você é de fora e mora sem ser casada com um homem que trocou a esposa por você e que além disso exerce funções delicadas. Como? funções delicadas? Põe a mão na boca como uma criança com medo de ter dito mais que devia, mas logo recomeça a falar dele e do seu trabalho como ele certamente não gostaria que ela falasse. Ou, o que é pouco provável, ele não a orientou acerca do que ela devia ou não devia dizer, ou então, em matéria de segredo, ela é uma aluna muito principiante e, de toda forma, muito estouvada. Demonstra isso novamente quando a acompanhamos até o escritório de Sacha, isto é, o FSB, onde ela deixou a bolsa. Proponho descer com ela para ajudá-la, ela diz sim sim, depois, quase instantaneamente, seus olhos se arregalam, leva de novo a mão à boca e diz não, Emmanuel, não, é melhor eu ir sozinha. E, um pouco mais tarde, na estação, me explica que é ali que vendem haxixe, que cada vez mais as pessoas fumam na cidade (não veremos ninguém fumar, ninguém nos oferecerá) e que isso faz parte do trabalho de Sacha, ficar de olho nessas pessoas. Ah, é? E eu que achava que ele cuidava da proteção da natureza? Mímica de espanto: ele disse isso? Ela ri.

Ania me decepcionou um pouco no dia desse reencontro. Eu esperava a Mata Hari de Kotelnitch, vi-me diante de uma jovem mãe que me parecia banal e a quem eu já não sabia mais o que dizer. No entanto, guardo da nossa primeira estada, da nossa noite de embriaguez no Troika, a convicção de que um mistério os cerca, a Sacha e ela, em todo caso uma aura romanesca. A tampinha Cristina, o fisiculturista Volodia, o indolente professor Ivan Pavlovitch e até mesmo suas alunas mais bonitas, no fundo, estou me lixando para estes, mas eles, quero realmente que estejam no filme.

Tenho então uma ideia. Proponho a Ania que nos assessore como intérprete extra. Isso não tem cabimento, evidentemente não preciso de dois intérpretes e não adianta lhe explicar que se trata de um estratagema, nosso Sacha carrega um pouco o cenho, como se eu estivesse manifestando ao mundo que estou descontente com seus serviços. Mas ao contratar os de Ania, minha intenção é que ela comente nossos encontros, à sua maneira espontânea e imprevisível, e, assim, julgando-se nossa assistente, venha a ser um personagem à parte do filme. Minha proposta, em todo caso, a faz exultar: claro que aceito pelo senhor, claro que aceito por mim — mas sobretudo por mim, ela acrescenta com um misto de vaidade e modéstia ardilosa que por um instante a torna irresistível. Eu esperava por esse entusiasmo, mas o que me surpreende mais é que o Sacha dela, no dia seguinte, dá o seu assentimento. Ele negocia a tarifa, cinquenta dólares por dia, com o nosso Sacha, acerca de quem me pergunto o que pôde lhe dizer para justificar, sem ficar com cara de tacho, que o suplantassem daquele jeito. Negócio fechado, em todo caso: Ania trabalha para nós.

(Oficialmente, é para desafogar o nosso Sacha, retido por assuntos mais urgentes. Que assuntos são esses, todos boiam, mas sua primeira atitude, quando está de folga, é ir tomar uns tragos com o outro Sacha, o que deveria bastar para arruinar a nossa ficção, mas não, não basta, e cada um faz como se fosse assim.)

Orgulhosa de ser remunerada, orgulhosa de realizar um trabalho de verdade para nós, Ania se preparou para a visita da colônia penitenciária como alguém que se prepara para um exame importante. Diverte-se antecipadamente com a surpresa que terá Serguei Victorovitch, o diretor, vendo-a entrar conosco em seu gabinete: é um velho amigo de Sacha, ela repete, e um dos raros, quando ele deixou a mulher, a acolher bem sua nova companheira. Porém, contrariando suas expectativas, quando entramos no gabinete, Serguei Victorovitch, um homenzinho gorducho de farda camuflada, cumprimenta-a sem parecer espantar-se com sua presença nem perder tempo com efusões amistosas e começa imediatamente uma exposição preparada especialmente para nós. A decepção com Ania deve ter começado aí. Guardo uma lembrança difusa do tempo passado nesse gabinete, lembro-me sobretudo dos rolos projetados alguns meses mais tarde com Camille, minha montadora. É uma moça que tem a risada fácil e que literalmente não se aguentara diante do tédio polido com que escuto o discurso de Serguei Victorovitch sobre o sistema penitenciário e as etapas de reabilitação dos detentos. Eu estava num desses dias ruins em que nada nem ninguém me interessa e em que toda a minha atividade psíquica se concentra amargamente sobre esse desinteresse. De queixo na mão, não paro de balançar a cabeça, de reprimir bocejos e, no fim de cada frase, Ania, bloco e lápis na mão, põe-se a traduzir com um zelo que me aflige ainda mais. Passa-se assim uma hora e meia, depois da qual Serguei Victorovitch nos leva para dar uma volta pela colônia. Se a princípio me surpreendia terem permitido aquela visita, agora compreendo, pois tudo é na verdade muito bem cuidado. Os dormitórios são limpos, as salas de aula se parecem com salas de aula, com desenhos de crianças presos com alfinetes nas paredes, quanto aos adolescentes reclusos que percorrem as galerias de uniforme, parecem internos num internato mais rigoroso. Odeio-me por estar ali, odeio-me por ter achado excitante visitar uma prisão para menores que eu esperava dantesca, odeio-me por estar decepcionado por ela não ser ainda mais dantesca, e odeio Ania também pela boa vontade irritante, pela forma aplicada de traduzir a meia-voz, debruçada em mim, os comentários intermináveis de Serguei Victorovitch. Secamente, digo-lhe que tudo bem, que compreendo e, como sempre fui muito amável com ela, essa brusca mudança de tom a deixa ressabiada. Abalada. Na estrada de volta, ela me olha preocupada, como a um Dr. Jekyll que teria de repente se transformado em Mr. Hyde. Não sabe o que fez para me irritar, eu mesmo seria incapaz de explicar claramente, mas ela me irrita. Tudo que não dá certo desde o início dessa viagem e pelo que não posso culpar ninguém, eu ponho nas costas dela e quase chego a rir da minha cegueira: eu tinha me entusiasmado com ela, vendo-a como um personagem romanesco, e na realidade ela não passa de uma simplória desmiolada, querendo fazer bem-feito, e cuja voz me irrita, cujas expressões me irritam, a maneira de usar apenas o artigo definido, dirá por exemplo: preciso comprar a pasta de dente, e não uma pasta de dente ou simplesmente pasta de dente, e de repente aquela atrapalhação do bem, na boca de alguém que no entanto fala francês cem vezes melhor que eu, por minha vez, falo russo, concentra todas as exasperações que me inspiram aquela viagem e, mais genericamente, minha vida. Levamos Ania até em casa, ela pergunta timidamente quando precisaremos novamente dos seus serviços e respondo que não sei, veremos. Sinto que sou cruel, me odeio e a odeio também. Detesto me lembrar desse dia.

Cristina e suas colegas passaram em seu exame, que equivale ao vestibular, e para comemorar seu ingresso na vida adulta uma festa reúne parentes, professores e rapazes e moças no refeitório da panificadora industrial. Um bando de parentes mal-encarados, liderado por um ranheta que disse ter assistido aos "nossos" filmes sobre Kotelnitch e saber como lidar conosco, quer a princípio nos proibir o acesso, mas Cristina vai cantar, os pais de Cristina concordam que a filmemos, finalmente nos deixam entrar, e tomamos o partido de nos integrar, isto é, no que me diz respeito, me embriagar metodicamente. Cristina canta seus hits da Britney Spears e a bonita Liudmila, que não brinca com patriotismo, canções em homenagem ao exército russo na Tchetchênia. Eu, por minha vez, também tenho no meu repertório uma cantiga de ninar cossaca em que o cruel tchetcheno é muito naturalmente designado como o inimigo, e embora não a saiba até o fim, obtenho no canto da mesa um pequeno sucesso cantando suas primeiras estrofes. Alguns as repetem à minha volta, congratulam-me, falo na medida do possível das minhas raízes russas, minha mãe, *minna niania*, o vice-governador que defenestrava os muçulmanos, e logo me vejo envolvido numa conversa descosida mas extremamente afetuosa com um bigodudo chamado Leonid que, uma hora antes, fazia parte do grupo de parentes contrários à nossa presença. A certa altura, faço a seguinte promessa a Leonid: quero mostrar o documentário que rodamos, uma vez terminado, de cabeça altiva aos moradores de Kotelnitch. Claro que vou mostrar: daqui a seis meses, um ano, voltaremos e convidaremos todos aqueles que aparecem no filme para uma sessão de gala. E eles ficarão satisfeitos, eis com que me comprometo. Ou, pelo menos, pois talvez isso seja pedir muito, não sentirão vergonha. O que me impressionou, na recusa inicial dos parentes a que filmássemos seu banquete, depois suas efusões de sentimentalidade inquieta: não apenas eles desconfiam, como têm vergonha. Vergonha de serem pobres, simplórios, beberrões, e medo de serem mostrados como tais. Sentem um medo atroz de que caçoemos deles e, enquanto converso com Leonid, nada me parece mais importante que manter minha promessa e não dar motivos para sua desconfiança.

O banquete rendeu e por volta das quatro horas todo mundo viu-se na beira do rio. Já era dia, a noite durara uma ou duas horas.

Era a mais curta do ano, 21 de junho. Sapos coaxavam. As moças caminhavam na água, com os sapatos nas mãos, levantando a barra dos vestidos compridos. As alças das blusas caíam nos ombros, cerveja e vodca corriam soltas, continuava-se a cantar, mas cada vez mais artificialmente. Eu estava caindo de bêbado, afundado no banco do carro, e para esse programa à beira d'água, confio menos na minha memória que nas imagens captadas por Philippe: elas têm a graça das auroras e dos fins de porre dos filmes de Kusturica.

Aprendo minha cantiga de ninar até o fim. Ela me perturba, sinto vontade de chorar quando murmuro para mim mesmo a última estrofe. Mas o impulso que me fez falar russo com Leonid e com as moças na noite do banquete se ameniza rapidamente. Meus interlocutores, sejam quais forem, não se interessam por mim. A menos que tenha bebido além da conta, não sei sobre o que falar com eles, nem com ninguém, e imediatamente volto a mergulhar na afasia. Eu sou a filmagem, em vez de a dirigir. Sacha faz perguntas, Philippe filma, Liudmila grava e eu fico no meu canto, sentado num banco e tomando notas descosidas, menos sobre o que se passa à minha frente que sobre o que se passa na minha cabeça. Penso em András Toma, que viveu cinquenta e três anos aqui sem falar russo e sem se comunicar com ninguém. Penso no meu avô desaparecido, na loucura que transparecia em suas cartas, na minha mãe, que tanto medo tem de que eu escreva um dia sobre ele, em mim, que tanto medo tenho de o fazer e que não obstante sei que preciso fazê-lo, que isso é uma questão de vida e morte para ela e para mim. Penso naquele detetive de não sei mais que romance policial que tinha a capacidade, enquanto os investigadores se esfalfavam, de resolver os enigmas dormindo e, invadido por uma sonolência irrequieta, entrecortada por pesadelos, pergunto-me que enigma vim resolver aqui.

Vamos até a casa de Vladimir Petrov, o halterofilista. A ideia, após tê-lo filmado no treinamento, é mostrá-lo em casa, com a mulher e o filhinho. O senhor vai fazer, explica-lhe amavelmente Philippe, tudo que faria se não estivéssemos aqui: preparar a comida, brincar com seu filho, conversar entre vocês sobre o dia de ontem. Essa perspectiva me aflige, sinto-me sobrando, e usando como pretexto a exiguidade do apartamento, onde em qualquer canto estou prestes a ser enquadrado pela câmera, saio para esperar no corredor. Em seguida desço a escada de cimento. Espero do lado de fora. Defronte, há um outro conjunto de prédios, um terreno baldio onde pastam vacas e, bem ao fundo, os galpões da panificadora industrial. O sol esmaga tudo. Filmo isso, por ociosidade, com a pequena DV. Como contraponto das imagens filmadas durante esse tempo no apartamento de Vladimir, imagens que certamente devo ter visto em seguida na montagem mas de que não conservo lembrança alguma, existem essas imagens, superexpostas, banhadas por uma luz crua e carregadas para mim de uma estranha e indizível tristeza. Nesse filme em que eu esperava figurar, falando russo espontaneamente, dirigindo uma equipe, dialogando de igual para igual com os demais, elas marcam o momento em que eu também me resignei a sumir.

Ania nos sugere um passeio de barco. Na verdade, quem organiza o passeio é o Sacha dela, o barco pertence a um dos amigos dele, é uma espécie de presente que ele nos oferece, mesmo assim prefere não se juntar a nós. Isso é ainda mais estranho na medida em que, a crermos em Ania, que fala como sempre sem a menor inibição, de uns dias para cá instalou-se uma forte tensão entre eles e não estamos alheios a ela. O ecologista suspeita que queremos fazer sua mulher dar com a língua nos dentes — principalmente, suponho, a respeito de Morodikovo — e suspeita que ela se deixa engambelar com muita facilidade. Por que, em tais condições, nos despachar juntos para dar voltinhas na água, e, ele próprio, não estar presente? É um mistério a mais que não vou resolver.

A pequena lancha pilotada pelo amigo de Sacha sobe lentamente o rio Viatka, passa sob a ponte da ferrovia e embica em direção a um cemitério de barcos enferrujados que se revelará o destino do passeio. Ania, no começo, arvora-se em guia, mas seus comentários sobre as curiosidades locais descambam rapidamente para a confidência. Transpomos uma pequena colina descampada, ela nos diz que o lugar é conhecido como "o pico do amor", que os namorados passeiam por ali e que Sacha levou-a até lá já em seu primeiro encontro. Alguns dias mais tarde, ele abandonava mulher e filha para ir morar com ela. Juntos, enfrentaram a maledicência da comunidade, que já não tinha muita simpatia por Sacha, em virtude de ele ser tira, e tampouco por ela, porque vinha da cidade grande. Não gostavam de Sacha mas o temiam, e ela tinha que aguentar sozinha as observações ferinas, os olhares maldosos. Na época se lixava para isso, tinha inclusive orgulho, pois estava com ele e eles se amavam. Descreve-o como um homem romântico, misterioso, magoado, fala dos primórdios de sua paixão com uma espécie de embriaguez, mas o que ela diz também, com palavras a princípio veladas e depois cada vez mais claramente, é que esse tempo acabou e que hoje a coisa vai mal entre eles. Tenta falar disso gaiatamente porque julga que esperamos gaiatice dela. Dá de ombros, e, com uma indiferença afetada, deixa escapar que ele pretende deixá-los, a ela e ao pequeno Léon. Outra mulher? Não, não especialmente outra mulher, ainda que ele tenha amantes. Apenas a paixão esfriou, o que lhe parecera, também a ele, misterioso, romântico, agora o irrita. Extasiara-se com ela falando francês, agora acha aquilo misterioso, vagamente preocupante, tem medo de que o comprometa. E ela percebe que o francês dela está indo embora, como um dom que se perdesse, uma singularidade preciosa que se diluísse na embriaguez opressiva dos dias. Acho isso triste, ao mesmo tempo compreendendo esse desencantamento porque o partilho. Eu também, na primeira noite, no Troika, achei ambos românticos, misteriosos. Eu estava um pouco apaixonado por eles, e que vejo agora? Uma simpática e ingênua garota, bovaryana, sentimental, um sujeito sentimental também, mas frouxo e paranoico, um caso que efervesceu por alguns meses e se engessa hoje no tédio tacanho de uma província que sonhamos abandonar e nunca abandonaremos. Sou educado dessa vez, não como na colônia, faço cara de compaixão mas na realidade estou cheio — cheio de Ania e de Sacha, cheio de Kotelnitch, cheio de mim mesmo em Kotelnitch. Eu queria ser mais velho três semanas para estar com Sophie quando minha novela for publicada, ou menos dez dias, uma vez que faltam dez dias para irmos embora.

De repente acho isso muito tempo, dez dias, e digo comigo que só depende de mim abreviar a experiência.

Ainda sinto vontade de filmar de novo a colônia penitenciária? O amável Volodia e seus fisiculturistas? O estilo de canto de Cristina, as lamentações da garçonete Tamara, sem falar nos comentários de Ania sobre Kotelnitch, a cidade do amor? Mais genericamente, sinto vontade de filmar qualquer coisa que seja? Não, mas, por outro lado, eu antecipara esse momento de frustração e sempre me disse que o importante era levar a experiência a cabo, ainda que esta fosse tediosa e infrutífera no imediato. Nada me diz que um milagre se produzirá no último minuto, quando ninguém acreditar mais. À noite, entretanto, anuncio que refleti muito e que minha tendência é voltar mais cedo que o previsto. Em três ou quatro dias, podemos terminar o que falta, para que ficar nos arrastando mais uma semana? Fica combinado assim, mas todos sentem que encurtar nossa viagem significa implicitamente reconhecer seu fracasso. Sacha, Liudmila e Philippe estão tristes e um pouco irritados comigo.

Acordo, no dia seguinte, com o nó de angústia no peito que me acompanhou a vida inteira e que, curiosamente, não me incomodava desde a minha chegada a Kotelnitch: eu estava apático, tinha dúvidas, mas não angústias de fato. Sinto também, na ponta do prepúcio, a espécie de intumescência que anuncia uma crise de herpes e de repente tenho a certeza de ter tomado, num momento crucial, a decisão errada. Por que não ter segurado mais uma semana? Não ter acreditado?
Na noite da véspera, tentei falar com Sophie. Liguei para ela à meia-noite, ou seja, dez horas em Paris, mas ela não estava em casa. Deixei um recado dizendo que provavelmente voltaria dentro de alguns dias. Tento uma nova ligação pela manhã e ela tampouco responde. Isso me surpreende um pouco, mas rumino que ela deva ter ido passar a noite na casa de uma amiga e ficado para dormir. Deixo outro recado, e um terceiro no celular. Fico cada vez mais ansioso, porque me sinto mal, minha decisão me oprime, preciso contar a ela.

Às onze horas, ou seja, nove horas lá, ela me liga. Diz que acaba de sair do metrô, que acaba de escutar meu recado no celular. Não diz que dormiu fora aquela noite. Sinto-a agitada, confusa, fico perplexo. Você não pegou meu recado ontem à noite? Ontem à noite? Ah, não, cheguei um pouco tarde, não devo ter escutado a secretária... E de manhã? De manhã telefonei às sete. Você já tinha saído às sete horas? Ela fica perturbada, diz que devia estar no chuveiro quando o telefone tocou. Sinto que mente para mim. Se mente para mim, isso quer dizer o quê? Que passou a noite fora, mas não na casa de uma amiga: com outro homem. Não digo isso claramente, mas de repente fico frio ao telefone, e ela se espanta com essa frieza. O que houve, Emmanuel, por que está zangado comigo? Por não estar aqui numa hora em que você precisava falar comigo? Agora estou aqui, fico contente por você voltar mais cedo. Sinto sua falta. Abrevio a conversa, secamente.

Entre as coisas que eu queria fazer antes de partir está um pequeno experimento que consiste, em vez de correr atrás dos personagens mais ou menos pitorescos, em passar simplesmente um dia num banco, na praça em frente à estação. Sentamos, não nos mexemos, observamos o que acontece — não acontece nada. Desconfio que para Philippe, que tem o temperamento impaciente, isso deva ser um suplício, mas explico que é a regra do jogo: está fora de questão filmar a praça de todos os ângulos, vamos nos ater ao ponto de vista do banco. A câmera ficará instalada na altura dos seus olhos e autorizada a girar apenas sobre o suporte, como se você rodasse a cabeça sem se levantar. De acordo, diz Philippe, que se senta estoicamente, tendo de um lado Liudmila, que abre seu microfone, e do outro eu, que faço anotações.

Doze horas. Além de nós, há três pessoas na praça, distribuídas em dois bancos. Um casal idoso, um homem ainda jovem. Não têm bagagens e não parecem ter vindo esperar um trem, simplesmente descansar por um momento. Logo será hora do almoço, mas eles não pegam sanduíches. Não falam e não parecem notar que os filmamos. É verdade que não nos mexemos, não falamos. A mulher se abana com um jornal. Pardais cantam. Vários trens passam, entre eles o expresso que vai para São Petersburgo.

Uma e meia. O casal se foi. O homem solitário e jovem dormiu, a cabeça para trás, roncando ligeiramente. Outro homem solitário veio se sentar, com um canudo de sementes de girassol comprado na vendedora ambulante instalada em frente à estação. Ele as descasca e come uma após a outra, num ritmo perfeitamente regular. Continua até esvaziar o canudo. Então se levanta e vai embora.

Chega Sacha Kamorkin, que ocupa sem cerimônia um lugar no banco ao nosso lado. Explicamos o que estamos fazendo, e ele ri: qual o interesse disso? Philippe ri em eco: é uma mania minha, não tente compreender. Sacha, por sua vez, vem da estação, onde comprou a passagem da sua filha para Petersburgo. Ela vai estudar lá. Enfim, estudar: estudar para puta, quero dizer. Fala isso gracejando, mas percebemos que não é somente gracejo, que há em seu tom um misto de mágoa e admiração. O nome da filha é Cristina, como nossa heroína principal, tem dezessete anos como ela, acaba de concluir a escola como ela, mas a semelhança para por aí. Sacha nos mostra sua foto, em seu passaporte, e constato que, se tivesse visto aquela foto antes, nosso documentário teria tomado outro rumo: é exatamente o gênero de garota cujo itinerário eu gostaria de acompanhar, de um buraco podre como Kotelnitch até os inferninhos de Petersburgo, Moscou ou Nova York, onde sua beleza e seu cinismo ingênuo vão arrebentar a boca do balão. É uma putinha bonita, hein?, repete Sacha antes de detalhar suas medidas. Ficamos um pouco constrangidos, ele em absoluto: é cafetão na alma, é sua maneira de se orgulhar da filha.

Meia hora depois da partida de Sacha, é Ania que, provavelmente avisada por ele, vem nos fazer uma visita. Carrega seu filho contra o peito, num suporte tipo canguru. É a primeira vez que vemos o pequeno Léon. Tem cinco meses. Dorme. Ela o acaricia com o olhar e nos faz admirá-lo com uma ternura que apaga tudo que em outros momentos ela pode ter de ingrato e a torna graciosa e comovente. As relações com Sacha e Ania podiam ter sido complicadas, sabe-se lá; hoje são simples. Eles sabem que passamos o dia sentados num banco perto da estação, que nos entediamos um pouco, um tédio tranquilo e na verdade agradável, e ambos vêm sucessivamente nos fazer companhia, jogar um pouco de conversa fora. É esquisito, mas hoje penso neles como amigos, não amigos íntimos, mas bons amigos, pessoas com quem vivenciei coisas, e desfruto daquela conversa preguiçosa, sem assunto.

Não paro, entretanto, de pensar em Sophie. Será que acredito realmente que ela me enganou essa noite e mentiu de manhã? Em caso afirmativo, será isso tão grave? Será que sofro realmente com isso? Ou será que temos sobretudo um conflito entre nós antes da publicação da minha novela, o que a frustraria? Sei muito bem que é essa publicação, dentro de três semanas, que me impede de ficar arrasado demais com o fiasco da nossa temporada em Kotelnitch. Mas e se o fiasco se prolongasse? Se a hora de glória e amor que antevejo para nós também se transformasse numa catástrofe? E se ela se apaixonasse por outro? Se me abandonasse?

Eu me proibi de ligar para ela, mas ela me liga, no celular. Permaneço frio, distante, embora saiba muito bem que não vou me aguentar. Ela realmente não parece estar se preparando para me deixar. Então ora me obstino a crer que ela mente, volto incessantemente a isso e isso se torna insustentável, ora resolvo acreditar nela — acreditar que ela estava efetivamente no chuveiro quando liguei e que ela, que checa sempre três vezes e não uma a secretária eletrônica, esta manhã não checou nenhuma... É muitíssimo pouco plausível, mas por outro lado seus protestos apaixonados soam tão sinceros que seria preciso realmente... o quê? Que ela mentisse muito bem? Sei que ela mente muito bem, já mentiu para mim, e me repreendeu depois por não ter percebido nada. Pois para mentir tão bem ela precisa me amar, e é por nada perceber que eu, por minha vez, a amo menos. Vamos supor que ela tenha ido para a cama com alguém essa noite. Se faz realmente de tudo para me esconder isso, é porque é a mim que ama. E se pressenti isso, é porque a amo também, mais que antes, melhor que antes. Digo-lhe isso. Ela ri. Diz: você é realmente bizarro. Não abandono minha suspeita, mas vejo que começamos a fazer as pazes, e prefiro assim.

A atividade na praça sendo agora nula, relaxo a regra, permitindo que filmem Ania e o pequeno Léon. Ania fica ainda mais deslumbrada porque Sacha, ela me explica, é tão desconfiado em relação a fotografias e filmes que ela não tem praticamente nenhuma do filho.

É uma criança que nunca é fotografada. Depois, sem mudar o tom, como incidentalmente, repete o que disse no barco, que Sacha está prestes a deixá-la, e choraminga tristemente: prazer de amor dura apenas um instante, mágoa de amor dura a vida inteira. Digo que não, ambos não duram senão um instante. Nesse momento, Léon acorda e começa a chorar. Ania canta para ele uma bonita cantiga de ninar que não compreendo bem, mas na qual o protagonista é um grilo. Em seguida, a seu pedido, pego o bebê nos braços e, a meia-voz, canto minha cantiga de ninar pessoal para ele.

> *Dorme, meu filho, meu encanto,*
> *Dorme, meu menino, dorme.*
> *Os raios claros do luar*
> *Velam sobre teu berço.*
> *Eu te contarei histórias,*
> *Cantarei para ti.*
> *Fecha os olhos, dorme, sonha,*
> *Dorme, meu menino, dorme.*
>
> *A correnteza rola sobre as pedras,*
> *Ruge a espuma das vagas.*
> *O cruel tchetcheno te espreita,*
> *Afia seu punhal.*
> *Mas teu pai é um velho bravo*
> *Forjado na luta.*
> *Dorme, meu amor, fique tranquilo,*
> *Dorme, meu menino, dorme.*
>
> *Um dia, tu sabes, chegará a hora*
> *Da vida guerreira.*
> *Montarás a cavalo,*
> *Empunharás as armas.*
> *Eu bordarei fios de ouro*
> *Para ornar tua sela.*
> *Dorme, filho das minhas entranhas,*
> *Dorme, meu menino, dorme.*

Terás o aspecto de um herói
E a alma de um cossaco.
Eu virei me despedir de ti,
Tu me dirás adeus.
Sozinha, quantas lágrimas amargas
Derramarei esta noite.
Dorme em paz, meu anjo, meu querido,
Dorme, meu menino, dorme.

Serão momentos de angústia,
De espera sem fim,
De presságios e preces,
De noites insones.
Recearei que estejas triste
Longe, muito longe de mim.
Dorme antes que o mal chegue,
Dorme, meu menino, dorme.

Eu te darei para a viagem
Um ícone abençoado.
Conserva-o no peito
Quando rezares a Deus.
Quando chegar a hora da luta,
Lembra da tua mãe.
Dorme, meu filho, meu tesouro,
Dorme, meu menino, dorme.

5

Fiz uma última emenda nas provas. "A mulher pela qual estou apaixonado" virou "A mulher que amo".

Estou de partida para a ilha de Ré, onde meus filhos me esperam. Quanto a você, ainda vai trabalhar uma semana em Paris e deve pegar o trem para me encontrar no sábado seguinte, o sábado da novela sobre a qual você não sabe nada neste momento. Sinto-a preocupada, tensa, quando me despeço de você. Ao beijá-la, na soleira da porta, digo-lhe: confie em mim.
Nunca lhe disse isso, nunca disse isso a ninguém. Tenho medo de que confiem em mim, porque tenho medo de ser indigno disso e trair. Mas naquela manhã, não se esqueça, eu lhe disse isso.

Ser pai e filho ao mesmo tempo, tenho dificuldade com isso, e prefiro evitar as temporadas prolongadas com meus pais e meus filhos. Mas essa semana tudo corre bem. Preparo churrascos, vou fazer a feira com a minha mãe, levo bandos de crianças à praia. Ninguém me reconhece. Uma tarde, ajudado pelo meu sobrinho Thibaud, conserto o telheiro, encho os pneus das bicicletas, passo antiferrugem, faço uma triagem nos cadeados ainda utilizáveis e jogo fora os que perderam a chave. Thibaud, enquanto isso, sugere jogar fora também um triciclo que ninguém mais vai usar: nessa geração, não nascerá mais ninguém na família.
Digo: está se esquecendo de mim e de Sophie. Pensa nisso?
E por que não?

Corro e nado horas na praia das Baleias. Correndo, nadando, divago sobre o que acontecerá daqui a cinco, quatro, três dias. Leve embriaguez da contagem regressiva, misto de apreensão e exaltação, esta prevalecendo nitidamente sobre aquela. Volto a pensar no jornalista que veio me entrevistar e me achou tão despreocupado, com a minha granada destravada... Uma granada... Coitado dele... Pergunto-me que contratempo ainda poderia estragar o nosso triunfo. Uma discussão entre nós? Minha família? Sei que os meus pais são recatados, mas tomei a precaução de avisá-los usando uma palavra do seu vocabulário: escrevi no *Monde* uma história um pouco "apimentada". Para não se chocarem, vão preferir ver aquilo como uma boa piada. Aliás, meus livros precedentes, e particularmente o último, eram muito mais chocantes que esse texto cru, mas bem-humorado. Meu primeiro texto bem-humorado, claro que eles vão perceber isso. Chega de histórias de loucura, de perda, de mentira, enfim, passei para outra coisa, digo a uma mulher que a amo, é uma declaração de amor. Após uma noite em La Rochelle, onde reservei o melhor quarto de um hotel deslumbrante, ambos chegaremos para o almoço de domingo e todo mundo vai morrer de rir, uma risada franca. Na semana que vem, daremos uma festa na casa. Vários amigos nossos estão na ilha de Ré este verão: eles vão gracejar, nos congratular, seremos o casal radiante e ligeiramente escandaloso disputado pela sociedade. Não só tenho certeza de que a novela fará um imenso sucesso, de que, uma vez corrido o rumor, mesmo aqueles que não leem se engalfinharão pelo *Monde* em todas as bancas da França, como tenho certeza de que ela é apenas um início, que haverá uma continuação. Qual, ignoro: talvez uma montagem dos e-mails que vou receber aos milhares, talvez coisa totalmente diferente, nada melhor que ignorar, deixar a vida me trazer isso em vez de procurar antecipar, mas antecipo assim mesmo, não consigo me conter. Imagino um livro curto, sexy, lúdico, que também fará um imenso sucesso e que poderia ter como título: *A história pornô do* Monde *e sua continuação*. Ainda prefiro o título na versão inglesa: *The Porn Story of the World and What Came After*, que lhe cai muito bem, pois será, não tenho dúvida alguma quanto a isso, um best-seller internacional. Fico rindo disso tudo sozinho na praia.

* * *

Na quinta-feira, ou seja, dois dias antes da publicação da novela, você me telefona, muito angustiada. Acaba de receber uma mensagem de Denis, que, com uma voz de além-túmulo, pede que você ligue para ele. Denis e Véro, sua melhor amiga, estão se separando e a coisa está feia: já tem algum tempo que você fala sobre isso sem que eu me interesse muito, pois não gosto nada deles. Você não se atreve a retornar a ligação porque tem um pressentimento: Véro está morta, morreu num acidente ou então se suicidou. Tento acalmá-la: que as coisas não estejam bem entre eles é uma coisa, mas daí a pensar que ela esteja morta… Ligue para Denis.

Vou telefonar, sei que tenho que fazer isso, mas não me atrevo, tenho certeza de que ela está morta e depois você sabe, é horrível dizer isso, mas se ela for enterrada nesse fim de semana não poderei ir para a ilha de Ré e gostaria tanto de ir, de estar com você, acho que prefiro não saber.

Você soluça e eu fico preocupadíssimo: não com a morte de Véro, na qual não acredito um segundo, mas com seu estado de nervos, com a aflição que ele trai, a qual percebi nos seus telefonemas anteriores da semana e que atribuí ao estresse no trabalho. Quero que sábado você embarque feliz e relaxada no trem, e, manifestamente, não é esse o rumo que as coisas estão tomando. Não durmo bem.

Sexta-feira aluguei um barco a bordo do qual levo meu pai, meus filhos e meus sobrinhos até a ilha de Aix. Céu azul, mar calmo a ligeiramente agitado, o casco fere as ondas, deixo as crianças pilotarem alternadamente e quando eu mesmo o faço é com audácia e determinação. Meu pai, na véspera, já me dissera que a minha maneira de dirigir o carro estava mais ágil e mais firme: você realmente mudou, ele disse, nestes últimos tempos.

Ao desembarcar, ligo para você. Não sei como estava a voz de Denis ontem, mas a sua é literalmente o que chamamos de uma voz de além-túmulo. Véro não está morta, não, mas está muito, muito mal, é capaz de fazer uma besteira, você precisa lhe fazer companhia de qualquer jeito esse fim de semana.

Nesse ponto, o mundo desmorona. No cais, ao sol, enquanto as crianças passam a mangueira no tombadilho do barco e o dono verifica o estado da hélice, explico a você que há dois meses venho lhe preparando uma surpresa, uma surpresa como ninguém nunca fez e nunca fará na sua vida, como poucos homens fizeram para uma mulher, e que essa surpresa é amanhã, não pode ser outro dia.

Mas o que é essa surpresa?

Não posso dizer mais, tudo que posso lhe dizer é que está fora de questão você não vir.

Emmanuel, mas não posso abandonar Véro.

Venha com ela.

Não no estado em que ela se encontra.

Então vou voltar. Vou passar a noite de amanhã com você.

Não, não, não faça isso, vou ter que ficar com ela, o que você iria ficar fazendo enquanto isso?

À noite me convido para jantar na casa dos meus amigos Valérie e Olivier, que alugam uma casa num lugarejo vizinho. No jardim dominado pelas ervas daninhas bebo um vinho sem água e, embora tenhamos você e eu parado de fumar há um ano, filo cigarros que acendo um atrás do outro me esquecendo de comer. Estou bastante contrariado e explico por que num tom que oscila entre o da criança que faz manha porque lhe quebraram o brinquedo e o do adulto ironicamente alheio. Eu me perguntava que punição os deuses reservam àqueles que os desafiam: pois bem, é isso. Poderia ser pior, a amiga arrasada logo vai melhorar, você chegará amanhã ou depois de amanhã, beberemos juntos à ironia do destino. O pouco que conto da minha novela desperta a curiosidade dos meus anfitriões, que se mostram impacientes para lê-la. Às onze horas, depois de ter deixado dois recados para você no celular, você me liga. Afasto-me para falar com você no fundo do jardim. Sua voz está engasgada: a coisa está feia realmente. Parece tão feia que pergunto se o mais razoável não seria levar Véro para a urgência psiquiátrica.

Não, não, não é grave assim, o que ela precisa mesmo é falar. O que estamos pensando em fazer amanhã é pegar o carro dela e sair por aí, passar o fim de semana fora.

Ouça, pelo que você me diz ela está prestes a se atirar pela janela e você não parece muito melhor que ela, então acho que é uma péssima ideia.

Não se preocupe, tenho o controle da situação.

Mas quando vai chegar?

Não sei, talvez daqui a dois dias.

Dois dias?

Emmanuel, por favor, você tem que entender.

Eu entendo, digo friamente, vejo que não tem jeito, embora esteja terrivelmente triste.

Por favor, não me culpe, já está muito difícil do jeito que está.

Não estou te culpando, estou apenas dizendo que amanhã você vai ficar tão triste quanto eu hoje. É uma coisa perdida entre nós, irrecuperável, mas, que se há de fazer, vamos mudar de assunto. Que vai fazer esta noite, onde está?

Jantamos juntas, agora estamos em casa, provavelmente vamos dormir na casa de Véro em Montreuil e pegaremos a estrada amanhã.

Isso é ridículo, vocês estão esgotadas, com os nervos à flor da pele, pelo menos durmam aí em casa.

Vamos ver, te ligo.

Na manhã do dia seguinte, encontrei a saída. Vou ser flexível, me adaptar, tirar partido de todos os contratempos. Estudo os horários. É tarde demais para fazer ida e volta completa, mas tem um La Rochelle-Paris, 14h45-17h45, que cruza com o Paris-La Rochelle 14h45-17h45, com dez minutos de margem a meu favor em Poitiers. Uma vez que você não vai embarcar nesse trem, sou eu que vou. Ocuparei a partir de Poitiers o assento reservado para você. Narrarei a viagem desse ponto de vista. Vou observar os passageiros do seu vagão, imaginar como teria olhado para eles, como eles teriam olhado para você quando você tivesse murmurado "quero seu pau na minha boceta". Vou ver o que se desenrola no bar.

Ligo para o seu celular. Você está em Montreuil, onde Véro fez questão de dormir. Peço desculpas pela minha frieza da véspera: eu estava muito decepcionado, óbvio, mas compreendo, é um caso de força maior, não precisa se sentir culpada a meu respeito. Não digo isso, mas não quero que nenhum ressentimento tire o brilho da hora em que você lerá a minha novela. Tudo que lhe peço é que compre *Le Monde* quando tiver um momento de sossego e puder pensar em mim.

Você não compreende muito bem por que é tão importante comprar o *Le Monde* no dia de hoje, mas promete fazê-lo.

Quando vocês partem?

À tarde, provavelmente para a baía do Somme.

Não cometa imprudências, fico preocupado, você sabe. Me liga da estrada? Me liga quando chegarem?

Sim, sim, meu amor... Espere, o celular está fora de área. Bloqueado.

Poitiers, 16h19. Para esperá-la na chegada do Paris-La Rochelle, anotei o número do seu assento. Ninguém o ocupa, me instalo. Bastou atravessar o vagão para constatar que escolhi o trem errado: quase nenhuma mulher sozinha, nenhuma atraente, famílias, aposentados, todo esse mundo absorto com quadrinhos ou palavras cruzadas. Difícil, com uma turma dessas, imaginar o entrecruzamento de olhares cúmplices e réplicas de duplo sentido que eu lhe prometia.

Em Niort, vou até o bar. Ninguém está à espreita, ninguém tem *Le Monde* debaixo do braço. Fracasso do princípio ao fim. Enquanto acotovelado perto da janela bebo água mineral pensando que aquele fracasso não seria sequer engraçado de contar, uma mulher jovem, rechonchuda, simpática, aproxima-se de mim. Apresenta-se: Émilie Grangeray, do *Monde*, e, sentando-se, acrescenta: enviada especial no Paris-La Rochelle das 14h45. Fico pasmo. *Le Monde* enviou uma jornalista para ser testemunha do meu malogro. Sem refletir, começo a gaguejar que estou muito decepcionado porque a minha namorada não conseguiu pegar o trem: um caso de força maior... Émilie Grangeray sorri, anota o que digo num bloquinho, vejo-a escrever as palavras "decepcionado", "contrariado", eu gostaria de corrigir, me mostrar displicente, espirituoso, em vez disso mergulho numa vergonha que julgava há muito esquecida, aquela que me invadia quando, adolescente tímido, eu inventava namoradas e me dava conta de que não acreditavam em mim.

De fato, a namorada impedida de tomar um trem em virtude de um caso de força maior, Émilie Grangeray não parece acreditar muito nisso. Ela me diz que no jornal, sem falar no dilema de se publicar ou não o texto, houve uma discussão espinhosa, dois campos haviam se formado: os que acreditavam que tudo era verdade e os que se inclinavam pela ficção, e ela se inclinava mais pela ficção. Engraçado, eu nem sequer imaginara que fosse possível alguém achar isso, e o que é mais engraçado é que, visto de fora, o real parece lhe dar razão. Digo-lhe isso, ela balança a cabeça, sinto claramente que agravo ainda mais a minha situação.

Pouco antes da chegada, consulto minha caixa postal. Já há três mensagens de amigos que leram: maravilhosa carta de amor, como deve estar feliz, inútil desejar-lhe boa-noite. Em seguida uma mensagem sua: vamos pegar a estrada, mas decidimos desligar os celulares por causa de Denis, que liga sem parar e deixa Véro pirada. Pronto, fale com ela.

Véro: sim, Emmanuel, estou roubando sua Soso que é também minha Soso, você precisa entender isso, quando se tem uma amiga que está na merda. Beijocas.

Essa maneira de concluir suas mensagens com "beijocas" ou, pior, "beijocas e beijocas", é uma característica de Véro que sempre me deu urticária e hoje estou ainda menos indulgente que de costume. Além do mais, não parece tão arrasada assim, a amiga na merda. Está tudo bem?, preocupa-se Émilie Grangeray. Tudo bem. Bebemos água mineral. Sol triste e cru sobre a planície vendeana, moscas mortas no vidro.

Como o trem comporta duas composições que não se comunicam, *Le Monde*, para ter certeza de não perder nada, enviou não um, mas dois jornalistas, e encontramos o outro na chegada. Na sua composição, ele diz, não estava muito mais animado que na nossa. Não parece muito surpreso ao me ver. Tampouco acreditava na existência da garota, ou então sim, mas imaginava alguma coisa como um grito de misericórdia de homem abandonado. Rio: nesse caso, não, realmente não se trata disso. Em vez de sair à francesa, resolvo ser amável na esperança de que seu artigo seja menos cruel. Tomando com eles um trago no balcão, tento parecer o cara que se recupera de uma decepção, teoriza sobre o princípio do prazer que se ferrou diante do princípio de realidade e para concluir anuncio que, visto que eu não cancelara o meu maravilhoso hotel, prefiro dormir ali a voltar para a ilha de Ré. Se quiserem, podemos jantar juntos.

Frutos do mar, linguado grelhado, vinho branco. Brinco: francamente, não era com vocês que eu pretendia passar esta noite, mas, apesar de tudo, vocês não deixam de ser simpáticos. É verdade. Fralon, que trabalha na editoria estrangeira, evoca com humor suas reportagens e Émilie as diversas profissões que exerceu antes de se ver no *Monde*: trapezista, solícita recepcionista do Club Méditerranée. Ela conta a invasão dos russos em certas aldeias e o terror que tocam ali, em suma o jantar é simpático, mas meu celular não toca. Eles não falam mais da novela, na minha opinião para não me fazerem sofrer, sou eu que volto ao assunto. Émilie pensou em telefonar para um dos nossos amigos comuns para saber se você existia e correspondia à descrição, Fralon em recrutar uma garota que lhe correspondesse para embarcá-la no trem e aumentar a confusão. Uma loura alta de pescoço comprido, cintura fina e quadris largos: isso lhe agrada muito, os quadris largos, mas tenho a impressão de que para ele isso é uma maneira graciosa de dizer bunda de respeito. Como admito que, apesar de tudo, estou realmente triste, fazem o possível para me consolar: receberei centenas de e-mails, talvez milhares, vão fundar um clube das pessoas que não estavam no trem mas gostariam de ter estado. Tenho certeza, disse amavelmente Fralon, de que a história não terminou, você escreverá uma segunda parte. Eu também, tenho certeza disso, mas é quase meia-noite e o celular continua sem tocar.

No hotel, onde me deitei na cama sem tirar a roupa, deixo-lhe uma mensagem bem seca: teria sido um prazer para mim, e será sempre um prazer, que você me telefonasse, você devia fazer isso ao chegar, que história é essa de celular desligado? Penso na novela. Será possível que você a tenha lido e que ela a tenha chocado a ponto de você não querer mais falar comigo? Não, não acredito. Se a escrevi para você, é porque sabia que a leria como uma declaração de amor, que o lado exibicionista da história a excitaria. A preocupação toma a dianteira da raiva, tenho medo de um acidente, deveria ter ido até Paris, nunca ter deixado você partir nessas condições.

Acabo adormecendo, o telefone me desperta. Mas não é você, é meu amigo Philippe que me diz: veja só, lendo isso pensei que Jean-Claude Romand tivesse realmente morrido. Sinto vontade de responder que não tenho tanta certeza disso, mas me contento em dizer que agora, de imediato, estou numa enrascada. A ideia de que eu possa, hoje, estar numa enrascada parece hipnotizá-lo.

Haverá outros telefonemas de congratulações durante esse dia que passo trancado no quarto de hotel fumando sem parar, deixando mensagens para você cada vez mais enlouquecidas e sobretudo ligando para os hospitais, a polícia, os serviços de segurança de praxe, aqueles de seus amigos de quem tenho o número... As pessoas que me telefonam esperam topar com um garanhão, ébrio de amor e prazer, ora é um zumbi que atende e com uma voz moribunda repete o que disse a Philippe: que ele está numa enrascada, que ligará de volta.

Impossível, até mesmo para os mais próximos, dizer que enrascada é essa. Nem eu sei, tudo que sei é que de duas, uma: ou você está no hospital, entre a vida e a morte, ou, por uma razão que não consigo imaginar, você se alegra em me torturar. Você tem na bolsa uma caderneta com meu número de telefone, para me ligarem em caso de urgência: se você estivesse no hospital teriam me ligado, forçosamente. E é impossível, ainda que você tenha desligado o celular, que não tenha checado os recados durante 24 horas, você que costuma fazer isso de hora em hora e é do tipo que me liga três vezes por dia para dizer que me ama e pensa em mim.

Então qual é?

Recusei que arrumassem o quarto, mantenho-o como tal e o enfumaço até encontrar você. Eu me proíbo de fazer mais de uma ligação por hora. Há uma igreja não longe do hotel, cujos sinos ouço repicar. Quatro badaladas, já são quatro da tarde. Digito seu número pela décima vez no dia, antecipadamente irritado ao ouvir pela décima vez o recado da sua secretária.

Mas, dessa vez, milagre, você atende.

Emmanuel, meu amor, acabo de ouvir seus recados, o que está acontecendo? O que há com você?

Berro: como assim, o que há? Que babaquice é essa de celular desligado? Onde você está, por que não me ligou?

Mas eu ia ligar. Além do mais, deixei uma mensagem para você para dizer que tinha desligado o celular, falei, Véro está muito mal, estou cuidando dela, é maluquice ficar desse jeito, meu amor, o que está havendo?

Onde você está?

Estamos em Saint-Valéry-en-Caux, eu estava dizendo ela está realmente mal, você entende...

Ela está com você aí?

Um branco, depois: está, está comigo.

Deixe-me falar com ela.

Ela não está exatamente ao meu lado.

Espere, ela está tão mal que você não pode se afastar um milímetro, você sequer tem tempo para me ligar a fim de me tranquilizar, ela não deve estar longe, vá procurá-la.

Outro branco, depois: bom, vou até lá.

Ouço-a chamar: Véro! Véro!... Véro, Emmanuel quer falar com você. Silêncio, nenhuma voz, nem distante, para a réplica.

Você volta: ela não quer falar com você.

Não quer falar comigo, por que ela não quer falar comigo?

Não sei, não quer falar com você, está com raiva porque você se zangou por eu ter viajado com ela.

Em primeiro lugar, não me zanguei, apenas disse para você que estava triste, e depois, mesmo com raiva, isso não a impede de falar comigo.

Você grita por sua vez, soluça: estou dizendo que ela não quer... Véro, por favor, fale com ele... Ela não quer, Emmanuel, não posso fazer nada, ela não quer.

Sophie, você não está com Véro, não sei com quem está, mas não é com Véro.

Mas com quem acha que é? Escute, é horrível o que você está fazendo. Estou completamente estressada, faz dois dias que ela me esgota e você vem me fazer uma cena completamente estapafúrdia, você precisa se acalmar.

É muito fácil eu me acalmar: basta que Véro se aproxime do telefone e diga: oi, estou aqui, ela pode dizer oi, estou aqui, seu panaca, mas que diga, quero apenas ouvir a voz dela, ela pode falar com você e não comigo, tudo que eu quero é saber se ela está aí.

Estou dizendo que ela não quer, não pode entender isso?

Não, não posso entender, e se Véro não me disser uma palavra ao telefone, só posso deduzir uma coisa, e então terminou entre nós.

Mas você está maluco.

Talvez esteja maluco, mas por que Véro não pode falar comigo?

Não disse que ela não pode: não quer. Ela detesta você.

Não compreendo por quê, mas, supondo que ela me deteste, ela não detesta você. Então você vai lhe explicar que a nossa relação depende do fato de ela se dispor a se aproximar do telefone e fazer soar sua voz. Vamos, ela não pode lhe recusar isso, você fala que é sua melhor amiga, se não fizer isso é porque é sua pior inimiga.

Ouça, Emmanuel, você está delirando completamente. Na situação em que estamos, nas condições em que ela se encontra, é realmente asqueroso o que está fazendo, é melhor você refletir um pouco no que está dizendo e voltamos a falar quando estiver mais calmo.

Sai do ar.

Ligo imediatamente. Caixa postal.

Sophie, são quatro e dez. Se está com Véro, no que custo a crer, você tem vinte minutos para convencê-la de que a nossa vida está nas mãos dela. Se está com um homem, é melhor me dizer também, qualquer coisa é preferível a essas mentiras delirantes. Portanto, se às quatro e meia não me ligar de volta, com ou sem Véro, você tem uma semana para juntar suas coisas e sair de casa. Isso é tudo, vou deixar o celular ligado até as quatro e meia.

Claro que o deixei ligado mais tempo. Nenhuma chamada às quatro e meia, nenhuma chamada às cinco. Não aguento mais, não me vejo regressando à ilha de Ré e enfrentando desvairado minha família consternada, decido voltar para Paris.

Espero no restaurante da estação, um terraço adaptado sob a abóbada de vidro da plataforma. Tenho cigarros, mas não fogo, e a cada cinco minutos peço ao meu vizinho que me estenda seu isqueiro com uma silenciosa cortesia. Duas senhoras bem idosas, com um cachorrinho, aproximam-se e, vendo todas as mesas ocupadas, dirigem-se a mim: podemos nos sentar, está sozinho? Respondo: estou e assim quero permanecer. Retirada humilhante, risadas de adolescentes numa mesa. Durante as duas horas de espera, tento repassar tudo que acaba de acontecer conjecturando que talvez a decepção, a falta de sono e a preocupação por não encontrá-la tenham feito com que eu alucinasse e interpretasse mal coisas que se revelarão completamente banais. Mas isso não funciona. Continua sem fazer o menor sentido. Volto a pensar no meu romance, *O bigode*, na infernal oscilação do herói entre hipóteses que não se sustentam, e na frase de Michel Simon em *Família exótica*: "De tanto escrever coisas horríveis, as coisas horríveis acabam acontecendo". O pior é que acontecem justamente quando eu acreditava ter escapado delas.

Um minuto antes da partida do trem e quase três horas após o meu ultimato, você me liga.

Emmanuel, onde você está?

Na estação.

Vou lhe passar Véro.

Não, é tarde demais.

Desligo. Rio. Precisei de três horas para deitar as garras nela: você não só é mentirosa, como idiota. Toca novamente. Aperto a tecla *muting* e entro no trem. Os recados se sucedem, acabo ouvindo.

Alô, aqui é Véro. Ouça, não estou entendendo você e aproveito para dizer que você é asqueroso. Cacete, você nunca fica na pior, deveria poder entender que isso acontece com os outros e que não existem só você e suas ridículas inseguranças. Portanto, como pode ver, estou com Soso, está tudo bem, não se preocupe, eu estava um pouco pirada ainda agora, você entende, não é mesmo?

Faltam as beijocas. Sua gíria vulgar sempre me irritou mas eu fazia um esforço por você, eu me dizia que é uma moça que teve a vida dura, uma moça no fundo generosa e cheia de vida. Agora a detesto, mas menos que você: afinal de contas, ela apenas lhe serviu de álibi.

Mensagem seguinte. Véro de novo, apresentando-se, com o que deve presumir ser humor, como a inimiga pública número um: para uma mulher à beira do suicídio e incapaz de me dirigir uma palavra três horas mais cedo, ela está curiosamente loquaz. Em seguida, você, me suplicando para telefonar, para lhe dizer a que horas meu trem chega, você vai me buscar, meu amor, não entendo, é horrível o que está acontecendo. Isso se torna tão repetitivo quanto as minhas chamadas nas últimas 24 horas.

Deixo meu lugar para fumar uns cigarros. A luz da tarde, do lado de fora, é dilacerante. Diversos leitores do *Monde*, decerto concentrados na minha novela, entre eles três mulheres sozinhas e atraentes. Todas essas pessoas devem pensar: que pena, não peguei o trem certo, e a maioria dos e-mails que virei a receber começa com esse arrependimento. Há muita gente no bar, enfrento uma fila de vinte minutos por uma água mineral. Atribulada, a única garçonete mostra-se de uma gentileza e alegria incríveis, uma piada para cada um, apesar da espera ninguém fica nervoso, todas essas beldades poderiam ir se masturbar no banheiro e sair sorrindo para a usuária subsequente, é realmente um trem encantado. Ao voltar para o meu vagão, passo por uma senhora bastante idosa, elegante, com um belo rosto franco, que me pergunta se não sou Emmanuel Carrère. Digo que não, ela sorri e diz: parabéns mesmo assim!

A primeira coisa que faço ao chegar em casa é mudar a mensagem da secretária. Você a gravara logo antes de se mudar, lembro como gostava de dizer "aqui é a casa de Sophie e Emmanuel", e como eu, por minha vez, gostava de ouvir isso. Um dos meus amigos, abandonado pela mulher, manteve durante mais de um ano a mensagem com a voz dela e seus dois nomes. Isso não faz o meu gênero, e nesse instante estou orgulhoso. Estou orgulhoso do ódio frio, inapelável, que substituiu a atroz incerteza. Você não existe mais para mim, não significa mais nada para mim. Mas não adianta você não significar mais nada, fico esperando sua ligação, para me deleitar com a sua perturbação e a minha firmeza. Como demora a telefonar, fico tentado a fazê-lo eu, e, para esquecer, começo a checar os e-mails. Oitenta e cinco. Um começo. Afora uns poucos ranzinzas, são todos entusiastas: que carta de amor! Eu gostaria tanto de estar no trem, gostaria tanto de saber como isso aconteceu, espero que logo possamos ler a continuação. Ela deve ser feliz, sua namorada, todas as mulheres sonham que seu homem lhes envie isso, vocês dois devem ser felizes.

Meus queridos, se soubessem...

Você liga à meia-noite, no celular.
Onde você está, Emmanuel?
Na minha casa.
Na sua casa?
Sim, e tenho apenas uma coisa a lhe dizer, depois não atendo mais: pode vir amanhã a partir do meio-dia para começar a encaixotar. Boa noite.

Segue-se, na secretária eletrônica da casa, uma série de chamadas às quais não respondo, escuto apenas os recados. Súplicas, lágrimas, raiva. Você leva particularmente a mal a mudança da mensagem. Então não existo mais? Nosso amor não significa mesmo nada para você? Você pode destruir tudo porque desliguei meu celular, porque Véro estava mal? Emmanuel, atenda, fale comigo, eu lhe peço, sei que está aí...

Sorrio cruelmente: agora é minha vez.

Você chega às onze horas, enquanto eu destrincho a centena de e-mails baixada durante a noite. Você abre com a sua chave. Sem levantar a cara do computador, sem olhar para você, digo secamente: eu tinha dito meio-dia, gostaria que durante esta semana respeitasse isso e tocasse a campainha, você não está mais na sua casa.

Emmanuel, até nova ordem eu moro aqui.

Agora não mais, e lembro a você que sou eu quem paga o aluguel.

Emmanuel, precisamos conversar.

Sobre o quê? Tem uma explicação para me dar? Quero dizer, uma explicação que se sustente sem ser as babaquices da sua amiga?

Mas que coisa, ela ligou para você! Você queria que ela falasse com você, ela não queria, briguei com ela durante toda a viagem de volta e ela telefonou!

Rio. Impossível descrever seu ar de candura sofrida, ninguém jamais manifestou tanta lealdade e correção. Você está com um vestido preto amplamente decotado nos seios, sem sutiã, olho para os seus ombros, seus braços, tento me persuadir de que não sentirei saudade deles. Você se senta no sofá da sala, acende um cigarro, também se acalma.

Emmanuel, não sei o que tem na sua novela, ainda não li, mas eu não tinha entendido como era importante para você.

Era importante para você também. Para nós.

Tudo bem, era importante, mas você precisa entender que não existe só você, que não existe só o que você quer, que as pessoas não embarcam obrigatoriamente num trem quando você decide. Você comprou essa passagem para mim, me disse que tinha preparado uma surpresa e, óbvio, isso me deixou animada, fiquei com vontade de ir, mas tinha Véro, péssima, Véro é como minha irmã, quando estive na pior ela sempre me apoiou e eu não podia aceitar sua chantagem.

Não fiz chantagem com você, não lhe pedi para abandonar Véro, disse apenas que isso me deixava triste e a deixaria triste também. Além disso, pedi que você me ligasse para dar notícias, o que era, há de convir, o mínimo que você podia fazer.

Mas eu disse que estava com tudo sob controle, que correria tudo bem...

Sophie, essa discussão não leva a nada e você sabe disso. Ela levaria a alguma coisa se você conseguisse me provar que estava com Véro esse fim de semana. Isso era muito simples ontem às quatro horas, agora é nitidamente mais complicado. Então, sim, eu estava mal, estava decepcionado, não raciocinava serenamente, mas, mesmo raciocinando serenamente, Véro recusando-se a me dirigir a palavra às quatro horas e às sete e meia me bombardeando com mensagens conciliadoras, você vai me desculpar, mas só existe uma conclusão possível.

E que conclusão é essa? Fale. Eu estava com um homem?

Não creio que estivesse com sua mãe.

Está se dando conta do que está falando? Você me vê com um homem no estado em que Véro se achava?

Levanto-me, desencorajado, embora soubesse que não teria a firmeza de simplesmente terminar com aquilo. Você me olha como se eu fosse um louco. Fico com vontade de tomá-la em meus braços. Sento-me numa poltrona cinza, em frente a você, e recomeço, mais serenamente: Sophie, só tenho vontade de uma coisa, é de acreditar em você e lhe pedir desculpa. De admitir que sou ciumento e paranoico, mas não fui nada disso até hoje, você poderia ter me enganado quatro meses sem que eu sequer suspeitasse e você mesmo me censurou por isso. Hoje, qualquer um no meu lugar suspeitaria e não posso viver com essa suspeita, então precisamos dar um jeito de acabar com ela. Precisamos encontrar uma prova.

Você levanta a cabeça, com um fulgor de esperança: do que precisa como prova?

Não sei... Onde você passou a noite?

Já disse: em Saint-Valéry-en-Caux...

Num hotel? Como era o nome desse hotel?

Éden... Era sórdido, não tinha quarto em lugar nenhum...

Quem pagou?

Você hesita, depois diz: Véro. O que me espanta, uma vez que uma das razões pelas quais Véro está na pior, além do assédio de Denis, é que está sem um tostão furado.

Insisto: como ela pagou?

Espero que você diga em dinheiro, mas você não tem essa presença de espírito: acho que com cartão ou cheque...

Então estamos salvos. Existe uma pista. Ela guardou o recibo e, ainda que não tenha guardado, basta consultar sua conta e me dar uma cópia da fatura de débito. Hotel Éden, 19 de julho, muito simples.

Muito simples, mas aparentemente não para você. Você reflete por um instante, a cabeça entre as mãos, depois diz: ela não vai fazer isso. Ela não vai lhe dar isso.

Por quê?

Porque ela não suporta um sujeito que exige provas.

Nesse momento, seu celular toca. Sim, Véro querida, você responde, com uma voz caridosa... não posso falar com você agora, estou com Emmanuel, ele está em pleno delírio, parece que estou vivendo um pesadelo... ligo depois.

Você desliga. Estou estupefato.

Sophie, se você não está mentindo, Véro está em vias de destruir deliberadamente nosso relacionamento. Você tem que pedir a ela que pare o circo e tire imediatamente um extrato bancário, caso contrário você vai lhe arrancar os olhos, não, fale com delicadeza, inclusive não faça alusão a isso, ela é louca.

É louca para você que nunca foi capaz de ver outra coisa além do seu próprio ponto de vista. Você não conhece Véro.

Mas estou cagando para conhecer Véro! Quero apenas que ela entregue esse papel para você.

Você suspira. Então, olhando-me direto nos olhos: sabe o que vai acontecer? Vou lhe dizer o que vai acontecer. Vou fazer como você diz, juntar minhas coisas e me mudar, sexta-feira deixo a chave num envelope e nesse envelope também estará a prova que você pede. Só então abrirá os olhos.

Fico silencioso, subitamente abalado.

Tudo bem, digo finalmente, e esse momento será o momento da minha desgraça. Mas há um minuto estávamos às voltas com o delírio de Véro, agora você me diz que tem essa prova. Então por que nos infligir isso? Você me entrega agora, eu me jogo aos seus pés, você me perdoa ou não me perdoa, mas acabamos com o pesadelo. Que prova é essa?

Você fica silenciosa por um momento. Olha para mim, com lágrimas nos olhos. Então, ao mesmo tempo baixinho e muito nitidamente, você me diz: um teste de gravidez.

Aniquilador.

Está grávida?

Faz um sinal afirmativo com a cabeça. As lágrimas escorrem pela sua face.

Você está no sofá, de olhos fechados, com a cabeça jogada para trás, vejo uma veia pulsar ao longo do seu pescoço. Quanto a mim, permaneço esmagado na poltrona cinza à sua frente. De uma hora para cá fumamos um cigarro atrás do outro. Sua mão crispada não larga o isqueiro e, cada vez que eu o pedia, com a voz ou um gesto, tomei cuidado, ao pegá-lo, para não tocar em você. Nunca mais tocar em você, como um alcoólatra arrependido que desvia o olhar de um bombom com licor. Então me levanto e, muito delicadamente, retiro o cigarro que se consome entre seus dedos, esmago-o no cinzeiro e digo: foi o último. Em seguida pego o maço e o cinzeiro cheio para esvaziá-lo na cozinha. Fico ali por um momento a sós. Penso que você vai precisar de um tempo para me perdoar, mas que vai perdoar. Vai ler a minha novela, nela verá o meu amor, compreenderá meu acesso de loucura. Quer dizer então que havia uma explicação. A mais simples, aquela em que eu não havia pensado. Não adiantara nada eu lhe dizer que podia confiar em mim, você temia que no fim das contas eu não quisesse esse filho, que o aceitasse, se o aceitasse, mais por obrigação que por vontade própria. Quis viajar sozinha para refletir, desligou o celular porque era fundamental não falar comigo, se falasse comigo não conseguiria deixar de me contar e ainda não ousava me contar. Restam zonas de sombra, que história é essa de Véro, de Véro que você julga morta, de Véro que está na pior, de Véro que não quer falar comigo, mas não penso nisso. Penso que você está grávida, que vamos ter um filho. Poucas semanas atrás eu teria dito que era muito cedo, que precisávamos refletir, esperar, mas estava me iludindo: aquilo que eu acreditava não querer ainda, inconscientemente já o queria, acho inclusive extraordinário que isso aconteça no momento da publicação da novela, existe alguma lógica subversiva nisso tudo e, como se não bastasse, isso não me sai da cabeça, um fim ideal para o livro que vou escrever.

    Volto para a sala. Contornando a mesa de centro, transponho o metro e cinquenta que me separa do sofá e me sento ao seu lado, sem tocá-la. Você está encolhida, quase de costas para mim, as mãos apertando os braços. Roço sua mão, não sei se vai me dar, mas dá. Seguro-a. Ela permanece inerte. Com os dedos ao redor dos seus, conto até nove. Será em março. Você deve ter entendido. Aperta minha mão, a guia. Coloca-a na sua barriga. Diz: que loucura, meus seios já dobraram de tamanho.

    Põe a cabeça no meu ombro. Você diz: Emmanuel, meu amor, o que foi essa obsessão com a mentira? Quem é que mentiu para você? Deitamos na cama. Claro que não vamos nos despir às pressas, mas estamos nos braços um do outro e acaricio seus seios dizendo meu amor meu amor, e você, por sua vez, chora baixinho.

    Você caiu no sono. Eu, não. Tudo que vem acontecendo há dois dias gira na minha cabeça. De qualquer ângulo que considere, alguma coisa me escapa. Mas jogo tudo nas costas de Véro. Qualquer amiga sensata a quem você houvesse explicado a situação teria lhe dito para você vir ao meu encontro com o coração em êxtase. Você teria embarcado no trem, lido minha novela, e à noite, no restaurante, teria me anunciado, com os olhos faiscando, que também tinha uma surpresa para mim. A festa que poderíamos ter nos proporcionado um ao outro não aconteceu porque essa louca cruel enfiou na cabeça não sei que aberrações, que eu podia torcer o nariz, que o melhor era uma conversa entre mulheres, que tipo de babaquice ela pode ter lhe dito e por que motivo? Ódio aos homens, possivelmente ódio a você. Ela está com ciúmes, sonha mais ou menos conscientemente em destruir nosso relacionamento porque não sou o tipo de veadinho exibicionista de barbicha e rabo de cavalo que, na opinião dela, você merecia, quer dizer, que a degradasse até a vulgaridade dela. Coitada, coitada dessa louca, você realmente precisa parar de encontrá-la, esse tipo de amigas mal-amadas e ressentidas que fazem jantarzinhos para falar mal dos seus homens, é como o cigarro, um mau hábito. Quanto a mim, há três dias fumo um atrás do outro, mas vou parar amanhã, nós dois vamos parar amanhã.

Desço, enquanto isso, para comprar um maço, e também o *Le Monde*, no qual passo os olhos numa varanda de bar. A matéria de Grangeray e Fralon está na última página: nem tão maldosa assim, ainda que eu forçosamente figure nela sob os traços de uma criança decepcionada fazendo manha. Não estou nem aí, afinal conheço o fim da história.

Você ainda está dormindo quando volto para casa. Deito-me por um instante colado em você, enganchado, mas seu sono não me tranquiliza. É que ele não é sereno. Seu rosto está crispado, sofrido, você se mexe como se estivesse tendo um pesadelo. Levanto-me de novo, ligo o computador. Estamos em duzentos e vinte e-mails, na maioria bastante calorosos. Poucas propostas sexuais, algumas sedutoras. Poucos insultos, que, parcial, acho idiotas. Já havia reações à matéria publicada hoje. Comovidos com a minha decepção, muitos querem me consolar: o essencial é o texto, não interessa se a mulher existe ou não. Mas ela existe, sinto vontade de gritar, existe! E, dentre os últimos a chegar, este:

"Posso começar a ler?

Ainda não. Espere o trem partir. Convém respeitar exatamente as instruções do texto. Quando o trem balançar, você começa. Antes, não. Faltam dez minutos.

Diga-me a primeira frase.

Não, combinamos não trapacear. Por favor, só a primeira frase.

Tudo bem, mas só a primeira. Começa assim: 'Na banca de jornais da estação, antes de entrar no trem, você comprou *Le Monde*'.

Ele, por sua vez, comprou o jornal uma hora mais cedo. Não planejara viajar de trem aquele dia. Acompanhá-la até La Rochelle.

Foi o texto do marido que o determinou. Aquela novela estranha publicada naquela sexta-feira. Naturalmente, ela lhe contara em relação à novela, ao *Monde*, mas não esclarecera o teor do texto. Quando ele terminou a última linha, deixou o jornal de lado, pagou o café e se enfiou num táxi rumo à estação. Iria encontrá-la na cabine, discretamente. Ela não pareceu surpresa ao vê-lo. Ele se instalou diante dela e lhe deu suas próprias instruções. As instruções do amante. Na realidade, nada mais que seguir escrupulosamente as instruções do texto. Mas com a notável diferença de que ele estaria lá. Que releria a novela ao mesmo tempo que ela a descobriria. E que juntos zombariam do marido. Ele, a percorrê-la com os olhos ao longo de todo o trajeto, a espiar sob suas roupas, a ver seu dedo deslizar sob sua axila, a adivinhar as palavras em seus lábios: quero seu pau na minha boceta. Sim, mas o pau dele. Seu enorme pau que a faz berrar. Porque o amante não é um sujeito delicado, um sibarita de longo curso, um esteta da coisa. O amante a pega como uma cadela e convulsivamente, de costas na parede ou num canto de estacionamento. Penetra-a até que ela arqueje, com grandes sacolejos, maltrata-a, e quando ela estremece ao gozar, esgotada, tomada por tremores nervosos, e isso a inunda de prazer em ondas violentas de tirar o fôlego, ele sabe que ela é muito mais que sua coisa, muito mais que um animal domesticado. Que ela é parte dele. Porque seu enorme pau deformou sua vagina e moldou com sua fôrma o interior do seu ventre, porque seu suor ácido, intenso, seu suor de homem do Sul depositou nela uma camada invisível mas viva, percorrida por sulcos subterrâneos e secretos, no fundo da sua pele, e isso tanto a irriga quanto a alimenta. E quando esses poços de suor vêm a se secar, que seu ventre relaxa, que o prazer se esvai, a fome volta a assediá-lo.

Mas hoje, nada. Apenas olhar para ela. Na realidade, ele a observa fazendo amor com o marido num trem, à distância. O mais importante é não alterar em nada o plano inicial. Porque à medida que ela for descobrindo o texto, o desejo deles vai aumentar. Porque excitar-se com as palavras do marido sob o olhar do amante vai lhe proporcionar um prazer inédito e poderoso. No fim, irão se masturbar juntos, ambos no banheiro. Ela em frente ao espelho, ele atrás. Ele tomará cuidado para não ejacular sobre ela, para esvaziar-se lentamente no chão sem respingá-la. Vão precisar ser fortes para não se tocarem. Ela vai ter que conseguir não pegar em sua boca o enorme pau que ela ama todo. O cheiro, a forma, aquela glande robusta e revirada, a veia saltada que se enrola na vara como um cipó e que ela adora acariciar e apertar com a ponta da unha, e seu esperma, marfim, tão abundante e que ela espalha no rosto. Quando eles têm tempo, ela às vezes lhe pede para descarregar em seus cabelos louros. Em seguida, ele massageia lentamente sua cabeça dizendo que está introduzindo ali seu sêmen e minúsculos seres vivos.

Mas, dessa vez, nada de físico. Será rigorosamente como está escrito. E para terminar, o e-mail enviado na chegada. Ele levou o notebook consigo. Assim que sair do trem, procurar um cibercafé para enviar a mensagem. É provavelmente isso que mais os excita. Que o marido saiba sem deixar de desconfiar. De considerar a coisa ao seu modo. *Le Monde,* seiscentos mil leitores e sem dúvida muitos e-mails recebidos. É muito difícil separar o verdadeiro do falso. As reações convencionais e habituais dos leitores, as continuações canhestras de escritores aprendizes, as propostas de toda natureza, e esse texto. No início, isso o fará sorrir. Ele se dirá: nada mal. Está escrito corretamente, é divertido. E depois a dúvida acabará por se insinuar. Está combinado que, seja qual for a forma que assuma a continuação dessa história, ela negará tudo. Nenhuma palavra, nenhum indício, nada. Nunca mais voltaremos a falar dessa viagem.

Pronto, Emmanuel. Minha história chegou ao fim. Eu sou o amante. É um enunciado performativo. Declaro-lhe guerra. Com meu enorme pau. Antes de mandar este texto e esquecê-lo imediatamente, algumas palavras para semear definitivamente a dúvida e o abalar um pouco: Philippe, de Nice. E à noite, o que ela prefere é dormir encolhida, de lado, as costas curvadas, e você (ou eu) colado nela.

La Rochelle, 20 de julho de 2002, 18 horas."

Nenhum erro de estilo nem de francês. Crueldade pura. Não o suficiente para me fazer acreditar que esse cara é realmente ou foi realmente seu amante, haveria detalhes físicos mais precisos, mas o suficiente para me deixar arrasado. Você e eu dormindo encolhidos.

Você dormindo encolhida com outro, fazendo amor com outro. Digo comigo que Philippe é um autêntico perverso. Mas a minha novela, por sua vez, não era perversa também? Não, não, não creio. Ingênua talvez, adolescente, mas perversa não. Desligo o computador, fico sentado diante dele, mas volto a pensar e, quanto mais penso, mais é evidente que toda aquela história não se sustenta. Torno a rebobinar o filme. Fui para a Rússia no fim de maio e voltei de lá com uma crise de herpes que nos obrigou a fazer amor com camisinha, isto até a véspera da minha partida para a ilha de Ré, onde, pela primeira vez em um mês e meio, gozei em você. Isso foi numa sexta e uma semana depois você fica sabendo que está grávida e com os seios inchados. Será que não é muito pouco, uma semana? Minha vontade é acordá-la, interrogá-la. Como você parece sofrer! Me tranco no escritório com a lista telefônica, ligo, falando baixinho, para diversos ginecologistas do bairro. O dr. Weitzmann, da rua de Maubeuge, pode me receber às 18 horas. Prometo a mim mesmo não interrogá-la antes de consultá-lo.

Você se levanta lá pelas cinco, esgotada. Põe a banheira para encher. Parece estar muito mal. Preparo um chá, que levo para você no banheiro. Sento-me na beirada da banheira e, esquecendo minha promessa, digo que gostaria de lhe fazer uma pergunta, uma só.

Não, Emmanuel, chega, neste exato momento não estou em condições de responder às suas perguntas, você já me fez sofrer demais.

Ouça, minha pergunta é apenas esta: quando fez esse teste de gravidez?

Não me lembro mais, esse fim de semana....

Como assim não se lembra mais, afinal ninguém esquece um troço desses.

Pois é, mas estou completamente perdida, esqueço tudo, datas, lugares, não tenho a sua memória, pare de me torturar, o que está querendo? Que essa criança morra na minha barriga?

Sophie, quando se engravida, um teste não é tudo, você precisa ir à sua ginecologista...

Vou amanhã.

Vou com você.

Não, prefiro que não, é uma coisa que me diz respeito.

Quer dizer que, a mim, não diz respeito?

Quanto mais falamos, mais me convenço, e me deleito cruelmente vendo-a encurralada, mas não quero dar o golpe de misericórdia antes da confirmação oficial. Você então me diz que seria melhor que nos separássemos por alguns dias: preciso ficar sozinha e você, afinal, tem seus filhos, que devem estar preocupados, devia voltar para a ilha de Ré...

Que sugere que eu faça na ilha de Ré? Ninguém entendeu nada da sua ausência nem da minha partida, e, como tampouco entendo eu, não vejo como os tranquilizar.

Estou dizendo que preciso ficar sozinha, é um assunto de mulher, consegue entender isso?

Não, não consigo entender. A menos, claro, que esse filho não seja meu.

Pronto, está dito. Você olha horrorizada para mim.

Percebe o que está dizendo? Você fala que me ama e diz uma coisa dessas à mulher amada?

Digo que não aguento mais, vou sair para dar uma volta.

O dr. Weitzmann está preso ao sigilo profissional, mas eu não, e posso dizer que ele me pareceu excelente. Cinquenta anos, afável, direto. O período entre a concepção e um teste positivo é a princípio de catorze dias, claro que pode ser um pouco menos, sobretudo com mulheres que não funcionam como relógio — mas você, você funciona. Sexta-feira 12, domingo 21, sinto muito, mas honestamente há pouquíssimas chances de que ele seja seu. Podemos fazer uma ecografia desde agora, de toda forma vai ser preciso fazer uma daqui a pouco, se ela quiser conservar a criança, e caso haja uma confissão a fazer, é tolice reprimi-la. Isto também me espanta: que você teime em mentir quando não tem nenhuma probabilidade de parecer crível.

Ao me acompanhar até a porta, o dr. Weitzmann, que me reconheceu e leu minha novela, me pergunta: é ela?

Sim.

É realmente triste.

Sento-me na poltrona cinza, espero você vir se sentar no sofá à minha frente. Estamos como comprometidos com esses lugares, os gestos e trajetos possíveis no apartamento escassearam drasticamente nas últimas vinte e quatro horas. Antigamente ir do banheiro até o quarto e do quarto até a sala era simples, hoje é uma armadilha.

Pacientemente, conto-lhe a minha consulta ao dr. Weitzmann. Preciso repetir tudo, as datas, os prazos, e você me escuta como se não compreendesse. Da minha parte, exibo esse sorriso pavoroso, mais tarde tão criticado por você. Como um jogador de xadrez convicto do xeque-mate, maquinando.

Para concluir: o que você quer dizer é que acha que o filho não é seu?

A ecografia vai dizer. Quer ir até lá amanhã? Em todo caso, terá que ir mais cedo ou mais tarde.

Você me detesta, é isso?

É, é isso.

Você se levanta, pega a bolsa e sai sem me dizer aonde vai.

Não bate a porta, tampouco a puxa delicadamente. Se há uma maneira neutra de fechar uma porta atrás de si, é esta.

Quatro horas da manhã. Acabo de pôr no papel tudo que aconteceu de dois dias para cá. Fiz, muito tempo depois, algumas correções, alguns cortes, mas no geral, tudo que precede foi escrito por mim esta noite. Registrar na medida do possível as palavras exatas que pronunciamos era o único recurso de que eu dispunha para enfrentar o que nos acontecia e ia nos acontecer nos dias seguintes.

Não se deve tentar o diabo: minha mãe sempre diz isso. Será que tentei o diabo? Será que meu destino é tentá-lo, independentemente do que faça?

Gostaria de não pensar nisso. Gostaria de pensar que aquela novela era um ato de amor, paralelamente ao qual se consumou uma traição, que não foi provocada por ela. Gostaria de acreditar que não sou culpado de nada.

Mas não consigo.

* * *

Por incrível que pareça, não me preocupo muito em saber quem é o outro. Se ele quer a criança, se pretende morar com você. E você, o que pretende?

Há momentos em que acho você um monstro, uma mentirosa patológica, em outros acho que sou eu que deliro. Um relacionamento passageiro que resulte numa gravidez indesejada é um acidente, motivo de crise, mas não uma monstruosidade. Sem a coincidência da publicação da novela, eu até seria capaz de enfrentar essa crise sem enlouquecer. Mas há a decepção, e mais que a decepção, o amor-próprio ferido, a humilhação, o triunfo frustrado que descamba para o ridículo: é isso que não suporto, que me atormenta e que a obriga a chafurdar em mentiras cada vez mais incoerentes.

De madrugada, não aguento mais e ligo para o seu celular. Sua voz está morta, falamos baixinho, como se houvesse alguém perto de nós que temêssemos acordar.

Digo: sinto medo por você.

Ahn.

Onde você está?

Não tenho que responder às suas perguntas. Amei você como nunca amei ninguém.

Sei disso. Também amei você como nunca amei ninguém. Mas não posso deixar de fazer essas perguntas. Isso é muito grave.

O que é muito grave? Eu não ter embarcado num trem? Eu não ter feito o que você queria como um personagem de romance?

Não. Que você esteja grávida de outro homem e queira me fazer acreditar que o filho é meu.

Eu não quis fazer você acreditar que era seu.

Então não é meu?

Não quero responder.

Bem.

Você não conhece a verdade. Não sabe de nada.

Mas estou pedindo a verdade. Gostaria que falasse.

Me deixe em paz por um tempo. Preciso dormir agora. Foi bom você ter ligado.

Quando você diz que nunca amou ninguém como eu, nunca desejou ninguém como eu, sei que é verdade, a despeito de Philippe de Nice e seu enorme pau que me declaram guerra.
 E quando digo a mesma coisa sei que é verdade também.
 Sinto vontade de dizer também: meu amor. Há pelo menos um ano, eu repetia a toda hora, sozinho, a meia-voz: meu amor.
 Te amei demais.

Trezentos e trinta e nove e-mails. Começo a achá-los um pouco repetitivos. Sempre os mesmos elogios, sempre as mesmas perguntas. Mas no meio tem este, que me comove tanto quanto me fez mal o de Philippe de Nice:

"É para lhe dizer: obrigada.
 Le Monde de 20 de julho chegou às minhas mãos por acaso, amigos de passagem esqueceram um exemplar na minha casa. Deixei-o esquecido até esta tarde.
 A casa está calma. O dia está bonito, faz bastante calor. Fizemos a sesta — compreende?
 Então li, e fiz uso do *Monde*.
 E isso me proporcionou prazer.
 Aquele que me proporcionava prazer dessa forma acha-se hoje bastante debilitado, pelo menos da maneira simples e direta. Mas ele sabe que palavras são eficazes comigo. Então ele se serviu do senhor, creio, se serviu de suas palavras, e é justo que eu lhe agradeça por me haver transmitido a mensagem dele.
 Aquele que me proporcionava prazer morreu vai fazer cinco anos.
 Desde essa época eu não fazia mais a sesta.
 Tenho setenta anos.
 Mais uma vez, obrigada."

Voltou para conversar?

Isso, voltei para conversar.

Então me escute antes. Eu te amo de paixão, talvez haja uma chance de sairmos dessa, mas é preciso que você fale tudo hoje. Que não minta. Se mentir, vou saber, não porque vou contratar detetives, mas por causa desse fenômeno bizarro que existe entre nós e que faz com que eu lhe telefone de madrugada, de Kotelnitch, no dia em que você dorme fora de casa e que você saiba que está grávida de outro no dia em que declaro ao mundo inteiro que te amo. Se eu vier a saber, e saberei, que hoje você mentiu para mim, estamos mortos.

Não vou mentir. Mas não quero contar apenas o que aconteceu nestes últimos dias, quero te contar a nossa história desde o início.

Lembra-se do nosso primeiro jantar, no restaurante tailandês, perto de Maubert?

Claro que sim.

Você chegou atrasado. Então espalhei na mesa alguns documentos a respeito de um emprego que me ofereciam, quietinha. Eu me perguntava se devia aceitar. Era importante para mim, quis comentar com você e você me escutou alguns minutos fingindo se interessar, mas logo passou para outra coisa, começou a me falar da reportagem que ia fazer na Rússia, a me contar a história do seu húngaro. E eu não fingi me interessar por ela: estava interessada de verdade. Isso ficou claro desde essa noite. Suas histórias nos interessam a ambos, as minhas interessam apenas a mim. Você as acha desprezíveis. Mas isso vim a constatar somente mais tarde. Nesse ínterim, me apaixonei. E você também, sei disso, não tenho nenhuma dúvida. Eu tinha ido àquele jantar com a ideia de que talvez fôssemos nos ver na mesma cama, e quando despertei, no dia seguinte, soube que íamos nos rever naquela mesma noite, e nas noites seguintes, e que você também queria, e foi o que aconteceu. Isso era óbvio, meio que um milagre.

Quando me propôs que fosse morar na Rue Blanche, eu tinha ficado contente, ao mesmo tempo estava com medo porque percebia muito bem que isso lhe dava medo. Você não disse claramente, mas eu me dava conta de que o mais cômodo para você seria que eu trouxesse duas malas de roupa e mantivesse meu apartamento para caso a coisa não funcionasse. Lembro que, quando você chegou com o caminhãozinho, todo mundo riu porque você tinha escolhido o modelo menor e parecia assustado com o monte de coisas para transportar. Entretanto, não era tanta coisa assim, mas ainda era muito para você. Eu me senti constrangida quando lhe apresentei os amigos que tinham ido me ajudar na mudança. Você fazia o possível para ser educado, mas eu via muito bem que eles não te agradavam. Você era mais velho que eles, mais rico, tinha uma profissão de mais prestígio, e reagiu diante deles com um reflexo de classe que me fez mal. Prezo meus amigos, amo-os, e não pretendia trocá-los por você.

Interrompo-a: mas, Sophie, nunca pedi que me trocasse por eles. Estivemos com seus amigos tanto quanto com os meus, demos festas em que eles se misturaram muito bem. E o que me incomoda, quando ouço você, é que você fala como se nunca tivesse sido feliz comigo.

Sim, fui feliz. Intensamente feliz. Mais feliz que tinha sido com qualquer um. Adorei morar com você, fazer amor com você, tomar café da manhã com você. Mas nunca me senti segura. Você tinha orgulho de mim e ao mesmo tempo um pouco de vergonha. Como se eu não fosse digna de você, como se não fosse na sua vida senão uma fase agradável enquanto espera a mulher que realmente lhe convenha. De uma hora para outra, porque eu lhe dissera uma coisa que você achava vulgar ou porque chamara alguém por um desses apelidos que tanto o irritam, sua fisionomia apaixonada podia se transformar numa fisionomia dura e distante, uma fisionomia inimiga. Eu te amava, sabia que você me amava, mas sempre tive medo de que me abandonasse. Todos nós sabemos que as coisas não são eternas, que casais podem se desfazer, mas normalmente isso é apenas uma possibilidade, ao passo que com você isso se tornava uma ameaça perpétua. Você não parou de repetir incessantemente que eu não devia confiar em você, que nosso caso era experimental, que seria sempre experimental, que estávamos apaixonados mas que não construiríamos nada juntos. Lembra-se daquela noite, na cozinha, quando você disse na frente de todo mundo que, se eu quisesse um filho, sentia muito mas não seria com você? Lembra-se do cara que começou a me bombardear com e-mails, a me enviar flores e livros para o escritório? Quando contei, você levou na brincadeira, como se nenhum rival pudesse ameaçá-lo. Achei que você estava muito seguro do meu amor por você, muito seguro de que, se um deixasse o outro, seria você. Eu te odiei por isso, te odiei terrivelmente.

 Depois houve suas viagens à Rússia. Sonhei, no início, que você ia me convidar para acompanhá-lo, pelo menos para passar uma semana, compartilhar o que me dizia ser tão importante para você. Tenho certeza de que nem sequer pensou nisso. Não apenas você queria viver isso sozinho, como, sempre que viajava, deixava a entender que muitas coisas podiam acontecer por lá, que, lá, sua vida podia tomar outro rumo. Eu pensava nas mulheres russas, claro, estava com ciúmes. A impressão que eu tinha era de que você buscava uma coisa que eu nunca poderia te dar. Sentia-me na berlinda, sem nada que fazer a não ser esperá-lo, e esperar sem ter certeza de que você voltaria.

 Lembra-se do jantar com Valentine, logo antes de você ir para Moscou, no último verão? Lembra-se das histórias deliciosas que você nos contou sobre os excursionistas que iam dar em cima da gente no refúgio do desfiladeiro Agnel enquanto você seria assediado, por sua vez, por modelos russas? Na hora eu ri, mas na realidade não estava achando suas histórias tão deliciosas assim. Se você quisesse me dizer: sinta-se livre, viva sua vida, porque não vou me incomodar, não teria agido de outro modo. E sabe o que aconteceu? Não lhe contei nesse inverno porque no fundo tinha a impressão de que você estava se lixando, mas foi lá, no abrigo do desfiladeiro Agnel, que conheci Arnaud. Na noite em que você ligou de Moscou. Ele também fazia a caminhada, com alguns colegas. Conversamos, percebi que aquilo o impressionava, que meu homem me telefonasse de Moscou, e também que ele se perguntava o que o meu homem fazia em Moscou e eu no Queyras, chegou inclusive a me dizer que no seu lugar teria me levado para Moscou ou teria ido para o Queyras comigo, que não teria se afastado um centímetro de mim. Não se atrevia a dar em cima de mim, mas percebi claramente que eu lhe agradava, o que me agradava. Eu teria preferido que não, mas me sentia disponível. Minha impressão era que era você, com as suas histórias, que me empurrava para os braços daquele menino, que planejara aquilo, que, no fundo, era isso que você queria. Então, sim, fui com ele. Já lhe contei o que aconteceu depois. Nos reencontramos em Paris, trocamos e-mails...

Vocês transaram.

Sim, mas isso não era o mais importante para ele, que a gente transasse. O que ele queria era casar e ter filhos. Que passássemos a vida inteira juntos. Ele realmente acreditava nisso, e eu sentia vontade de acreditar. Aquilo me fazia bem, ser amada daquele jeito. Simples, direta, com um futuro. Ele sabia que eu amava você, naturalmente, mas acrescentava que você não me fazia feliz e que ele podia me fazer feliz. Ele tinha certeza disso, e estava disposto a esperar que eu também tivesse certeza. Ele esperou. Ele sofria, eu também sofria, só você não sofria porque não percebia nada. Nem o anel você percebeu. Acabei te contando. Você me pediu que ficasse e resolvi ficar. No mesmo dia, disse isso para ele. Terminei com ele.

Definitivamente?

Definitivamente, sim, e o que achei terrível é que nunca mais voltamos ao assunto. Para você, era um caso encerrado, no fim de dois dias tinha esquecido. Um homem me amava de verdade, me propunha casar com ele e ter filhos, eu estava dilacerada, e você não levou isso um segundo a sério.

Levei, levei a sério. Compreendi que se eu quisesse continuar com você precisávamos fazer um filho. Apenas pedi um ano, para termos certeza.

Sim, você me pediu que esperasse um ano. Mais uma vez era você quem decidia, quem determinava sua agenda, e eu, no meio disso, sem poder dar palpite.

De toda forma, lembre-se, brindamos a esse filho, num jantar na casa de Jean-Philippe, e fui eu que surpreendi a todos com esse brinde.

É verdade, e você me disse que a ideia de me ver grávida era muito erótica. Eu adorei quando você me disse isso, pensei que era um presente de verdade, para mim e para a criança.

Você soluça e repete baixinho: é verdade...

Quando você viajou de novo para fazer seu filme em Kotelnitch, não entendi muito bem o que aconteceu, mas fiquei arrasada. Eu me sentia sozinha, abandonada, estava com medo, sentia minha vida despedaçada. Passei uma noite com um homem.

Uma só?

Uma só, a noite em que você tentou me telefonar para dizer que ia voltar mais cedo.

Eu sabia. Sabia que você estava mentindo.

Menti porque aquilo não tinha importância.

Quem é esse homem?

Estou dizendo que não tem importância.

Conheço ele?

Não.

E vocês transaram sem camisinha?

Silêncio.

Quando percebeu que estava grávida?

Na última quinta-feira. Uns dias antes você me disse: confie em mim. Era a primeira vez que você me dizia isso. É a primeira vez que engravido. É a primeira vez que faço um aborto.

Você abaixa a cabeça.

Não me atrevo a tocá-la. Pergunto baixinho: você decidiu abortar?

Você levanta a cabeça.

Eu queria um filho seu, Emmanuel, não de qualquer um. Minha intenção era que isso tivesse se resolvido o mais rápido possível para no sábado você me encontrar com a barriga vazia, mas há um prazo obrigatório, não era possível antes de segunda-feira. Era por isso que estava fora de questão eu viajar naquele fim de semana. Eu não queria estar com você enquanto a coisa não estivesse resolvida. E então tudo se misturou com essa história da novela. Não sei do que se trata, não tenho cabeça para ler neste momento, tudo que entendi é que você queria que eu viesse a qualquer preço, que estava disposto a vir me buscar em Paris, e isso, isso não era possível. Cada ligação nossa tornou-se um pesadelo, foi por isso que acabei desligando o celular. Decidi explicar mais tarde, entendesse você ou não, mas o mais urgente, para mim, era cortar toda comunicação entre nós.

Estava com o outro, é isso? Aquele de quem você engravidou?

Eu não podia carregar sozinha todo esse peso, Emmanuel.

E ele dizia o quê? Ele queria o quê?

Ficar com a criança.

Sophie, não entendo. Você dorme com um homem uma vez na vida, diz que isso não tem importância, e ele quer ficar com a criança?

Você murmura: ele me ama.

Um tempo, pergunto: é Arnaud?

Você abaixa os olhos. Em seguida, após um longo silêncio, me diz que segunda-feira tomou a primeira pílula abortiva, que tem que tomar a segunda esta noite e que a ginecologista previu uma noite de dor e sangramentos. Você gostaria que eu deixasse o apartamento com você por alguns dias, precisa ficar sozinha.

Sem problema, amanhã vou para a ilha de Ré.

Volto amanhã, então.

Mas e esta noite?

Esta noite vou dormir em outro lugar. É um assunto meu, não quero dividi-lo com você.

Então é com ele? É na casa dele que vai dormir?

Não tenho que lhe dizer.

Fazemos uma trégua. Acabo de me juntar a você no sofá, você deita nos meus braços. Com os lábios nos seus cabelos, murmuro: meu amor, meu amor, acariciando seu rosto. Mas a sombra triunfa. Penso em Arnaud, esse rapaz que não conheço e que te ama, que te espera, que espera você chegar à conclusão de que comigo não vai a lugar nenhum e o escolha. Penso no sofrimento dele, se ele a ama como você diz, e acredito que a ame como você diz, quando você lhe revelou que estava esperando um filho dele e que se decidira pelo aborto. Penso no momento em que você me fez tocar seus seios inchados. Como teria feito se estivesse grávida de mim.

Você partiu, estou sozinho. Percorro os e-mails. Um anglófono, que, pelo estilo ornado com maiúsculas, imagino dado à meditação transcendental e à recitação de mantras, me escreve: *"You say in your story that you love the Real but it exalts the Unreal and the Evil. I hope that woman slapped you when you met her for degrading her in that way. I hope she left you. You deserve it. You deserve to have your heart broken"*.

Será que mereço ter o coração partido? Será que mereço ser abandonado por você? Que você me esbofeteie? Você não me esbofeteou, fez pior, mas, se fez pior, foi porque fiz com que você sofresse. Eu não soube te amar, não soube te ver. Você mentiu, você me traiu, mas, ao descobrir que está grávida de outro homem, não hesita um instante em abortar. Porque é de mim que você quer um filho.

Será que um dia teremos um?

Antes de entrar no carro, dou uma folheada no *Le Monde* no café. O ombudsman, que uma vez por semana comenta a correspondência dos leitores, dedica sua crônica à minha novela e faz, em nome do jornal, um ato de contrição. Não cita senão cartas indignadas recheadas de ameaças de suspensão de assinatura, donde ele conclui que o *Le Monde* errou ao publicar um texto ao mesmo tempo escandaloso e medíocre. Se eu tivesse coragem, também escreveria a esse ombudsman para lembrar a ele a seguinte regra básica do jornalismo: quando um leitor acha boa uma matéria, ele escreve ao autor, quando acha ruim, escreve à redação. Recebi em cinco dias mais de oitocentas mensagens, noventa por cento das quais, entusiastas, o ombudsman sabia que eu havia fornecido meu e-mail, não lhe teria custado nada me pedir algumas amostras dessas mensagens. O mais humilhante nessa crônica não é evidentemente a indignação, mas a ironia. Minha novela aparece ali como uma provocação de moleque que não dá em nada, algo vagamente ridículo e constrangedor. Na minha modesta carreira até então sem tropeços, é a primeira vez que sou desancado nesse tom e uma das primeiras coisas que sei na ilha de Ré é que Philippe Sollers tomou a dianteira do ombudsman no *Journal de Dimanche*, zombando pretensiosamente do meu texto, espantando-se também que *Le Monde* tivesse publicado aquele fragmento de pornografia impúbere e terminando com uma piada sobre o que deve achar de tudo isso a secretária vitalícia da Academia.

O que ela acha é cristalino, mas prefere ser triturada a dizê-lo, contentando-se em falar de outra coisa, dos vizinhos, do tempo, de Raffarin, das compras a fazer, sem a menor alusão à novela, à sua ausência, às minhas idas e vindas erráticas. Já quanto ao meu pai, parece ter sido atingido por um dardo de radjaijah, o veneno que enlouquece no Tintim, o que significa que, quando chego perto, ele começa a andar de um lado para outro, e se na sala, diante da televisão, pergunto-lhe onde está Jean-Baptiste, meu filho caçula, responde, mal-humorado: ora, provavelmente no quarto dele, ou assistindo televisão.

Papai, digo-lhe delicadamente, vê muito bem que, diante da televisão, ele não está.

Ora, se eu disse que ele devia estar no quarto dele ou assistindo televisão, se não está assistindo televisão, é porque está no quarto dele.

(Esse diálogo aconteceu a um metro do aparelho.)

Nessa atmosfera de desastre e de balbucio paralítico, Jean-Baptiste pergunta apenas uma coisa: tudo bem? Respondo que não, que não está tudo muito bem, que certamente vai melhorar mas que por enquanto não está muito bem, e um minuto depois ele repete: tudo bem? Acabamos somando essas perguntas, o que se torna uma espécie de brincadeira, e rindo.

Gabriel, seu irmão, foi a um campo de alpinismo. Jean-Baptiste ficou sozinho com meus pais, vim por ele, pensei em ficar dois ou três dias, mas não demoro a compreender que vinte e quatro horas já vai ser muito.

Vamos juntos à praia, a água está agitada e cheia de algas, quando voltamos começa a chover, a tempestade desaba, meu pai fecha as espreguiçadeiras como se fizesse a toalete de um defunto, minha mãe na cozinha não desgruda os olhos da panela de pressão como se estoicamente aguardasse ela explodir na sua cara. Constato que, ainda que tudo tivesse acontecido como eu planejara, era pura loucura imaginar que meus pais aceitariam bem a novela. E que ideia era aquela? Que ideia era aquela de escolher a casa deles como pista de aterrissagem e escolhê-los, a eles, como testemunhas? Jantar silencioso, embaraçoso, depois do qual, decidido a enfrentar a situação e não me esconder, vou me encontrar no Ars com Olivier, Valérie e um grupo de amigos mais ou menos comuns: uma galera de Ré, isto é, superparisiense, e que sussurra curiosa à minha chegada. Seu sumiço, minhas respostas evasivas ao telefone, ninguém entende nada, todo mundo quer saber. Resumo dizendo que aconteceu entre nós uma coisa um pouco complicada, mas que não tem nada a ver e que estou sem vontade de falar. O público fica decepcionado. Como não arredo pé, contentam-se com a novela. Olivier, que não pode ser acusado de puritano, achou-a... como dizer?, bem ruinzinha, mas, bom, quando a gente conhece as pessoas, acaba de toda forma causando uma impressão estranha... Valérie diz que aquilo não corresponde em absoluto às suas fantasias e que exibir o pau daquele jeito na frente de pais e filhos, na sua opinião, era de todo modo um pouco imaturo. Não adianta Nicole exclamar: quanto a mim, adoraria que um homem escrevesse uma coisa dessas para mim! Será você, François, que vai escrever para mim? (François dá de ombros, serve-se de outra taça de vinho branco), a impressão predominante é de um misto de engenhosidade, fanfarronice sexual e perda de controle que, sem causar indiferença, provoca antes um mal-estar.

Bebo muito, fumo muito. Quando a conversa recai em outro assunto, participo na medida do possível, preferindo isso, depreciando aquilo, e pensando com meus botões que, se vez por outra consigo me enturmar com esse tipo de gente, você não, você destoará sempre, terá sempre inveja de uma mulher como Valérie, que é o quê?, jornalista da *Elle*, que dá sempre uma opinião abalizada sobre tudo, não com esse tremor de indignação e humilhação que se misturam na sua voz — mas é você que eu amo, pela sua alegria que por vezes vislumbrei e que obscurece sua bastardia original, o fato de que no seu nascimento, bebê parece que feio, escuro e peludo, sua mãe chorou porque ninguém senão ela estava lá para olhar para você, meu amor.

Meu amor.

Enfurnados dentro de casa, minha mãe, Jean-Baptiste e eu jogamos Banco Imobiliário. Durante a partida, da qual é rapidamente eliminada, minha mãe respira profundamente, como quando está muito mal. Do equilíbrio entre mim e Jean-Baptiste, chegamos à minha derrota total — mais nenhum imóvel, nenhum tostão, mais nada —, comentada por frases de duplo sentido que julgo semiconscientes em Jean-Baptiste e mais que conscientes em minha mãe: quer dizer que não tem mais para onde ir... agora você está realmente morto.

Você está realmente morto.

Sinto-me ainda mais morto lendo as quinze linhas de Sollers no *Journal de Dimanche*. Sollers é mais difícil de engolir que o ombudsman do *Monde*, porque ele é o líder do partido dos trocistas, aquele que designa à matilha quem pode ser escarnecido sem risco. Eu, que sempre tive tanto medo do ridículo, é o que eu gostaria de ter sido, se pudesse: alguém que não liga para nada e para ninguém, em particular para aqueles que se saem pior que ele, alguém que vê tudo com um fino sorriso de ironia superior, e rumino que esse tipo de homem é o que o meu desafortunado avô tão esmagado pela vida também gostaria de ter sido.

Você me liga por volta da meia-noite. A conversa é ao mesmo tempo inócua e confusa. Você diz que eu sou o único homem em quem acreditou. Pergunto se ainda acredita. Você responde que precisa de tempo. No fim, digo que o que é grave não é a mentira, o acidente, as consequências, mas o fato de haver trepado com outro homem. Não consigo suportar isso. Não quero nunca mais que o sexo de outro homem entre em você. Nunca mais.
Está dizendo isso porque sabe que me faz bem?
Digo isso porque é verdade. E essa frase, subitamente, me parece violentamente erótica: nunca mais outro pau a não ser o meu em você.

Na manhã seguinte, sento-me no terraço com a minha mãe para um último café antes de pegar a estrada de novo. Silêncio, tilintar de colheres, mal-estar. Então, de repente, sem olhar para mim: Emmanuel, sei que tem a intenção de escrever sobre a Rússia, sobre sua família russa, mas peço-lhe uma coisa, não toque no meu pai. Não antes da minha morte.

É estranho, mas eu esperava por isso. Esperava que ela me dissesse isso um dia, e inclusive esperava por esse momento preciso, quando o silêncio se prolongou. Permaneço então um instante calado, depois digo que entendi, entendi, mas que é um pedido terrível da parte dela, que significa me matar como escritor.

Você está completamente louco, só se interessa por suas origens russas, há mil outras histórias interessantes para contar, não entendo o que o leva a querer desenterrar esta.

Mas, mamãe, se me tornei escritor foi para poder contá-la um dia, para terminar um dia com ela. Se existe uma coisa proibida de contar, você há de convir que fatalmente é justamente ela que podemos e devemos contar.

A história não é sua, é minha. Aliás, você não sabe de nada, Nicolas não sabe de nada, eu é que sou a única depositária e quero que ela morra comigo.

Está enganada: talvez eu não saiba de nada, mas é minha história também. Ela atormentou a sua vida, depois atormentou a minha e, se continuarmos assim, vai atormentar e destruir a dos meus filhos, seus netos, é assim que acontece com os segredos, envenenam diversas gerações.

Espere eu morrer.

Nesse instante, constato que Jean-Baptiste, esparramado numa cama do quarto de crianças que dá para o terraço, deve ter escutado a conversa toda, aquela história de segredo que envenena todo mundo e que o envenenará por sua vez. Só consigo balbuciar um patético: tudo bem?, exatamente como ele, depois ponho minha bagagem no porta-malas do carro e peço que todos fiquem sentados, segundo o costume russo quando alguém está de partida. Isso dura menos de dez segundos, minha mãe se levanta imediatamente para pegar Jean-Baptiste que eu acomodara no meu colo — rápido, separá-lo do pai louco —, e parto sem que ninguém me pergunte para onde ou quando voltarei. A urgência, para eles e para mim, é que eu desapareça.

No carro, subindo para Paris, penso na primeira viagem que fiz à Rússia, com a minha mãe. Convidada para um congresso de historiadores em Moscou, ela decidira me levar. Eu devia ter dez anos. Amava mamãe — na época era mamãe, não mãe — com um amor absoluto e confiante, de maneira que uma viagem sozinho com ela, para um país distante, o país de onde ela vinha, era sem dúvida o que mais me entusiasmava no mundo.

Ocupávamos um quarto com duas camas no imenso Hotel Rossia, local do congresso. Ela me levava a toda parte, eu ouvia as palestras comportadamente. Ela era toda minha, eu todo dela. Era uma intimidade constante, uma viagem de namorados. De manhã, percorrendo os intermináveis corredores do hotel, nos dirigíamos para uma das numerosas *stolovye*, onde era servido o café da manhã e onde oficiavam *diejurnye* horrorosos dos quais zombávamos sem parar. Mamãe gostava de rir, particularmente comigo, mas precisava rir de alguém. Precisava que as pessoas fossem um pouco ridículas para que sobressaísse quanto éramos, ela e eu, inteligentes, cultos, irônicos, em suma, superiores. Quando havia uma pausa nas atividades do congresso, íamos passear. Visitamos o Kremlin, e Novodiévitch e Zagorsk, bem como Vladimir e Suzdal. Eu gostava muito, na Praça Vermelha, do monumento a Minin e Pojarski. Não me lembro muito bem quem eram ao certo esses heróis, mas seus nomes davam vontade de rir, eu os chamava de Mimin e Pirojki e me apelidava a mim mesmo de Senhor Mimin, subindo aos céus quando minha mãe utilizava esse apelido. Eu já era Manuchok para ela, existia na família uma espécie de canção infantil que Nana improvisara e que meu pai não se cansava de cantarolar em sua versão francesa: "*Manu, viens chez nous...*", mas o que me agradava mais, sem dúvida porque era apenas entre nós dois, era ser o Senhor Mimin para mamãe.

Durante esse congresso, mamãe conheceu um homem de quem não me lembro de nada, a não ser que era moreno, atarracado, e que a convidara para ir ao seu quarto a fim de saborear um conhaque do Daguestão. Estendia-se a mim o convite?, era o que não estava claro, ainda que estivesse claro que o homem preferia beber seu conhaque a sós com ela — em todo caso, ela declinou educadamente. Contudo, o encontrávamos na *stolovaya*, tomávamos chá e café com ele, em suma, estávamos frequentemente os três juntos. Era visível que aquela francesa trigueira lhe agradava, mas ele não demorou a se dar conta de que o filho constituía um obstáculo insuperável. No seu lugar, eu teria detestado aquele menino pedante e grudento. Eu, porém, Manuchok, Senhor Mimin, acho que não dava a mínima. Aquela mulher bonita que atraía os homens era minha mamãe, eu era seu favorito e não duvidava que ela preferisse dormir comigo no nosso quarto a seguir um estranho até o dele para beberem conhaque daguestanês. Na época eu não via os outros homens como ameaça. Estava convicto do amor exclusivo de mamãe e, por essa razão, não sentia ciúmes. Ainda hoje é assim: tenho certeza de que a mulher que me ama me ama exclusivamente, independentemente do que eu faça não cessará de me amar — mas se isso vier a se revelar falso, enlouqueço.

Quando chego em casa, você está tomando banho. Tiro a roupa, me enfio em cima de você na banheira. Nos encaixamos bem, a água está quente, acaricio suas pernas, seus pés que repousam sobre meus ombros, fecho os olhos, sinto-me protegido. Devo ter cochilado por um instante, lembro-me quando acordei de uma conversa calma, com longos intervalos entre cada frase, uma conversa que o cansaço ameniza bastante. Mas em seguida saímos para jantar na Rue des Abbesses, tomo vinho branco atrás de vinho branco sem tocar no prato e me torno odioso. Digo que, você que é tão ciumenta, mesmo assim você achou um jeito de me enganar um ano inteirinho. Que você não é a mulher que dispensou todo mundo, mas a mulher que todo mundo dispensou, aquela com quem trepamos bêbados no fim de uma festa e depois esquecemos. Que seus amigos são o fim da picada e seus amantes também. Não poupo ironias a respeito de Arnaud, tão comportadinho, tão confiável que chega a dar enjoo. Imagino você, daqui a dez anos, vivendo num conjunto de subúrbio com seu extremoso marido que dá um brilho no carro aos domingos e a quem você trai o máximo que pode, aliás, não, não mais o trai, você não é mais tão jovem, tão bonita. Digo: o amor que sinto por você é como uma droga, vai demorar mais do que pensava para me desintoxicar dele mas vou conseguir, não se preocupe, aliás também não me preocupo com você, você vai continuar conhecendo homens mais confiáveis que eu, Arnauds sem fim, coitadinho do Arnaud, sinto muito por você. Encho-a de desprezo e de ódio, você me escuta sem responder. Apenas num determinado momento me fala do sorriso pavoroso que viu no meu rosto quando cheguei do consultório do dr. Weitzmann.

Mas esse sorriso pavoroso foi você que, mentindo como mentiu, estampou no meu rosto.

Apesar de tudo, você parecia feliz da vida com a minha desgraça...

Volto bêbado repetindo que não quero mais tocá-la, que você me enoja, vou me deitar na cama de Jean-Baptiste com a impressão de estar fazendo, a princípio, uma cena pueril à espera do momento de me sair dessa sem cair no ridículo. De madrugada, você vem me buscar, me faz voltar para nossa cama, volto a dormir enlaçado em você, encolhido, seus seios nas minhas mãos, e sonho um sonho atroz no qual um garotinho descobre que está prestes a virar um deficiente mental. Ele chora, revolta-se comigo, fico consternado, impotente, e tudo que consigo lhe dizer é: você não será infeliz porque não terá consciência disso.

Você sai para trabalhar, fico sozinho. Estou de ressaca, fumo desbragadamente. Para me ocupar, faço uma limpeza nos novos e-mails baixados. Quase mil. Uma escritora que se diz conhecida mas não dá o nome deseja manter comigo uma correspondência velada sobre o tema: até onde um escritor pode condenar seus conhecidos ao opróbrio público, sacrificá-los ao seu próprio gozo? Ela está convencida de que a novela teve consequências terríveis na minha vida e na nossa relação, se a heroína for de fato minha companheira, e não uma amante eventual. Não aprecio nem os mistérios nem o tom dessa mensagem, mas ela toca o cerne da questão. Pergunto-me se escrever, para mim, significa necessariamente matar alguém.

Daqui a três dias devemos partir para a Córsega, onde alugamos uma casa com meus amigos Paul e Emmie. Iremos de fato? E, em caso afirmativo, que fazer daqui até lá? Não tenho mais nada a registrar neste arquivo, respondi aos poucos e-mails que senti vontade de responder e qualquer outro trabalho é impossível. Escrever nossa história, é cedo demais para isso, a supor que a ponha no papel um dia. Escrever sobre a Rússia, sobre o meu avô, minha mãe me proibiu de fazê-lo e não adianta eu ter certeza, certeza absoluta de que mais dia, menos dia, de uma forma ou de outra, para viver, vou ser obrigado a transgredir sua vontade, não consigo, fico imobilizado. Repeti comigo mesmo diversas vezes que o outono de 2003, quando eu atingisse a idade do meu avô, seria a data da minha libertação, mas é igualmente possível que eu consume por minha vez seu destino, que o morto sem sepultura se vingue de mim e que eu desapareça.

Sinto medo.

Descubro na lista o número do telefone de Arnaud, que disco na esperança de que ele não esteja em casa numa hora dessas. Ouço o recado da secretária. Ele tem a voz de um homem bem jovem, uma voz mal impostada mas sem pose, a voz de alguém que não tenta se passar por outro. Não há nessa voz nenhuma ironia, nenhum distanciamento de si nem do seu papel, nenhuma suspeita de que se possa desempenhar um papel na sociedade, mas uma espécie de imediatismo ingênuo, entusiasta. É a voz de um rapaz que não se mira infindavelmente num espelho, que alimenta projetos realizáveis, que deposita confiança nos outros e lhes inspira confiança: o oposto do que eu era na idade dele e do que ainda hoje sou.

Vasculho suas coisas, descubro numa gaveta da sua escrivaninha um caderno no qual de tempos em tempos você elaborou listas de tarefas a realizar, livros a ler, mas também, brevemente, anotou o que a atormentava. No último outono, você se perguntou, em duas colunas, o que perderia e o que ganharia me trocando por Arnaud. De um lado, entendimento sexual único, momentos de felicidade intensa, amigos mais brilhantes, mas sou complicado, egocêntrico, não confiável; do outro, ternura, confiança, lealdade, filhos — nomes dos nossos filhos? Adiante, estamos em junho, estou em Kotelnitch e é aniversário de Arnaud, a quem, depois de muita hesitação, você telefona para dar os parabéns. Você não falava com ele desde que haviam rompido. Vocês se reencontram. Ele continua apaixonado por você, mas como você não lhe deu nenhuma esperança, ele tenta esquecê-la. Ele arranjou uma namorada e isso, você registra francamente, você não suporta.

É o ponto que ataco quando você volta, esgotada, do trabalho. Também estou esgotado por ter ficado girando em círculos, explorando e peneirando, mas tive tempo de preparar minhas frases, as quais pretendo que sejam as mais ofensivas possíveis, e meu cavalo de batalha, esta noite, é Arnaud. Coitadinho do Arnaud. Um rapaz ingênuo, vulnerável, que a ama apaixonadamente e a quem você usa inescrupulosamente para enfrentar seus problemas comigo. Uma segurança, no caso de eu abandoná-la. Quando não estou aqui, ou quando não estamos bem, você recorre a ele mas não lhe dá nada, apenas falsas esperanças. Se ele tem uma namorada, você fica furiosa e volta a ir para a cama com ele para se certificar do seu poder. Já comigo, que você ama, o mínimo que se pode dizer é que não se comportou bem, mas com ele você é literalmente nojenta.

Você me escuta. Se cala. Troca de roupa, prepara um jantar, sigo-a de um cômodo para o outro insultando-a. No fim, você me diz: o que é verdade, em tudo isso, é que matei um filho que estava na minha barriga porque não era seu.

Você chora.

Mais tarde, fazemos amor. Digo que te amo, que te amo mais que tudo. Você me pede desculpas por me ter feito sofrer. Quer que viajemos juntos para a Córsega, como planejado. O sono, o mar, uma cama, tempo: poderemos descansar, conversar. Digo que sim, é isso que quero também, prometo que vou me acalmar. Dormimos um colado no outro e acordo prestes a matá-la.

Deslizamos de moto numa pista no deserto. A noite cai. Eu piloto em alta velocidade, você está na minha garupa, abraçada na cintura. Eu viro um pouco a cabeça para falar com você, sou obrigado a gritar por causa do vento e da velocidade. Falo que seria ótimo se voltássemos da Córsega sábado em vez de domingo, para ter um momento tranquilo em casa antes da sua volta ao trabalho. Você responde, gritando também, que se voltarmos sábado à noite você vai preparar um jantar para mim, vai deixar um prato feito para mim. Fico surpreso. Como? Não vai estar lá? Vai sair essa noite? Você diz que sim, que tem um compromisso. Tenho a impressão de que está zombando de mim. Furioso, digo então que tenho apenas um pedido a lhe fazer, é que vá embora logo, que eu não veja mais a sua cara, que não reste um vestígio seu na casa. Rindo, você me diz que eu mudo de opinião o tempo todo. Acrescenta: vamos nos beijar, meu amor. Volto-me completamente para você, não vejo mais a estrada, ao mesmo tempo acelero. Beijo-a e mordo-a, mordo o canto da sua boca como se quisesse rasgar seu rosto. Você ri cada vez mais alto. A moto deita de lado levantando um jato de areia, anoitece, você caiu, continua a rir, metade do rosto arrancada, e começo a lhe desferir pontapés. Quero esmagá-la, matá-la a pontapés. Você ri, me desafia, e mato você.

Levanto-me tremendo, vou fumar um cigarro no escritório. Ainda é noite. Escrevo esse sonho no arquivo em que registro tudo que nos acontece. Um pouco solenemente, constato que ele marca o início do luto. Não quero que você morra, mas quero matar meu amor por você, que me faz sofrer além da conta. Você vai continuar a mentir, a trair. Quando a ouço dizer: meu amor, ouço também: Véro não quer falar com você. Começo a preparar frases cruéis, mas volto atrás: não convém ser cruel, apenas triste e firme. Sinto muito pelas férias, é melhor eu viajar sozinho para a Córsega, peço que se mude até a minha volta. Espero que seu talento para mentir como você mente lhe permita montar rapidamente um roteiro no qual foi você quem me abandonou porque sou um sujeito horrível, egocêntrico, perverso, tudo que quiser. Fique sossegada, não vou desdizê-la. Pense no que pode ajudá-la a se olhar no espelho de manhã, tudo que lhe peço, da minha parte, é que vá embora. Se Arnaud ainda lhe quiser, agarre essa chance. Ligue de novo para ele para lhe dizer: meu amor, escolhi, estou deixando Emmanuel, é você que eu amo. Recomece com uma mentira, no ponto a que você chegou não existe outra coisa a fazer.
Não. Não ser cruel.
Essa inclinação me preocupa, é quando ainda se ama que se é cruel, e receio evidentemente os retornos do desejo, mas esta noite tenho certeza de ter tomado a decisão certa. Vou comunicá-la amanhã. Nunca mais nos veremos. Ficarei sozinho no apartamento esvaziado da sua presença, das suas coisas, do seu cheiro, será doloroso, mas mergulharei no trabalho. Contarei o que aconteceu estes dois anos: o húngaro, meu avô, a língua russa, Kotelnitch e você, tudo ao mesmo tempo. Impossível publicar, sobretudo em função da minha

mãe, em função de você também, a quem não quero mal, mas não é impossível de escrever. Uma fase de retraimento, sem pedir nada a ninguém, sem procurar mulher nova a todo custo. Não ser cruel, apenas dizer que terminou. Ater-me a isso.

Claro que não acontece desse jeito. Mal comecei a falar, no tom grave e firme que treinei, já sei que minha resolução vai fraquejar e que será em vão que bancarei o inflexível, será apenas teatro, resumindo, vou me render como uma criança que vai intensificando a manha até que sua mãe a pegue nos braços. Você escuta a ladainha do meu discurso, e, embora não ria, como fez no sonho, percebo que não o leva a sério. Para início de conversa você me diz que, se tiver que ir embora, irá quando e como lhe aprouver, você está na sua casa, em segundo lugar que eu mudo de opinião o tempo todo, que combinamos ir juntos à Córsega e que faremos o combinado. Digo que, se você for, é simples, não vou eu: telefono para Paul a fim de avisá-lo. Dirijo-me ao telefone mas você me diz calmamente para não fazer isso e não levo o ridículo a ponto de completar o número para desligar em seguida. Perdi e, no fundo, prefiro ter perdido. Digo que de toda forma o amor morreu entre nós, você me responde que não, não é verdade, e sei muito bem que tem razão.

Faz oito dias que ela foi publicada, você deve ser a única pessoa que conheço a não ter lido a novela que escrevi. Você me disse que a leria na Córsega. Levantamos cedinho para fazer as malas e espreito a brochura que coloquei em destaque em cima da sua escrivaninha, esperando que você a pegue. Digo a mim mesmo que, se você a pegar, se não esquecer esse presente agora miserável, mas que apesar de tudo quero te dar, tudo ainda é possível, se não é definitivamente o fim. Você não parece vê-la. Vou fumar meu primeiro cigarro na sacada, volto até o quarto, pergunto duas vezes se não está esquecendo nada. Você percebe a importância da pergunta, mas não, não vê.

Estou esquecendo o quê, Emmanuel? Fale.

Não, não, isso não tem importância.

Digo para você no táxi, com uma risada de satisfação amarga: você não perde uma, realmente.

Mas por que você não falou?

Cabia a você lembrar. Quanto a mim, já a conheço, ora essa.

Chego ao aeroporto transbordando de raiva e, logo após a decolagem, digo alguma coisa terrível de que ainda hoje sinto vergonha. Sabe o que vai acontecer? Quer que eu lhe diga? Vamos fazer o que combinamos. Nadar, nos espreguiçar ao sol, fumar uns baseados. Será ótimo. Serei simpático, carinhoso, atencioso, farei amor com você, direi que te amo, mas vou logo avisando: vai ser uma mentira. Vou passar duas semanas mentindo para você, ao passo que a verdade são as coisas atrozes que eu lhe disse. É isso que penso de você, e é por isso que na volta vou expulsá-la. Ouviu bem? Daqui a cinco minutos, vou lhe dizer o contrário, vou lhe suplicar para não acreditar no que acabo de dizer, mas precisa saber que então estarei mentindo. Entendido? Você fecha os olhos, permanece um momento sem respirar, vejo sua barriga tremer espasmodicamente. Ao cabo de meia hora de silêncio, pego na sua mão e lhe peço perdão.

A casa, numa aldeia de montanha, dá para o mar. É antiga, as portas são abauladas, as paredes grossas, faz frio dentro, calor fora. Paul e Emmie nos recebem afáveis e risonhos, mas pisando em ovos. Como todos os nossos amigos, presumiram que a publicação da novela tivera consequências catastróficas para nós, as quais eles ignoram e sobre as quais não ousam fazer perguntas. Basta nos verem, em todo caso, para perceberem que ainda não terminou. Estavam de saída para a praia, nos convidam para acompanhá-los, digo que talvez mais tarde, e nos fechamos em nosso quarto para fazer amor. Estar dentro de você é para mim a única terra firme, ao redor a areia movediça, e durante quatro dias nós praticamente não vamos parar. Fico duas, três horas em ação, não consigo fazer outra coisa, não sinto vontade de sair da cama, de me levantar, de ir à praia, de jantar, apenas o sexo com você é possível, o desejo louco e sofrido por você. Repito que não quero que você trepe nunca mais com ninguém, digo o quanto isso é não apenas essencial, mas sexualmente excitante, a fidelidade, você diz sim, meu amor, sim. Seguro seu rosto entre as minhas mãos, vejo-a gozar, peço que mantenha os olhos abertos, você os arregala, vejo neles pavor e amor. Dormimos por espasmos, imbricados, sentindo o suor e a angústia. Até mesmo o sono é violento. Assim que não estamos mais enlaçados, torno a ser odioso, digo que para mim seu rosto inocente é o rosto da mentira, volto incansavelmente ao horror que você fez, ao horror daquelas coincidências, daquela declaração de amor penhorada. Paul e Emmie nos veem de mau humor, não entendem nada, oscilam entre o esforço para permanecer espontâneos e a tentação de falar conosco — como com resgatados de um desastre aéreo. Você apresenta um aspecto melhor que o meu, que mesmo durante as refeições não emito uma palavra. Entretanto há alguns momentos de trégua: um lago nos rochedos, uma taça num terraço onde podemos conversar calmamente. Quando duas criaturas que se amam atravessaram uma crise dessas, e cada um foi para o outro o rosto da felicidade mas também o do pavor, então tudo é possível, em suma, a confiança deve poder se desenvolver. Acreditamos nisso neste instante, digo que te amo e acredito. Uma noite preparo um ratatouille. Você diz que é comovente me ver mergulhar a comprida colher de pau no panelão, provar o refogado, você gosta da vida cotidiana comigo e que ela possa ser serena, não apenas esse furor do sexo. Mas num determinado momento, durante os preparativos do jantar, você se afasta sem me avisar para telefonar na aldeia — os celulares não funcionam nos arredores da casa. Assim que noto sua ausência, perco a cabeça. Corro em seu encalço pelas duas ruas e três escadarias que sobem para a igreja, em cujos degraus a encontro. Arranco o celular das suas mãos, xingo-a, acuso-a de me torturar, de atiçar meu ciúme, de querer me enlouquecer. Você fica transtornada, mas, em vez de me xingar de volta, me faz sentar na mureta de pedra que dá para a aldeia e me explica tão calmamente quanto pode que não, não estava ligando para Arnaud, estava ligando para o amigo corso na casa de quem você queria que passássemos dois dias, em Ajaccio. Minha fúria lhe dá medo mas você diz que entende, admite que errou saindo sem me avisar, me pede perdão. Digo que a questão não é perdoar ou não, é que não é possível viver assim. Não suporto ser o cara desconfiado, cruel, assaltado por aqueles arroubos de ódio e pânico, que enlouquece porque você se afasta um instante. Não suporto ser essa criança que faz manha e espera que a consolem, que brinca de odiar para que a amem, de ir embora para que não a abandonem. Não suporto ser isso, e a odeio por ter feito isso de mim. Apiedo-me, soluço, você acaricia meus cabelos. Sofro, me detesto, gozo por me detestar.

Vamos visitar seus amigos em Ajaccio. Ao longo de todo o trajeto, dirijo sem olhar para você e não descerro os dentes. Você gostaria que eu admirasse a paisagem, digo que estou me lixando completamente. O casal de amigos corsos é muito corso, muito cordial. Planejaram nos levar à noite a um concerto que apresentará ao mesmo tempo cantos nacionalistas corsos e cantos revolucionários chilenos. Sem fazer nenhum esforço para ser simpático, digo que não me sinto bem, que prefiro ficar sozinho.

Você me sugere me fazer companhia, recuso. Deixam uma chave comigo, vou tomar umas cervejas num bar da rua Napoleão, depois volto para fumar um baseado na sacada com vista para o porto e tento dormir. Faz muito calor, o barulho e a música dos bares sobem e entram pela janela aberta. Num certo momento, meu celular toca, vejo seu nome aparecer na tela mas não atendo. Imagino que seria ótimo sair de novo e voltar bem tarde, depois de você, para você ficar preocupada, ou então pegar o carro, rodar a noite inteira sem deixar um bilhete, mas estou esgotado, um pouco bêbado, cochilo intermitentemente até que você volte, lá pela uma da manhã. Ouço-a, seus amigos e você, conversarem por um instante na cozinha. Vocês riem e essa risada me irrita. Me irrita você não vir imediatamente para junto de mim. Quando você finalmente entra no quarto, estou virado para a parede, encolhido sob o lençol úmido. Ouço-a se despir, sinto que se deita colada em mim e me abraça, rechaço-a com nojo, rechaço a mulher que fez de mim este homem horrível. Eu a odiaria se, cansada de guerra, você se esquivasse, mas você não se esquiva, me atrai pacientemente para si. Um pouco mais tarde, você me arrasta para a cozinha para tomar uma xícara de chá e comer uma torrada. Não comi nada, você insiste para que eu coma. Seus amigos dormem. Os bares da rua fecharam. Estamos ambos nus. A cozinha é bonita, alegre, pintada de amarelo com brocha, com uma espécie de azulejos. Observo-a, nua, preparando o chá, e vê-la se mexer nua, bronzeada, tão linda, me faz sonhar com a vida que seria possível com você. Já falamos disso, de ir morar em algum lugar no Sul. Você arranjaria um emprego simpático, eu escreveria, teríamos novos amigos, meus filhos viriam para as férias, nossa vida cotidiana seria serena, eu a veria indo e vindo, nua, talvez nua e grávida, numa casa que poderia se parecer com esta. Como seria bom! E como seria fácil, se decidíssemos! Mas eu me conheço, não demoraria a me ver na pele do cara que uma mulher fora do seu círculo, ciumenta e possessiva, isola de tudo e transforma em pacato caipira, secretamente amargurado. Eu acharia isso horrível. Acho tudo horrível. Bebemos nosso chá, você sorri para mim, está linda e lhe digo que me sinto péssimo, que não vou ficar. Daqui a pouco, depois de dormir um pouco, vou pegar o carro e voltar para Novella. Você suspira, não discute. Acrescento: escute, se ficarmos juntos, você não pode conservar a sua saída de emergência. Ou você a fecha, ou a atravessa. Ou você deixa de ver Arnaud definitivamente e acaba com as esperanças dele, ou cai nos braços dele, mas pare de jogar dos dois lados. Isso é importante, gostaria que refletisse.

Você balança a cabeça.

Voltamos para a cama. Não fazemos amor. A última vez foi na véspera, antes de partir, e ocorre-me que talvez tenha sido efetivamente a última.

Em Novella, Paul e Emmie ficam um pouco perplexos ao me verem voltar sozinho. Bebo muito no jantar e lhes conto toda a história. Embora ainda não a tivesse contado a ninguém, já sei que há duas maneiras de contá-la. À primeira, o interlocutor reage dizendo: tem razão, essa garota é mentirosa, possessiva e infiel, o melhor que tem a fazer é deixá-la. E à segunda: você acaba de viver uma crise muito violenta, mas pelo que entendo do que diz, vocês dois se amam, então supere isso, relaxe, seja feliz. Esta noite, conto a segunda versão, mas passarei de uma à outra, nos dias seguintes, ao sabor dessa oscilação pendular que é meu sintoma, o mais insuportável de todos.

Já é tarde quando você liga. Seus amigos corsos a levaram para passar o fim de semana em sua aldeia de montanha e você fica muito mal. A casa é opressiva, os amigos, de um entusiasmo insuportável, como você não dirige, depende do carro deles, o celular não funciona e o único telefone situa-se no meio da sala de jantar, onde o pessoal se reúne para tagarelar sem parar. Felizmente, acabam de sair para a festa da aldeia, você finalmente consegue um momento de solidão. Você treme, chora, está com medo. Não para de pensar no que lhe pedi antes de deixar Ajaccio: esqueça a saída de emergência, ou então a use. Você diz que não pode me prometer isso. Se não pode ter confiança em mim, vai voltar para Arnaud, é inevitável.

Então faça isso agora. Fique com ele.

Mas, Emmanuel, eu te amo.

Você me ama, mas é Arnaud que te ama como você quer ser amada e como eu não posso prometer amá-la. Se me trocar por ele, vai ter que correr um risco, não pode olhar para trás, só assim talvez possa ser feliz.

Detesto quando você fala assim. É cruel. Você pode se dar ao luxo de me empurrar para Arnaud porque sabe que amo você e que se o deixasse seria para um dia voltar. Se eu fizer isso, terá sido com essa meta, ficar com você sem sentir esse medo incessante de você me deixar, porque lhe terei mostrado que era capaz de deixá-lo.

Se escolher Arnaud pensando assim, não vale a pena. Mas isso é o que você está pensando agora, comigo. Se estivesse com ele, seria diferente. Talvez o que esteja acontecendo agora já não seja mais a nossa história pessoal, mas a de vocês dois.

Não fale assim, por favor, não fale assim.

Sophie, não estou falando isso ironicamente, juro. Quero seu bem, e seu bem não sou eu. Estou muito ressentido, com muita raiva de você e mesmo antes do horror desse verão eu nunca consegui lhe inspirar confiança. Eu queria que você fosse feliz, e, se é com Arnaud que pode sê-lo, então desejo isso ardentemente, e lhe prometo uma coisa, uma só, é que, a partir do momento em que você tiver optado por me deixar, não estarei mais aqui, acredite em mim, você nunca trairá Arnaud comigo, com outros se quiser, não posso fazer nada, mas comigo, não. Não vou interferir no relacionamento de vocês, nunca serei sua saída de emergência.

Mas não quero que você seja minha saída de emergência, quero morar com você, quero um filho seu e o que percebo de imediato é que, para que um dia isso venha a ser possível, preciso de um tempo. Acho que estou ficando maluca. Estou péssima. Pior que péssima.

Também estou péssimo, provavelmente vou ficar ainda pior que você. Você vai para os braços de um homem que está à sua espera, vai começar vida nova, quanto a mim, ficarei só, para mim, fazer amor significa fazer amor com você, o apartamento na Rue Blanche não tinha fantasmas, agora tem um, portanto, não duvide, preciso de coragem para não lhe fazer promessas que não tenho certeza de cumprir. Fiz você sofrer mas nunca menti, não é agora que vou começar.

Eu te amo. Sei que você é o homem da minha vida.
Não sabe. Talvez seja Arnaud. Você vai correr o risco.

Durmo bêbado, anestesiado pelo álcool. Abro os olhos por volta das nove horas, permaneço prostrado na cama até o meio-dia. Fico completamente imóvel, como se o sofrimento fosse um animal dentro de mim, que o menor movimento o despertaria. Emmie, através da porta, me avisa que Paul e ela estão saindo para um programa, respondo com um resmungo indicando, na falta de outra coisa, que ainda estou vivo.

No início da tarde, você me liga. Diz que está retornando a Paris. Fará a mudança no fim de semana.

Ótimo.

Em todo caso vamos precisar nos falar para que você saiba o que estou levando.

Pegue o que quiser, apenas gostaria que me deixasse duas ou três fotos suas e de nós dois. E acho que é melhor não nos falarmos mais.

Tudo bem. Mas saiba que tenho a impressão de estar fazendo uma grande burrice e de não poder fazer de outra forma.

Os dias que se seguem são atrozes. Também tenho a impressão de estar fazendo uma enorme burrice. Imagino minha volta a Paris, o apartamento esvaziado da sua presença, os meses de saudade a me perguntar por você, o que sente, o que diz a Arnaud quando faz amor com ele. Eu gostaria de ligar para você, dizer que isso não é possível, te amo, volte, mas sei que bastaria você voltar para disparar novamente na minha cabeça o circo infernal: eu a mandaria embora, você se afastaria de novo, eu lhe suplicaria de novo, o melhor é acabar com isso.

Penso no seu dorso na minha frente quando dormíamos encolhidos. Penso no horrível Philippe de Nice. Tenho vontade de acariciar suas costas, roçar com meus lábios a penugem loura entre as omoplatas, afastar delicadamente suas nádegas no seu sono e penetrá-la, sempre úmida para mim.

Não ser mais olhado por você significa a feiura, a morte. Gosto que você me ache bonito, eu era bonito com você, gostava do meu corpo, do meu sexo, você dizia meu pinto, eu dizia meu pau, você também passou a dizer meu pau. Você me observava levantando da cama de manhã para ir preparar o café da manhã, em geral eu estava com tesão, eu estava com tesão o tempo todo por você, e você dizia: meu pau, é o meu pau, sorrindo. São as palavras de amor de que mais gostei na vida.

Seu rosto quando você gozava. Suas palavras quando eu gozava. Emmanuel, está vindo, consegue sentir como está vindo em mim? Recentemente me ocorreu que você dizia as mesmas palavras a todos os homens, que seu feitiço sobre os homens consistia em fazê-los sentir que a faziam gozar como ninguém a fizera gozar antes. Não acredito que isso seja verdade. Acredito, por exemplo, que ninguém a chupou como eu, que você nunca se entregou a isso como comigo. Foram palavras suas, e sei que poderia se entregar ainda mais se tivesse tido plena confiança, e teria sido o paraíso, acho que para conseguir isso eu teria me casado com você, feito um filho em você, eu tinha tanta vontade de fazer amor com você grávida, e outro o fará, mas não igual a mim.

Quando penso em Arnaud agora, digo comigo que de nós dois é ele quem tem o lugar mais invejável. Ele sabe o que quer. Sabe amar. Merece você.
Eu queria merecê-la, ainda que saiba ser tarde demais. Eu queria escrever, na ausência e na saudade, um livro contando nossa história, nosso amor, a loucura que se apoderou de nós este verão, e que esse livro a fizesse voltar.
Eu gostaria que houvesse uma segunda primeira vez.

6

Foi Sacha Kamorkin quem avisou Sacha, nosso intérprete, e Sacha, por sua vez, quem avisou Philippe, que me telefonou. Ania estava morta, assassinada junto com o pequeno Lev. Por quem, por quê, como, Philippe ignorava. Sabia apenas que isso acontecera uma semana antes, no dia 23 de outubro de 2002, e que no dia seguinte haveria a celebração, muito importante entre os russos, do nono dia de luto. De Moscou, onde morava, ele podia pegar o nosso trem noturno habitual e chegar a tempo. Aprovei, achei que seria bom marcar presença.

Eu começara a montagem do filme naquele outono. Decidira-me a isso, na falta de outro projeto, para driblar a angústia que não me largava mais depois da partida de Sophie. Eu não esperava muita coisa desse trabalho, mas enfim era um trabalho, um motivo para me levantar, ir a algum lugar, encontrar alguém. Chegava de manhã, ocupava meu lugar perto de Camille, minha montadora, diante da tela do computador e olhávamos, rolo após rolo, tudo que Philippe filmara no mês de junho em Kotelnitch. Eu trouxera as cadernetas, nas quais, enquanto ele filmava, eu mantivera meu diário. Lia-o em voz alta, de maneira que às imagens superpunham-se minhas impressões da época, depois a essas impressões e a essas imagens os comentários que eu fazia na sala, pois de toda forma eu precisava explicar a Camille quem era quem, o que acontecera antes e depois de cada sequência, tudo que lá era evidente para nós e de que nem os copiões nem o diário bastavam para dar conta. Eu me deliciava com esse comentário porque ele apaixonava Camille e porque eu via Kotelnitch aproximar-se cada vez mais dela, como se também ela houvesse passado uma temporada por lá. Ela se orientava pelas ruas, preferia o

Troika ao Zodiac, esperava rever determinado personagem que, na festa da cidade, achara simpático. Sem antecipar sua forma nem seu conteúdo, ela não duvidava que haveria um filme na chegada. Eu é que não acreditava nisso. Mal via como, daquelas imagens talvez suficientes para montar um documentário sobre a vida cotidiana numa cidadezinha russa, pudesse sair alguma coisa que desse forma ao que me obcecava: alguma coisa que fizesse o papel de pedra tumular para o meu avô a fim de que, atingindo a idade da sua morte, eu me libertasse do seu fantasma, pudesse finalmente viver.

Se Ania tivesse morrido num acidente de carro, isso teria me entristecido muito, claro: eu gostava muito dela. De todas as pessoas que conhecemos em Kotelnitch, foi a ela e Sacha que mais me apeguei, no início porque os achava misteriosos e, depois também, quando esse mistério perdeu a novidade, pois eles continuavam mais complicados, mais solitários, mais sofridos que os demais. Sua morte violenta, que presumo atroz, me encheu não de tristeza, mas de horror. E o núcleo desse horror é a maneira como, pela segunda vez em alguns meses, o real corresponde à minha expectativa. Imaginei nessa primavera um enredo romântico que devia tomar corpo no real e o real o frustrou, oferecendo-me um outro que devastou meu amor. Passei meu tempo, em Kotelnitch, na expectativa de que acabasse acontecendo alguma coisa, e pronto, alguma coisa aconteceu, e o que aconteceu foi isto: esse horror.

O que é horrível também é que a morte de Ania e do filho torna o filme possível. Agora ele conta alguma coisa. Vamos voltar a Kotelnitch para o quadragésimo dia, que é o momento mais importante do luto, quando a alma dos defuntos deixa definitivamente a terra e sobe aos céus. Antecipo que não vamos poder filmar Sacha e a família: não vão querer, não vão ter coragem. Mas filmaremos a cidade no inverno, a neve, as árvores secas, o jardim perto da estação onde Ania e eu cantamos nossas cantigas de ninar para o pequeno Lev. Essas imagens, sobre as quais narrarei o que se passou, fecharão o filme.

Em Moscou, pegamos nosso trem habitual, mas, em vez de desembarcar em Kotelnitch, continuamos até Viatka, onde mora a mãe de Ania. Ela não tem telefone, impossível avisá-la da nossa visita. Do centro, onde se situa nosso hotel, vamos de táxi, num trajeto longo, até uma distante periferia onde conjuntos habitacionais brejnievianos alternam com pequenos casebres de madeira, semienterrados na neve. Ainda levamos um tempo até encontrar a entrada externa, o corredor do andar, a porta acolchoada com falso couro rasgado. Tocamos, tocamos de novo, em vão. Resolvemos esperar. O termômetro indica vinte e cinco graus negativos do lado de fora e não faz mais calor que isso no corredor de pintura esverdeada, iluminado por uma lâmpada nua, crepitante, de voltagem bem fraca. Nossos rostos também estão esverdeados sob nossos capuzes, nuvens de vapor saem de nossas bocas. Ouvimos no prédio o barulho súbito de água correndo pelos canos, falatórios distantes. Sacha está de mau humor. Sente uma raiva antecipada de Philippe e de mim. Aceitou nos acompanhar nessa terceira viagem, mas ela não lhe vaticina nada de auspicioso: ele preferiria que tudo se desse entre russos, sem observadores estrangeiros. Mesmo antes do drama, por ocasião da nossa viagem precedente, ele me deu a entender que eu estava metendo o bedelho onde não era chamado. Quando, diante de uma reticência, eu lhe pedia que traduzisse, ele dava de ombros: de toda forma, eu não conseguia entender. Por diversas vezes, ele suspira, diz que a velha não virá, que é melhor voltar para o hotel, mas no fim de duas horas de espera as portas do elevador se abrem guinchando e ela aparece. É uma mulher minúscula de rosto enrugado, envolvida numa pesada peliça. Ao nos ver os três no corredor, fica com medo: três estranhos à sua porta, três possíveis inimigos. Então reconhece Philippe e seu rosto se ilumina, beija-o com efusão. Ele nos apresenta, ela me beija também: Ania lhe falou muito de nós. Contou que eu era neto do último governador de Viatka, e ela fica perturbada, mas também com vergonha de receber personagem tão relevante em sua sórdida morada. Perdão, ela repete, perdão, por favor, pela minha pobreza. Sou uma mulher miserável, sinto vergonha de mim, vergonha da minha casa. Nos faz sinal, abrindo caminho, para não fazer barulho: não convém que os vizinhos percebam que estamos ali. Tem medo deles, medo de todo mundo, e depois esses vizinhos não sabem de nada: nem acerca da morte de sua filha e seu neto, nem das suas relações com franceses. Ela não disse nada, apenas seus parentes próximos têm conhecimento, ela prefere não dizer nada a ninguém, como se essa tragédia fosse vergonhosa, como se sua filha tivesse matado alguém em vez de ter sido morta, ou como se ela fosse muito pobre para se permitir ter uma filha assassinada. No cômodo único, ela nos faz sentar em volta da mesa, mas sem ruído, como clandestinamente. Diz que vai fazer chá, mas traz da cozinha uma garrafa de vodca com um salame e nos serve em copos grandes, que enche até a boca. Como, depois de um gole, faço menção de dar um tempo no meu, ela franze as sobrancelhas e com um gesto imperioso me ordena que desça tudo goela abaixo. Não tenho escolha, obedeço, ela me serve novamente, compreendo que já está bêbada e que vamos ter que acompanhá-la. O que ela me diz me escapa pela metade, ainda mais que fala muito rápido, com extrema brusquidão, e Sacha, que está confortavelmente encaixado numa poltrona e parece completamente decidido a se embriagar, traduz para mim apenas o que acha oportuno, e ainda com extrema negligência. Philippe, por sua vez, sacou a câmera da bolsa e começa a filmar nossa conversa sem que ela proteste a não ser pro forma, e como se fosse um jogo entre eles. Philippe! Não filme! Sou feia, sou velha, minha casa é pavorosa... Ao admoestá-lo, ela é de uma ternura que me comove. Não esquece que ele viera para o nono dia, que ficou ao seu lado diante do túmulo, que naquele dia ele nos representou, nós os franceses que sua filha havia amado. Ela falava o tempo todo de vocês, diz, o tempo todo. Ela dizia que a vinda de vocês a Kotelnitch era como um conto de fadas, como um conto natalino. Ela gostava tanto de vocês e ficou tão infeliz por decepcioná-los...

Nos decepcionar? Ela nunca nos decepcionou, do que está falando?

Ora, sabe muito bem, você finge esquecer porque é educado, Emmanuel, porque é um santo, porque é o neto do ex-governador, mas ela os decepcionou. Ela me disse isso, quando vocês foram à prisão de menores, ela não entendeu o que aconteceu mas não deve ter traduzido direito, a minha filhinha, porque depois você ficou zangado, ela percebeu claramente que você estava zangado, e ela, coitada, ficou tão chateada por não ter trabalhado direito...

Ao escutá-la, fico estarrecido. Lembro-me perfeitamente dessa visita à colônia penitenciária onde Ania foi o bode expiatório do meu mau humor. Eu achava que aquilo não fosse grave, um pequeno instante de atrito e mal-entendido e, a crer na mãe, esse pequeno instante de atrito e mal-entendido assombreou sua vida, até a morte ela não parou de remoer isso e se perguntar por que merecera aquele descrédito.

E depois ela tinha vergonha, insiste Galina Sergueievna. Ela vivia em função da presença de vocês, ela respirava através dessa presença, você pode entender isso, Emmanuel, e tinha vergonha por causa dos duzentos dólares que recebeu de vocês, porque para ela era como se os tivesse roubado. Já havia um intérprete com vocês, então para que ela? Para quê?

Não, não é absolutamente isso, corrige Sacha, a quem agradeço por expor a versão oficial. Eu tinha outros compromissos, contatos na cidade, realmente precisávamos dela. Ninguém roubou ninguém, não se preocupe com isso...

E como quer que não me preocupe? Ela se preocupava o tempo todo. Ela achava que você a detestava, Sachulia, por estar tentando roubar seu lugar. Achava que vocês a tomavam por uma intrigante, uma moça que se insinua e tenta roubar o lugar dos outros e que recebe dinheiro sem motivo... Sabem o que ela comprou com aqueles duzentos dólares? Comprou jeans e produtos de beleza. E também máscaras, máscaras de papel...

Máscaras de papel? Mas para quê?

Para mim, para que eu usasse quando ela deixava Levotchka comigo... Porque eu trabalho nos Correios, então vejo muita gente, de trás do guichê, e Aniutotchka tinha medo dos micróbios e queria que eu usasse máscara quando cuidasse de Levotchka... assim.

Remexe numa gaveta, tira máscaras do tipo usado nas alas de cirurgia. Desajeitadamente, estica o elástico atrás da cabeça, prende os cabelos grisalhos metálicos, desce a máscara branca no rosto, e de repente, com a ajuda do álcool que não parou de correr, é uma visão de pesadelo, aquela mulherzinha bêbada, mergulhada no desespero, agitando-se no meio do seu sinistro conjugado com sua máscara branca de hospital, e gritando, e começando a chorar: foi assim que Levotchka viu sua avó, sempre assim, de máscara, eu não tinha o direito de sorrir para ele, de beijá-lo, porque precisava sempre esconder a boca, por causa dos micróbios que eu podia pegar no correio... Ralhei com ela por essas compras estúpidas. Ralhei, ralhei, ralhava o tempo todo com a minha filhinha. Disse o que ela deveria ter comprado com aqueles duzentos dólares. Sabe o que ela deveria ter comprado? Uma porta. Uma porta nova. Era isso que ela devia ter feito, comprado uma porta nova para o apartamento deles. Porque essa porta, na casa deles, é como se fosse de papelão. No térreo, nessa cidade de doentes, Kotelnitch! Eu repetia o tempo todo: Sacha, precisa mudar essa porta, é um perigo, é de papelão, e ele dizia que ia fazer, mas quem acreditava! Ele nunca tinha tempo. Trabalhava sem parar, era sua desculpa, mas sei que ia visitar suas amantes... Eu tinha dito, minha filhinha, esse aí não vale nada, ele não olha nos olhos, ele esquiva o olhar, ele se lixa para tudo, e ele se lixava para tudo, ele se lixava claramente para sua filha e seu filho morarem numa casa com uma porta de papelão numa cidade em que há loucos espalhados por toda parte... O assassino só precisou dar um pontapé para entrar, pegou o machado e fatiou os dois com o machado!

Fatiar com o machado, isso se diz *toporom sutkat'*. Eu não sabia, Sacha traduziu para mim abaixando a cabeça com uma expressão aflita. O que dizia Galina Sergueivena das circunstâncias do assassinato era confuso, mas, valendo-me do que me contou Sacha Kamorkin três dias depois, pude reconstituir o seguinte: na tarde de 23 de outubro, Sacha, em seu escritório, recebeu um telefonema de Ania, aterrada. Estava sozinha em casa com o pequeno Lev quando um desconhecido bateu à porta. Ela se recusou a abrir e ele começou a dar pontapés para arrombá-la. Sacha, sem perder o sangue-frio, disse à mulher que ocupasse o intruso, que conversasse com ele: estava correndo para lá. O trajeto tomou-lhe cinco minutos, mas quando, acompanhado por dois colegas, transpôs o umbral, já era tarde demais: Ania havia sido estrangulada com o fio do telefone, depois ela e o bebê foram massacrados com o machado que eles deixavam na entrada para cortar lenha. O sangue, os miolos, as vísceras haviam se espalhado pelo cômodo inteiro. Enquanto Sacha desmoronava berrando diante dos cadáveres, seus colegas se lançaram na perseguição do assassino. Este pisara no sangue, deixara rastros espalhados, também não precisaram mais do que cinco minutos para descobri-lo no porão, onde se escondera.

Era um sujeito conhecido na cidade, pai de dois filhos, empregado como forneiro na panificadora industrial, sem ficha na polícia. Não tinha nenhum vínculo com Sacha nem com Ania. Durante seu primeiro interrogatório logo após o ocorrido, disse ter ouvido vozes que lhe ordenavam que matasse uma mulher e uma criança e, quando entrou no apartamento, tê-las visto ambas brilhar. Elas brilhavam, ele repetia, *ani svietilis'*. Também dizia ter bebido, mas o exame prontamente realizado concluiu que não havia álcool no sangue. E quando, no dia seguinte, foi submetido a uma avaliação psiquiátrica realizada pelo nosso conhecido dr. Petukhov, não se tratava mais nem de voz nem de brilho: não se lembrava de nada.

Foi o que captei vagamente nessa primeira noite na casa de Galina Sergueievna. Entre as palavras que voltavam incessantemente em seus gritos e choros, nem todas compreendidas por mim, havia *toporom stukat'*, mas também *palatch*, e quando perguntei a Sacha o significado de *palatch*, ele não abaixou a cabeça, mas a balançava com aquele ar de irritação que eu conhecia bem, insinuando que na sua opinião aquilo não era da minha conta, e tive muita dificuldade para fazê-lo admitir que era um matador de aluguel. Um matador de aluguel? Galina, apesar da bebedeira, acompanhava com uma atenção curiosa o que ele me traduzia, movia a cabeça de mim para ele, dele para mim, depois balançava em sinal de aprovação, e eu tinha a impressão absurda de que ela compreendia o que dizíamos. Finalmente me avaliou com uma gargalhada de triunfo demente, como se após renhida luta houvesse obtido de Sacha que confirmasse suas palavras, e repetiu *palatch, palatch*.

Mas como assim, *palatch*? De acordo com suas palavras, aquilo se parecia com tudo menos um crime de encomenda. Só um louco, eu disse, um fanático ou um sádico para *toporom stukat'* uma jovem mulher e seu filhinho...

Nova gargalhada de Galina: quer me fazer acreditar que se trata de um louco? Ela bate na mesa, aproxima seu rosto do meu, quase nariz com nariz, seu rostinho ressequido, devastado pela dor. Não! Emmanuel, não, não é um louco! Meu filho me disse: mamãe, cale a boca. Não convém dizer nada porque é muito perigoso, mas eu sei o que sei, sei que ele está se fingindo de louco. É ele o *palatch*, mas quem deu a ordem ao *palatch*? Eu poderia dizer o nome dele, Emmanuel, você ficaria perplexo.

Ela me fita, seus olhos esquadrinham os meus, depois de repente ela se empertiga, se levanta, com solenidade faz o gesto de calar a boca como se puxa um zíper. Ela sussurra: agora, é a hora do silêncio.

O silêncio reina, estamos os três atônitos diante dessa mulher embriagada e louca de sofrimento que, de pé, mãos nas cadeiras, nos desafia. Finalmente, Sacha balança os ombros, dá um gole na vodca e, com sua voz mais antipática, retruca: bom, Galia, você está dizendo que é um crime de encomenda. A questão é saber quem o encomendou e por quê.

Ela ri. Você é muito inteligente, Sachulia, sabe identificar um problema quando vê um. Por que matar minha filha e Levotchka despedaçando-os com um machado? Hein? A quem isso interessa? Reflita, Sachulia, faça essa caixola trabalhar!

Tudo bem, vou refletir. A quem isso interessa?

Você é idiota, Sacha, ou o quê?

Não, não sou idiota. Espero que não.

A quem, porra? A quem interessa mandar degolar minha filha e meu neto com um machado? A quem interessa?

Não ousamos compreender, ela insiste: Vocês continuam sem enxergar a quem isso interessa?

Sim, mente Sacha, para que ela finalmente diga.

Então ela se retrai e, muito claramente, articula: a Sachenka.

E assim que deixa escapar, encolhe-se na cadeira, põe a mão na boca, os olhos arregalados pelo pavor, e murmura: eles vão me matar.

* * *

Não me lembro muito bem do que foi dito depois. Ela nos botou porta afora, mas enquanto vestíamos nossos casacos, resolvidos a escapulir sem mais delongas, ela esqueceu completamente que estava nos botando porta afora e quis beber mais, falar, me mostrar as cortinas. Essas cortinas, ornamentadas com círculos vermelhos e verdes contra um fundo branco, ela as recuperara no apartamento de Sacha e da filha, manchadas com borrifos de sangue e miolos que haviam respingado em cima. Ela as fervera diversas vezes, de maneira que a maior rasgou, mas não toda, e ela aponta com o dedo o contorno das manchas amarronzadas, que aparecem melhor na luz, e aproxima a lâmpada para que eu veja bem. Olhe, Emmanuel, olhe, ela se enternece. É o sangue da minha filha e do meu neto. Sempre que fecho as cortinas, o que protege meus olhos do luar e dos postes da rua, é o sangue da minha filha e do meu neto.

Digo, sim, Galina Sergueievna, sim, estou vendo.

Lembro-me disso, dessa história das cortinas, e também da nossa conversa, de volta no hotel. Já completamente tortos, pedimos mais vodca e começamos a discutir a acusação de Galina. Delírio, disse balançando nervosamente os ombros Sacha, que, abismado que pudéssemos discutir essa possibilidade, não demorou a sair para se esbaldar em melhor companhia. Delírio, provavelmente, estimava Philippe, mas se perguntando se nesse delírio não havia um fundo de verdade.

Objetei que naquele massacre havia tudo de um crime de louco. Um crime encomendado é executado a bala, e, a supor que tivessem razões para matar a coitada da Ania, por que o bebê também, por que aquela barbárie?

Talvez justamente para afastar a ideia de um crime encomendado. Para sugerir um crime de louco. Quanto à identidade do assassino, não resta dúvida, mas Galina não afirma que não é ele, afirma que ele está se fingindo de louco.

Mas que interesse teria ele em se fingir de louco? Está preso, se não passar o resto dos seus dias na prisão passará num hospital psiquiátrico, para um matador de aluguel é de toda forma um mau negócio.

Um matador de aluguel atira e foge, não se deixa agarrar todo ensanguentado no local do crime.

Escute, replicou Philippe, estou falando qualquer coisa, mas imagine: Sacha quer deixar Ania. Sabemos que isso é verdade, que estava nos seus planos e que ela sofria horrivelmente com isso. Então ela o ameaça. Ameaça revelar as patranhas nas quais ele está metido. Ele é o chefe do FSB em Kotelnitch e francamente não acho que seja um sujeito honesto. Ania não era estúpida: ele se dá conta de que ela sabe muito mais do que deveria saber. Então decide mandar eliminá-la. Não estou dizendo que isso seja verdade, apenas tento verificar se o que Galina afirma é verossímil. Vamos supor que ele quisesse mandar eliminar a mulher. Estamos em Kotelnitch, não em Moscou, concordo, mas moro na Rússia há dez anos e posso garantir que isso não é uma coisa irrealizável. Um cara disposto a dar um tiro na cabeça de outro é o que mais se vê por aí. Só que Sacha não quer que isso tenha o aspecto de um contrato. Iriam suspeitar dele. Planeja então um crime de louco e imagina que se o bebê for junto isso o torna ainda menos suspeito. Encontra esse cara, esse forneiro, que, digamos, fez alguma besteira e tem o rabo preso, não sei por quê, mas o suficiente para fazê-lo comer na mão dele: ou te enfio na cadeia e dou um jeito para que não saia nunca mais, ou você faz o que estou pedindo, banca o louco assassino e vão interná-lo no hospital, primeiro com Petukhov, depois em alguma parte no inferno onde você será esquecido e de onde darei um jeito de tirá-lo daqui a alguns meses. Não digo que isso seja verdade, nem mesmo que seja verossímil, digo apenas que na Rússia é o tipo de coisa que acontece.

Na manhã seguinte, curando nossa ressaca com salame bastante gorduroso e chá bem forte, Philippe e eu não ousamos nos olhar nos olhos nem encarar o olhar do nosso Sacha, que, por sua vez, ficou até mais tarde que nós e, com o focinho mal-humorado, cura a dele com cerveja escura. Estamos um pouco envergonhados por termos construído hipótese tão monstruosa, mas as seis horas que passamos na casa de Galina Sergueievna na véspera nos impressionaram a tal ponto que subsiste uma desconfiança com relação a Sacha Kamorkin.

Sem mais acreditar convictamente nas nossas elucubrações, ficamos com a vaga impressão de que onde há fumaça há fogo, e as acusações teatrais da velha, sua maneira de fazer ecoá-las no espaço confinado do seu conjugado, continuam a se revolver nos nossos cérebros enevoados. Não sabíamos o que estaria à nossa espera quando voltássemos à sua casa no início da tarde, talvez um constrangimento que contrabalançasse o nosso, mas ela parece ter esquecido totalmente, se não a visita, pelo menos o teor da nossa conversa. Está de jejum, tão calma quanto possível, não passa mais como na véspera da desconfiança à gratidão efusiva, e quando se põe a falar de Sacha, o que não demora, é para nos contar quase afetuosamente as circunstâncias do seu encontro com a filha. Ania acabava de deixar Viatka para se instalar em Kotelnitch. Encontrara trabalho na panificadora industrial, que tipo de trabalho não fica claro, uma vez que num momento trata-se de controle sanitário e técnico, noutro de um emprego de intérprete sem que se compreenda por que motivo uma panificadora, mesmo industrial, de Kotelnitch iria requerer os serviços de uma intérprete de francês. Dito isso, tenho a vaga lembrança de que, durante nosso primeiro encontro, no Troika, o gerente da panificadora, Anatoli, erguera brindes arrastados não apenas à amizade franco-russa, como também ao seu próprio sucesso na penetração do mercado africano, e de ter ficado intrigado ao imaginar que no Senegal ou em Zâmbia pudessem comer pãezinhos fabricados em Kotelnitch. De toda forma, foram esses supostos contatos com o estrangeiro que levaram Sacha, quando Anatoli o pôs a par, a perguntar severamente a Ania se ela tinha autorização para trabalhar com comércio internacional. Chegou, conta Galina Sergueievna, a ameaçar prendê-la, mas era só para assustá-la, e também para cortejá-la. Brincou de assustá-la, ela de se assustar, e já no dia seguinte foram passear juntos na beira do rio. Subiram a pequena colina que durante nossa excursão de barco Ania nos apresentara orgulhosamente como o "pico do amor", o lugar onde os noivos de Kotelnitch trocam juras apaixonadas, e ali se beijaram pela primeira vez.

O negócio esquenta quando, durante esse passeio, Ania explica a Sacha que era metade francesa, por parte da mãe que morrera no seu parto, e que possuía inclusive uma casa perto de Paris, para onde ia frequentemente. Já impressionado com seu conhecimento de francês, Sacha ficou mais ainda com essas revelações. Como eu quando nos conhecemos, ele achou Ania romanesca, diferente de todas as garotas que ele podia conhecer em Kotelnitch, e foi a partir desse momento que se apaixonou. Em poucos dias, abandonou mulher e filha para morar com ela, a quem chamava agora de *frantsujenka*, a francesinha. Ania contara tudo para a mãe, que a aconselhou a confessar tudo. A menos que escondesse a família e embarcasse numa mentira de longo curso, ela não tinha outra escolha e se resignou a levar seu novo namorado a Viatka para apresentá-lo a Galina Sergueievna. A ressurreição da mãe morta no parto abalou muito Sacha, e Galina, com seu linguajar franco de costume, tomou partido de troçar abertamente da cara dele: quer dizer, senhor grande chefe, que anda brincando de assustar minha netinha, dizendo que vai lhe passar as algemas? Você teve apenas o que mereceu, agora é você que está com cara de tacho. A França, a casa perto de Paris, foi isso que o seduziu nela? Mas pense um pouquinho, Sacha! Se tivesse uma casa perto de Paris, acha que ela ficaria em Kotelnitch?

Para um homem dos serviços secretos, da desconfiança e da suspeita, ele se mostrara bastante ingênuo e não engolira muito bem aquela palhaçada. Entretanto, o que ressalta tanto do relato de Galina quanto da versão que Sacha viria a me dar dois dias depois é que, a despeito da confissão e das risadas, ele não se livrou da sensação de mistério. Voltou à carga várias vezes: Galina Sergueievna, fale a verdade, você é realmente mãe dela? E de nada adiantava ela confirmar, ele remoía uma dúvida, que, paradoxalmente, era vantajosa para Ania. Esta morria de medo de perder seu namorado ao admitir a farsa. Voltando a ser apenas ela mesma, uma moça nem rica nem bonita, sem outro prestígio a não ser a fluência na língua francesa, tinha todos os motivos para temer que um homem como Sacha se cansasse logo. Porém, sem acreditar piamente mas ainda assim um pouquinho, este continuou a acreditar que não estavam lhe dizendo tudo, que por trás daquela história de francês e de viagens à França lhe escondiam alguma coisa, em suma, que Ania não o enganara completamente fazendo-se passar por uma rapariga fora do comum. Ela realmente falava francês, ainda que ele não tivesse capacidade para avaliar seu grau de domínio. Ela realmente fizera uma viagem à França, o visto no seu passaporte atestava isso e ele o tirava frequentemente da gaveta para examiná-lo, sonhar em cima daquilo. Ela realmente recebia cartas de uma amiga francesa, fitas de canções francesas. De tudo isso, penso que Sacha tinha orgulho e que a tudo que imaginava oculto não renunciava completamente.

Ele chegou de Kotelnitch, na manhã do quadragésimo dia, ao volante de uma caminhonete carregada de coisas de Ania, que ele estava levando para a mãe dela. Havia caixas de papelão com roupas, mas também seu violão numa embalagem de plástico que lhe dava o aspecto sinistro de prova criminal, e um móvel de cozinha que tiveram grande dificuldade para fazer entrar no minúsculo apartamento. Galina Sergueievna girava ao redor dele protestando contra aquela invasão, mas ele não prestava atenção nela e amontoava tudo, em equilíbrio precário, no único canto do quarto onde ainda havia lugar. Trajando preto sob sua peliça, tinha o rosto lívido e inchado: entupiam-lhe de remédios, me explicou. Nos dias que se seguiram à morte de Ania, ficara completamente desarvorado, circulou pela cidade armado com um revólver ameaçando irromper na solitária onde estava detido o assassino para ajustar contas com ele, e foi enviado por três semanas para uma clínica onde fizera uma sonoterapia. Acabava de deixar o FSB e julguei melhor não lhe perguntar se pedira demissão espontaneamente ou se o compeliram a isso, em virtude de seu comportamento errático e talvez de suspeitas mais precisas. Ele também estava emocionado com a nossa vinda, nos abraçou calorosamente, e Philippe aproveitou-se disso para lhe perguntar se aceitaria ser filmado naquele dia solene. Ele levantou os olhos azuis desbotados, examinou a lente cujo protetor Philippe acariciava como se à espera do sinal para terminar de destravá-lo, depois riu, com uma das risadas mais tristes que já ouvi, e respondeu: acha que isso vai me incomodar agora? Filme o que quiser. Eu pensava de novo nas acusações disparatadas formuladas pela sogra dele, ruminava que, se estava representando uma comédia, ele representava bem, mas não acreditava em absoluto que estivesse representando uma comédia. Lembrava-me do tchekista arrogante e enigmático que havíamos conhecido, que nos intrigara, para quem havíamos tentado montar uma armadilha, lembrava-me de como tínhamos ficado orgulhosos na noite em que, por meio da astúcia, havíamos captado algumas imagens dele, meio de perfil, e agora estávamos diante daquele homem perplexo e destruído que nos apertava nos braços como velhos amigos, e compreendi que, apesar da excitação infantil e mórbida que essas suspeitas despertavam em nós, era exatamente isso que havíamos nos tornado para ele, velhos amigos que o abraçavam sem pensar em outra coisa senão no horror de suas noites e na vastidão do seu sofrimento.

No cemitério, conhecemos o irmão de Galina, Serguei Sergueievitch — um homem de uns cinquenta anos acerca de quem ela nos contou que não era mais o mesmo desde que, em pleno centro da cidade, dois anos antes, desconhecidos o arrancaram à força do carro, o espancaram e deixaram como morto numa vala, isso sem tentar lhe roubar um copeque sequer, apenas pelo prazer —, e seu filho Serioja, que é suboficial e serve na Tchetchênia. Cabeça raspada, vestindo uma farda camuflada, Serioja solta risadas tonitruantes por qualquer motivo, dá grandes tapões em todos e extravasa uma cordialidade quase alarmante, que, na circunstância, me parece ligeiramente inconveniente. Como faz trinta graus negativos, o ritual é reduzido ao mínimo indispensável: duas velas são acesas e fincadas na neve, surge uma cesta com uma garrafa de vodca e algumas fatias de salame que engolimos rapidamente, em seguida voltamos todos para nos aquecer nos carros e iríamos embora imediatamente se Galina Sergueievna, sozinha, não se demorasse junto à sepultura. Ela gira em torno do jazigo, geme, pega neve com suas mãos enluvadas e amassa mecanicamente. Observo-a pela janela da caminhonete de Sacha, onde me refugiei com ele e Serguei Sergueievitch, que num tom fatalista começa a desfiar a litania dos lutos sofridos pela família. Quanto a ele, graças a Deus, tem dois filhos ainda vivos, mas dos seis filhos de suas três irmãs, o único vivo hoje é o militar Serioja. Os outros cinco, toda a geração jovem, morreram de morte violenta: Afeganistão, queda de uma estalactite na cabeça, briga de bêbados, Tchetchênia, e o machado para Ania.

* * *

Sacha, que parece cochilar atrás do volante, volta-se então para mim e pergunta de supetão: Emmanuel, responda-me francamente. Como era o francês dela?

Respondo bom, muito bom, mas como uma estrangeira que fala bem.

Como estrangeira? Não como francesa? Ninguém poderia tomá-la por uma francesa?

Sinto muito em responder que não, percebo claramente que a minha resposta o decepciona.

Mas não acha, ele insiste, que ela podia estar fingindo não falar tão bem?

Fingindo? Mas por quê?

Para que não suspeitassem dela.

Suspeitassem de quê?

Ora, de ser francesa...

Olho para ele, um tanto pasmo. Digo que talvez, quem sabe, que mais posso dizer?

A refeição que se segue dura três, quatro horas, ao longo das quais Galina Serguéievna bebe copiosamente. Entretanto, tomou uma sábia decisão, no início bebe apenas água, sabe que seu irmão e seu filho a vigiam. Quer mostrar-se correta, simular a dama direita que recebe convidados, e durante a primeira meia hora desempenha esse papel com aplicação, mas começa a derrapar assim que Sacha julga chegado o momento de erguer um brinde. No que diz respeito a ele, contudo, havia sido especialmente repreendida: como devia estar espalhando para todo mundo as acusações que ouvimos dois dias antes, lhe ordenaram que calasse o bico, não apenas por decoro, mas sobretudo porque temiam aborrecimentos. Mesmo reformado, Sacha permanece aos olhos da família o homem do FSB, e por esse título é temido. Então desde o começo do dia ela o beija, mima, chama-o de Sachulia, Schulienka, mas, quando ele se levanta, ergue seu copo e com uma voz átona, arrastada em função dos remédios, começa um longo discurso em que discorre sobre sua paixão por Ania, sobre seu amor mútuo, ela não pode se impedir de pontuá-lo com sarcasmos amargos. Sacha, entretanto, não se apresenta como um marido-modelo, nem o casal que formava com Ania como exemplo de harmonia. Ao contrário, expressa os seus remorsos, diz que a amava de verdade mas que não soube amá-la como ela merecia. Diz que descuidamos do que julgamos possuir, esperamos perdê-lo para chorá-lo, e ele chora num tom que me parece sincero e comovido. A mim, mas não a Galina Serguéievna, que a cada duas frases desdenha da cara dele chamando-o de pérola falsa. Ainda não o acusa de ter mandado matar sua filha, apenas de a ter negligenciado, a feito infeliz e acima de tudo a feito morar em Kotelnitch, aquela cidade de loucos. A história do húngaro desgarrado é invocada como um bom exemplo do tipo de coisa que acontece em Kotelnitch e, quase na mesma hora, na sinuosidade de uma frase, reconheço a palavra *palatch*. Pronto, ela volta à carga: foi um *palatch* que matou Aniutotchka e Levotchka. Os dois Sachas balançam a cabeça, resignados, como quem ouve uma velha cantilena que não se atrevem mais a corrigir. Serguei Serguéievitch, que por sua vez não aguenta mais, suspira e protesta: Galia, você não está dizendo coisa com coisa. Se a sua filha fosse milionária, ou uma personalidade mais respeitável, vá lá, mas era mãe de família em Kotelnitch, por que a mandariam matar? Ao que ela responde, explodindo: Serguei Serguéievitch, ao lado de quem você está sentado? Como Serguei Serguéievitch estava sentado ao lado de Sacha Kamorkin, julgo com preocupação que lá vamos nós para uma nova versão das acusações da antevéspera e que, na presença do principal envolvido, isso pode causar estragos. Mas ela continua: você acha que ele não tem inimigos? Acha que ele não deve nada a ninguém?

Dessa vez ela diz outra coisa: não que Sacha tivesse mandado matar Ania e Lev, mas que era ele o alvo de quem os matou, e isso ele engole calado. Abaixa a cabeça, serve-se com a mão trêmula um grande copo de vodca, deixa a tempestade passar com um semblante tão encabulado, tão culpado, que de repente me ocorre: realmente, é possível. Foi dele que inimigos se vingaram, foi ele a vítima do massacre da sua família, e o pior é que ele sabe disso, que nada tem a objetar. Volta-se diretamente para mim e, com um fio de voz, me pergunta: vamos até lá, Emmanuel? Vamos voltar a Kotelnitch?

Claro que vou, claro que vou parar de beber, mas a refeição não terminou, Galina programou outros pratos, não podemos escapulir assim. Mais tarde é a vez de Serioja erguer um brinde. Ele se levanta, o torso arqueado sob a farda, mas mal começou a saudar a memória dos defuntos, sua mãe explode em imprecações. Não se trata mais de comentários sarcásticos, o que ela diz não tem mais nada a ver com as palavras do filho, é todo o seu desespero, sua cólera e sua vergonha que saem da sua boca e assumem uma forma qualquer. Berra como se pegasse pratos na mesa para espatifá-los contra a parede. Berra que não querem mais saber dela, que está sendo chutada para escanteio, que não serve mais para nada a não ser para morrer no seu canto e que ninguém irá ao seu enterro porque ela é uma velha pobre, feia e nefasta. Berra que é culpa dela terem matado sua filha e seu neto porque deveria tê-los impedido de ir para Kotelnitch. Berra que Serioja é um cafajeste, porque além de abandoná-la, também abandona a mulher e os filhos, que ele fica na farra no quartel na Tchetchênia em vez de rachar lenha para o inverno. O argumento segundo o qual Serioja se entoca na Tchetchênia para ficar à toa e fugir da faina da lenha é tão extravagante que todo mundo, ele em primeiro lugar, cai na gargalhada, e ela, percebendo que domina seu público, que diverte e chama a atenção, não consegue mais parar, vai em frente, não falta muito para que suba na mesa e comece a dançar. Em seguida, bruscamente, cala-se, encarquilha-se na cadeira, desfaz-se em lágrimas e com um fio de voz, para si mesma, murmura: por quê?

Bem, diz então Serguei Sergueievitch, *na passachok*, a saideira. Erguemos nossos copos, bebemos. Galina Sergueievna, que perdeu essa rodada, não compreende o que está acontecendo nem por que, tendo bebido, vestimos nossos casacos e começamos a nos abraçar. É como se, fazendo os gestos que todo mundo faz na hora de partir, executássemos um número absolutamente inédito, impossível de interpretar, o qual, antes de consterná-la, a deixa perplexa e totalmente desamparada. Finalmente compreende, e, ao compreender, fica muito, muito mal-humorada. Suplica que fiquemos mais um pouquinho, nos puxa sucessivamente pela manga para nos reter, diz que ainda tem um monte de coisas para comer e me censuro por estar saindo assim, por deixá-la sozinha com sua refeição preparada para um número três vezes maior do que formávamos, e pela sua bebedeira, sua vergonha, seu luto. O civilizado seria evidentemente ficar com ela até a noite, comer mais um pouco, ajudá-la a arrumar a casa, aceitar os embrulhos de acepipes que ela nos oferecesse. Mas Sacha não quer, quer voltar imediatamente para Kotelnitch.

Deve ter sido o alívio por ter escapado: no carro, ele está particularmente alegre. Após quatro horas de contenção, de ser alvo de críticas, insultos e demonstrações de carinho, as quais, penso, teria igualmente dispensado, ele relaxa. Tinha subtraído, para a viagem, um salame e uma garrafa de vodca que esvazia em grandes talagadas, e, enquanto dirige, põe-se a cacarejar "Comme d'habitude" em francês. Pena, lamenta, que eu não tenha trazido as fitas francesas de Ania. Lembra-se, Emmanuel, da noite em que nos conhecemos, no Troika? Ela tinha levado especialmente para você. Dançamos ao som das canções de Claude François, de Adamo... "Tombe la neige"... "Permettez, monsieur"... Vêm-lhe trechos à mente, ele tenta cantá-los, nos exorta a repeti-los em coro. Lembro-me durante essa viagem noturna de ter tentado dormir, prevendo, por todos os motivos, uma noite tão dura quanto fora a tarde, mas Sacha não queria que eu dormisse, queria cantar e falar, contava conosco para lhe fazer conhecer mulheres novas, francesas tipo Juliette Binoche ou Sophie Marceau, e por que não as próprias Juliette Binoche ou Sophie Marceau? Decepcionei-o um pouco confessando-lhe que não conhecia nenhuma das duas e que, portanto, não podia lhe apresentar. Minha cotação deve ter caído, assim como a do meu ancestral vice-governador. Mais tarde voltou à pergunta que o obcecava: será que era completamente impossível Ania ter sido francesa? Ele não prestava atenção a essa pergunta, nem às minhas respostas, que não haviam mudado desde a manhã, na realidade tinha outra coisa a nos dizer. Uma revelação a nos fazer. Estávamos proibidos de zombar dele, ele sabia muito bem que era inverossímil, que havia noventa e nove por cento de probabilidade de ser falso, mas o um por cento de incerteza que subsistia não o deixava em paz. Era alguma coisa que Ania lhe dissera um pouco depois de terem se conhecido, alguma coisa que teria ocorrido na Alemanha Oriental, onde os pais dela estavam aquartelados no fim dos anos 1970. Uma história de substituição de crianças. Tentando reconstituir, Galina Sergueievna e seu marido teriam entregue a filha ainda pequena a uma família francesa e recebido em troca uma francesinha. E essa francesa, criada com o nome de Ania, estava programada para vir a ser uma espiã: esta era a única razão da troca, organizada pelos serviços secretos franceses. Ela crescera no lar de um suboficial do Exército Vermelho, mais tarde estudou na escola dos intérpretes militares e ao longo de todo esse percurso forneceu informações ao seu país de origem. Era óbvio, o contato com Sacha fazia parte da sua missão. Para uma espiã do Ocidente, que presa melhor que um quadro do FSB? Eu estava bêbado, Sacha também, e eu escutava tudo isso dentro de um nevoeiro, mas com uma perturbação crescente. Sabia por experiência própria e pelos relatos de sua mãe que Ania era um pouco mitômana, mas daí a imaginá-la contando na cama uma história dessas a Sacha e sobretudo conseguindo convencê-lo... Pois, não adiantava negar, uma parte dele, e não era apenas um por cento, continuava a acreditar, porque Ania lhe dissera que era uma espiã francesa, que ao fingir se deixar cortejar ela o atraíra para sua rede porque o chefe do FSB em Kotelnitch era um alvo da maior importância para os serviços secretos franceses. Ela terminara por lhe confessar tudo isso porque se apaixonara por ele e porque esse amor apaixonado prevalecia sobre sua duplicidade. Ao lhe revelar a verdade, ela traía seus patrões e corria um risco enorme. Ele próprio, apaixonando-se por uma espiã, corria perigo diante dos seus chefes. Eu não havia errado, definitivamente, ao considerá-los romanescos logo no nosso primeiro encontro, de apelidá-la, brincando, de Mata Hari de Kotelnitch. Juntos, tinham criado um romance no qual viviam, ela sendo o motor e ele seguindo-a em suas invencionices porque no fundo, como eu cedo presumira, aquilo lhe dava prazer. E agora, será que ele ainda acreditava suficientemente naquilo para achar que o duplo assassinato de sua mulher e seu filho tinha alguma coisa a ver com aquela história? Não me atrevi a perguntar.

Pouco me resta a dizer sobre os três dias que ainda passamos com Sacha em Kotelnitch. Ajudamos a guardar suas coisas e transportá-las do seu escritório no FSB para o pequeno conjugado sinistro onde ele encontrara refúgio depois da tragédia. À noite, bebíamos escutando as fitas de canções francesas. Ele nos falava da Tchetchênia. Lembro-me de que num certo momento discutimos ao comparar a eficiência do tai chi — que eu pratico — e do caratê — que ele, por sua vez, pratica. Não chegamos a nenhuma conclusão, estávamos ambos completamente bêbados. Apresentei-lhe uma técnica marcial chinesa chamada "kung-fu do homem bêbado", que consiste em imitar, antes de desferir um golpe seco e temivelmente eficaz, os gestos descoordenados de um bebum. Lutamos um pouco de kung-fu do homem bêbado, rimos, bebemos mais, choramos. Saíamos de quando em quando para comprar o que beber. Fazia trinta e cinco graus negativos, e noite fechada às três da tarde. Por volta da meia-noite voltávamos para o Hotel Viatka. Como a calefação era precária, nos enrolávamos nos cobertores vestidos dos pés à cabeça, incluindo botas e capas. Eu me arrastava de manhã para diante da janela coberta pela geada, de onde através das árvores desnudadas observava a passagem dos trens. Eu contemplava os trens, contemplava o quarto miserável onde dormira e refazia sem entender muito bem o trajeto que me levara até lá. Perguntava-me o que viera procurar em Kotelnitch e o que encontrara.

    Pensei: vim dar sepultura a um homem cuja morte nebulosa oprimiu a minha vida, e vejo-me diante de outra sepultura, a de uma mulher e de uma criança que não eram nada para mim, e agora estou de luto por elas também.
    Talvez seja esta a história.

7

Digo: esta é a história, mas não tenho muita certeza disso. Nem de que seja realmente isso, nem de que isso forme uma história. Quis contar dois anos da minha vida, Kotelnitch, meu avô, a língua russa e Sophie, esperando flagrar alguma coisa que me escapasse e minasse. Mas isso continua a me escapar e minar.

De volta da nossa viagem de dezembro, Camille eu retomamos a montagem do filme. Agora era um filme, não mais um caos de momentos esparsos. Grande parte do que acontecera durante aquela semana me escapara na hora — porque eu estava caindo de bêbado, porque tudo acontecia rápido demais —, mas dessa breve e intensa experiência restavam as imagens registradas por Philippe, e foi com bastante naturalidade que essas imagens organizaram-se numa narrativa. O filme tornara-se o relato do luto por Ania, de nossas sucessivas temporadas em Kotelnitch, de tudo que nos aconteceu ali de mais inesperado. Faltava apenas o que eu queria introduzir antes de partir.

Certa manhã, ainda estávamos no início do trabalho, Camille, a quem eu nunca mencionara minha cantiga de ninar, entrou na minha sala dizendo: tive um sonho. Sabe o que sonhei? Que você terminava o filme cantando uma canção em russo.

Ri, aquilo me parecia absurdo. Três meses mais tarde, porém, me vi gravando num estúdio uma dezena de frases que evocavam sucinta e precisamente o destino do meu avô, depois cantando minha cantiga de ninar. Para ele, para Ania e seu filho, para minha mãe e para mim. Era o fim do filme e, na hora, aquilo me pareceu uma vitória. Alguma coisa havia sido dita, que nunca o fora publicamente. Aquele homem estava nomeado, chorado e, se não enterrado, finalmente declarado morto. Eu fizera o exorcismo, podia começar a viver.

Na primeira sessão, convidei meus pais. Sentei-me exatamente atrás deles. Minha mãe não é mulher de manifestar emoções, mas, enquanto desfilavam os créditos do filme, voltou-se meio de lado para mim, debrucei-me para ela, ela agarrou meu braço e murmurou: compreendi, compreendi que você fez isso por mim. Quando as luzes se acenderam, não havia mais vestígio das lágrimas que eu vira brilhar na penumbra. Ela se recobrara, meu pai e ela foram embora rapidamente.

Em seguida, mais nada.

Depois do verão da novela e do nosso desenlace, eu voltara a estar com Sophie, às vezes como amante sôfrego, às vezes como comentador inquieto das nossas relações. Eu adiava, como sempre. Ela estava morando sozinha desde a nossa separação, mas eu sabia que Arnaud continuava à sua espera, isto é, à espera de que ela rompesse efetivamente comigo. Também sabia que ela continuava a me amar, que eu continuava a amá-la, mas não conseguia me decidir a lhe propor que retomássemos a vida em comum. Desconfiava de mim mesmo, temia assumir compromissos que não cumpriria e, fazendo-a sacrificar um amor mais seguro e bem-comportado que o meu, fazê-la infeliz. Ela sofria cruelmente com aquela hesitação que se arrastava havia meses entre dois homens, o que pacientemente a esperava incansável e o que a fazia esperar pacientemente repetindo, tampouco sem se cansar, que era melhor não confiar nele.

Não obstante, eu queria ser um outro homem. Não mais este. Eu terminara o filme com um gesto que julgara decisivo, libertador, e me achei capaz, no terreno do amor, de um gesto de igual alcance. Comprei um anel, um belíssimo anel antigo, que, num encontro anunciado por mim com certo mistério, enfiei no dedo de Sophie fazendo-a fechar os olhos. Era enfático, e essa ênfase me agradava. Eu esperava que ela se desmanchasse em lágrimas, e ela se desmanchou em lágrimas. Contudo, não se entregou completamente. Eu sentia do lado dela uma reticência, e não sabia se o anel lhe agradava apenas em parte ou se ela acreditava apenas em parte no meu súbito comprometimento. Eu lhe falara muitas vezes que sinceridade e verdade são duas coisas diferentes, particularmente comigo: dificilmente eu podia ficar com raiva dela por não querer sair logo da defensiva.

Quando volto a isso, sou obrigado a admitir que era uma ideia esquisita levá-la, aquela noite, a noite que eu pretendia ser a do nosso noivado, para ver uma peça adaptada do meu romance *O adversário*. Isso deveria me lisonjear, porém, como reclame para a autenticidade dos meus sentimentos, eu podia ter arranjado coisa melhor. Ao longo de todo o espetáculo, segurei a mão de Sophie. Eu sentia o contato do anel nos meus dedos. O fim se aproximava quando entrou em cena o presente que Jean-Claude Romand deu à sua amante alguns dias antes de tentar assassiná-la. Esse presente era um anel, que eu descrevera no meu livro e cuja descrição era fornecida pelo ator: um anel de ouro branco com uma esmeralda com pequenos diamantes incrustados.

Sophie olhou para sua mão. Olhei também.

O anel que ela tinha no dedo era exatamente igual. Eu lhe dera o anel de Jean-Claude Romand.

Vou sempre me perguntar o que me fez escolhê-lo. Claro, não estava pensando nele, não tinha na cabeça esse detalhe do meu livro, mas, como Sophie me disse depois do espetáculo, o qual, ambos gelados, aguentamos até o fim: o inconsciente existe. Como sustentar o contrário? Como dizer mais claramente do que por intermédio daquele anel: peço que acredite em mim, mas não acredite, estou mentindo?

Ela me devolveu o anel. E na mesma noite, a despeito de outras hesitações, de outros adiamentos na sequência, constatei que a perdera, e a perdi sem querer, o que era pior ainda que querendo, era o que podia fazer de mais radical, mais cirúrgico.

Pouco tempo depois, ela foi morar com Arnaud. No ano seguinte, tiveram um filho.

Nunca leu minha novela, que até o fim permaneceu letra morta para ela.

No outono, voltei a Viatka para exibir o filme para aqueles que, depois da morte de Ania, permaneciam seus únicos protagonistas. O projeto anterior de organizar uma sessão de gala para os habitantes de Kotelnitch gorou: eles não figuravam mais no filme, o que este contava não lhes dizia respeito. Os protagonistas agora eram Galina Sergueievna e Sacha Kamorkin. Eu temia suas reações. A de Galina Sergueievna não me surpreendeu: chorava quando sua filha aparecia na tela da televisão, soltava gritos estridentes quando se descobria a si mesma em sua aflição, sua fúria, sua embriaguez. Ela me xingou, abençoou, finalmente a bênção triunfou. Com Sacha foi diferente. Ele estava sóbrio, extremamente atento. Eu traduzia o melhor que podia, simultaneamente, as partes de diálogo e o comentário em francês, e, por diversas vezes, ele interrompeu a sessão para me fazer repetir, certificar-se de que entendera direito. No fim, disse: gostei. E do que mais gostei foi você ter falado do seu avô, da sua história pessoal. Você não veio apenas roubar nosso sofrimento, também trouxe o seu. Gostei disso.

Depois falei com ele algumas vezes ao telefone. Estava o mais das vezes bêbado, num humor sentimental e desesperado. Sua vida em Kotelnitch é miserável. Sua filha e sua ex-mulher foram morar em Petersburgo. Está sozinho com sua mágoa, suas fitas de canções francesas e suas perguntas sem resposta sobre o passado de Ania, que ele não desistiu de achar misterioso. Trabalha agora como auxiliar de justiça, é um posto subalterno, e embora não fale, presumo que as pessoas com que lida guardam da época de seu poder lembranças suficientemente desagradáveis para nunca perderem a oportunidade, agora que ele está no fundo do poço, de lhe dar um pontapé. Não completou quarenta anos, mas, sempre que bebe, fala das coisas que gostaria de fazer antes de morrer: conhecer Paris, nos beijar uma última vez, a Philippe e a mim.

Alguns dias antes dos meus quarenta e seis anos, conheci outra mulher. Se estivesse escrevendo um romance, teria dado um jeito, para rematar o desfecho, para que essa nova mulher fosse um possível avatar da sra. Fujimori, o intrigante elemento extraído do sonho com que tudo começou, três anos antes. Mas não escrevo um romance e, na realidade, essa mulher chama-se Hélène.

Também acabamos de ter um filho. Uma filha. O nome dela é Jeanne.

Na quarta-feira, 19 de abril de 2006, François, filho mais velho do meu tio Nicolas, suicidou-se. Eu o conhecia pouco, não nos víamos tinha pelo menos quinze anos e o que senti então, que é muito profundo e violento, foi menos empatia pelo sofrimento intolerável que ele deve ter padecido para se jogar do décimo terceiro andar pela janela de seu apartamento do que pelo sofrimento intolerável que Nicolas enfrentou e irá enfrentar pelo resto de sua vida. Falei com ele ao telefone, no dia seguinte. Em sua voz trêmula, entrecortada por soluços, transparecia coisa bem diferente de angústia: pavor. Lembro-me de suas palavras: é a maldição da família. Hélène e eu nunca deveríamos ter tido filhos. Ela fez três infelizes, eu, dois. Há anos receio que um de vocês cinco se suicide. Eu achava que seria você, foi François.

Diz a mesma coisa à minha mãe, quase palavra por palavra, e ela mobiliza todas as suas forças contra a visão trágica, fatal, a que o impele o excesso da dor. Seu pai não se suicidou, diz ela, não era um suicida. O suicídio de François é uma grande tragédia, mas não tem nada a ver com isso, não há necessidade alguma, para esclarecê-lo, de remontar a seu avô. Provavelmente ela tem razão, e ao repetir isso, é ela, tão supersticiosa, que parece investir contra o pensamento mágico. Entretanto, não creio que se trate de pensamento mágico, e sim de história e evolução obscura no inconsciente de duas gerações. Somos infelizes os cinco, os quatro agora, impregnados de medo e vergonha, assombrados por um fantasma. A sombra do nosso avô nos oprime e não posso deixar de pensar, concordando com Nicolas e contrariando minha mãe, ou melhor, o que ela gostaria de pensar, que, quando meu primo se suicida, é essa mesma sombra que se propaga.

Mamãe,

Escrevo-lhe esta carta de Kotelnitch, para onde voltei a fim de descobrir o ponto-final deste livro. Passei o dia de ontem com Sacha, bebendo, bebendo do meio-dia à meia-noite. Ele vai cada vez pior, ainda assim está com uma mulher nova, atraente, delicada, fina, um anjo, e que o põe na cama todas as noites caindo de bêbado, de uma bebedeira cruel. Ele a chama de puta enquanto ela desamarra carinhosamente seus sapatos antes de deitá-lo. Desconfio que isso não a interessa muito, o que foi feito de Sacha, mas imagine que ele se interessa muito por você. Ele viu você na televisão russa, é seu admirador, adoraria conversar com você sobre o destino do seu país. Me pediu que lhe desse seu número de telefone, como em outros tempos o de Juliette Binoche ou de Sophie Marceau, e prometi lhe dar, mas, sossegue, nos redemoinhos da embriaguez essa promessa foi rapidamente esquecida.

Acordei lá pelas duas da tarde, no meu quarto no Hotel Viatka. Está nevando. Estou sentado à mesa diante da janela. Esta noite, pego o trem de volta para Moscou. Sei que é a última vez, que nunca mais voltarei a Kotelnitch.

No auge da depressão em que este livro me fez mergulhar, eu havia pensado em terminá-lo com o suicídio de François e dizer que o fantasma do nosso avô vencera. Que triunfara sobre mim também. Eu ouvia não sua voz, que não conheci, mas a voz escrita, a voz que brota de suas cartas, e essa voz me dizia: você acreditou. Acreditou que o amor de Sophie, a língua russa, a investigação sobre a minha vida e a minha morte iam libertá-lo, quitar sua dívida com um passado que não é o seu e que se repete em você de forma tanto mais implacável justamente porque não é o seu. Mas o amor mentiu para você, você continua sem falar russo e o que havia em mim de irremediavelmente destruído continua a destruir e matar meus netos um depois do outro. Ninguém precisa pular pela janela para morrer, há quem, como você, morra vivíssimo. Não existe libertação para você. Aonde quer que vá, faça o que fizer, o horror e a loucura estão à sua espera. Pode espernear quanto quiser, meu falcãozinho, não escapará disso. Vá filmar seus trens em Kotelnitch, acredite que está escrevendo este livro para acabar com isso, passar para outra coisa, viver enfim. Acredite, esperneie. Estaremos sempre aqui, sua mãe e eu, com o nosso infortúnio, para esmagá-lo.

Escrevi alguma coisa assim antes de voltar a Kotelnitch, e já sabia que estas não podiam ser as últimas palavras do livro. Que isso não é verdade, em todo caso que não é inteiramente verdade. Que tem outra coisa. Outra coisa é Hélène e Jeanne, claro, é Gabriel e Jean-Baptiste, mas não sou capaz de escrever sobre isso. Não tenho palavras para exprimir a alegria de passar horas brincando com uma bebezinha de cinco meses, aproximar seu rosto do meu, uma vez, duas vezes, dez vezes, fazê-la rir. Isso talvez mude um dia, não sei, mas as palavras de que disponho não podem servir para exprimir somente o infortúnio.
Mais uma vez elas foram úteis. Não me atirei pela janela. Escrevi este livro. Ainda que ele a faça sofrer, há de convir, assim é melhor.

Sabe, há uma coisa que me pergunto com frequência. Seus dias são cheios, das sete da manhã à meia-noite: reuniões, conferências, viagens, livros a escrever e a ler, netos para os quais não sei como arranja tempo de cuidar amorosamente, Academia, recepções, estreias, jantares sociais, e, nessa agenda sobrecarregada, não há um único interstício, um único momento de solidão e reserva. Sua cabeça está incessantemente ocupada e penso que se eu fizesse um quarto do que você faz, eu cairia de esgotamento no fim de uma semana. Mas à noite, quando volta para casa e se deita, entre o momento em que apaga a luz e o em que adormece, em que pensa? Um pouco na loucura do dia provavelmente, no que a espera no dia seguinte, no que terá que fazer, dizer e escrever, mas não é só isso, não acredito. Então em quê? No seu pai, cujas cartas você às vezes relê e com cujo retorno às vezes sonha? No seu filho, que você amou tanto, que a amou tanto e de quem hoje está tão longe? Na menininha que você foi, a pequena Poussy, no percurso triunfante e tão difícil da sua vida? No que realizou, no que fracassou?

Talvez eu esteja enganado, mas acredito, mamãe, que, nesses raros momentos em que você fica cara a cara com você, você sofre. E de certa forma, veja bem, isso me tranquiliza.

Era sobre isso que eu queria lhe falar nesta carta, do nosso sofrimento. Anoitece, os passantes se fazem raros na rua sob minha janela, a loja de alimentação, defronte, vai fechar e apagar as luzes, mas ainda tenho uma hora à minha frente. Acho que você deve ter enfrentado muito cedo um sofrimento pavoroso e que esse sofrimento não se deveu apenas ao desaparecimento trágico do seu pai, mas a tudo que ele era: seu tormento, sua perfídia, seu horror à vida, de que ele a fez confidente. O homem que você mais amava no mundo se via como uma coisa irremediavelmente podre — o que me ocorre pensar por conta própria. Você teve que carregar isso. E, muito cedo também, preferiu negar o sofrimento. Não apenas escondê-lo e aplicar o que você mesma diz ser a máxima da sua vida, *never complain, never explain*: não, negá-lo. Decidir que ele não devia existir. Era uma opção heroica. Acho que você foi heroica. Da menina pobre e radiosa cujas fotos eu gosto tanto de olhar, até a apoteose social destes últimos anos, você seguiu seu caminho sem nunca se desviar dele, com uma determinação e uma coragem que me deixavam pasmo, mas nesse caminho, necessariamente, adquiriu muitas cicatrizes. Você não apenas se proibiu de sofrer, como proibiu que sofressem à sua volta. Ora, seu pai sofreu, como maldito que era, e o silêncio sobre esse sofrimento, mais ainda que seu desaparecimento, fez dele um fantasma que assombra a vida de todos nós. Seu irmão, Nicolas, sofre. Meu pai, seu marido, sofre. Eu sofro, eu, e minhas irmãs também, embora eu não me arrogue aqui o direito de falar em nome delas. Você não nos renegou, não, você nos amou, fez tudo que pôde para nos proteger, mas nos negou o direito de sofrer e nosso sofrimento está tão presente ao seu redor que um dia alguém tinha que assumir a responsabilidade por ele e lhe dar voz.

Você tinha orgulho por eu ter me tornado escritor. Não existe nada melhor aos seus olhos. Foi você quem me ensinou a ler e a amar os livros. Mas você não gostou do tipo de escritor que me tornei, do tipo de livro que escrevi. Teria preferido que eu fosse um escritor como, sei lá, Erik Orsenna: um sujeito de bem com a vida ou que, em todo caso, assim parece. Da minha parte, também teria preferido isso. Não tenho escolha. Recebi como herança o horror, a loucura, a interdição de exprimi-los. Mas os exprimi. É uma vitória.

Escrevo estas últimas páginas e a imagino lendo-as, dentro de alguns meses, quando este livro for publicado. Desconfio que o que precede a fez sofrer, mas acredito que sofreu ainda mais durante todos esses anos em que sabia, ainda que eu nunca lhe tivesse dito, que eu o estava escrevendo. Não falávamos sobre isso, ou bem pouco. Você tinha medo, eu tinha medo também. Agora, está feito.

Gostaria de lhe contar uma recordação de infância. Era na piscina, nas férias, ao sol. Eu devia ter cinco ou seis anos, estava aprendendo a nadar. O professor, ao mesmo tempo que me amparava, me fazia atravessar a pequena extensão de água. Você, por sua vez, estava sentada na ponta da piscina, nos degraus, com os pés na água, e não desprendia os olhos de mim durante a aula. Você usava um maiô inteiro listrado em preto e branco. Era jovem, era bonita, sorria para mim e eu te amava como, desde então, nunca fui capaz de amar outra mulher, nenhuma chegou à sua altura, salvo, agora, minha filha. Atravessar a piscina significava ir em sua direção. Você me observava avançando, e eu, com o queixo fora d'água, a mão do professor sob a minha barriga, eu olhava para você me olhando e estava incrivelmente orgulhoso e feliz de me aproximar de você nadando, de ser olhado por você enquanto nadava.

É estranho, mas às vezes, escrevendo este livro, redescobri esta sensação inesquecível: a de nadar para você, atravessar a piscina ao seu encontro.

É hora de ir embora. Vou fechar este caderno, apagar a luz, entregar a chave do quarto. A recepcionista, que, quando cheguei ontem, me tratou como um velho conhecido, me dirá certamente, rindo: *da skorovo*, até logo, e responderei, *da skorovo*, mas isso será uma mentira. Pela última vez, caminharei pelas ruas cheias de neve de Kotelnitch, até a estação. Vou esperar no frio a chegada do trem. Amanhã de manhã estarei em Moscou, depois de amanhã em Paris, ao lado de Hélène, Jeanne, meus meninos. Continuarei a viver e a lutar. O livro agora terminou. Aceite-o porque é seu.

1ª EDIÇÃO [2008]
2ª EDIÇÃO [2024] 1 reimpressão

ESTA OBRA FOI COMPOSTA PELA ABREU'S SYSTEM EM ADOBE GARAMOND
E IMPRESSA EM OFSETE PELA GRÁFICA BARTIRA SOBRE PAPEL PÓLEN
DA SUZANO S.A. PARA A EDITORA SCHWARCZ EM JANEIRO DE 2025

A marca FSC® é a garantia de que a madeira utilizada na fabricação do papel deste livro provém de florestas que foram gerenciadas de maneira ambientalmente correta, socialmente justa e economicamente viável, além de outras fontes de origem controlada.